FRANZ KAFKA

CEZA KOLONİSİNDE

ANLATILAR I

Sämtliche Erzählungen, Franz Kafka

1. basım: 2007
7. basım: Eylül 2017, İstanbul
Bu kitabın 7. baskısı 1 000 adet yapılmıştır.

Yayına hazırlayan: Şebnem Sunar

Kapak tasarımı: Ayşe Çelem Design

Kapak baskı: Azra Matbaası
Litros Yolu 2. Matbaacılar Sitesi D Blok 3. Kat No: 3-2
Topkapı-Zeytinburnu, İstanbul
Sertifika No: 27857

İç baskı ve cilt: Yıldız Matbaa Mücellit
Maltepe Mah. Gümüşsuyu Cad. Dalgıç İş Merkezi No: 3 Kat: 2
Topkapı-Zeytinburnu
Sertifika No: 33837

ISBN 978-975-07-0900-5

CAN SANAT YAYINLARI
YAPIM VE DAĞITIM TİCARET VE SANAYİ A.Ş.
Hayriye Caddesi No: 2, 34430 Galatasaray, İstanbul
Telefon: (0212) 252 56 75 / 252 59 88 / 252 59 89 Faks: (0212) 252 72 33
canyayinlari.com
yayinevi@canyayinlari.com
Sertifika No: 31730

FRANZ KAFKA

CEZA KOLONİSİNDE

ANLATILAR I

Almanca aslından çeviren

Tevfik Turan

CAN

Franz Kafka'nın Can Yayınları'ndaki diğer kitapları:

Dönüşüm, 1986
Dava, 1999
Amerika, 2006
Babaya Mektup, 2008
Bir Kavganın Tasviri: Anlatılar II, 2009
Milena'ya Mektuplar, 2009

FRANZ KAFKA, 1883'te Prag'da doğdu. Kafka'nın ailesiyle olan ilişkisi, Yahudi asıllı oluşu, içinde yaşadığı toplum ve siyasal ortam, çevresine yabancılaşmasını kolaylaştırdı. 1906'da hukuk doktorasını tamamlayan Kafka'nın ilk yapıtları *Bir Kavganın Tasviri* ve *Taşrada Düğün Hazırlıkları*, 1912'den önce yayımlandı. 1912'den başlayarak *Dönüşüm*, *Amerika*, *Dava* adlı başyapıtları birbirini izledi. *Ceza Kolonisinde* adlı öyküsü –suç sorununu işlemesi açısından– *Dava* ile ilişkiliydi. Vereme yakalanan Kafka, 1924'te Viyana yakınlarındaki Kierling Sanatoryumu'nda öldü ve Prag'da toprağa verildi. Tüm yapıtlarının yakılmasını vasiyet etmiş olsa da, dostu Max Brod bu isteğini yerine getirmedi ve onun eserlerini XX. yüzyıl edebiyat tarihine kazandırdı.

TEVFİK TURAN, 1954'te İstanbul'da doğdu. İstanbul Üniversitesi'nde Alman Dili ve Edebiyatı, sanat tarihi ve pedagoji okudu. 1981'den bu yana Hamburg Üniversitesi Türkoloji kürsüsünde Türkçe okutmanlığı yapıyor. Yabancılar için bir Türkçe kitabı (*Langenscheidts Praktisches Lehrbuch Türkisch*), iki sözlük çalışması (*Langenscheidt*) var. Patrick Süskind'in *Koku*, *Güvercin*, *Herr Sommer'in Öyküsü* ve *Kontrbas* adlı yapıtlarının yanı sıra Sten Nadolny'nin *Yavaşlığın Keşfi*, Walter Benjamin'in *Tek Yol* ve *Berlin'de Çocukluk*, Peter Handke'nin *Kalecinin Penaltı Anındaki Endişesi* ve *Solak Kadın*, Ernst Jandl'ın *Daha İyisi Saksofon*, Cees Noteboom'un *İşte Şu Hikâye* adlı kitaplarını dilimize kazandırdı.

İçindekiler

I

Kitaplarda Yer Alan Anlatılar

SEYİR (1913)

Şosede çocuklar

Bahçe parmaklığı boyunca arabaların geçtiğini işitiyordum, bazen de yaprakların arasındaki hafifçe kımıldayan boşluklardan görüyordum onları. Nasıl da çatırdıyordu yaz sıcağında tekerleklerinin, oklarının tahtası! Tarlalardan işçiler geliyordu, öyle gülüşüyorlardı ki, rezilce bir şeydi.

Ben bu arada bizim küçük salıncakta oturuyor, anne ve babamın evinin bahçesindeki ağaçların arasında dinleniyordum.

Parmaklığın dışında dur durak yoktu. Koşar adım gelen çocuklar bir anda geçiveriyordu; demetlerin üstünde, dört bir yanında adamlar, kadınlar taşıyan hasat arabalarının karanlığı çiçek tarhlarına düşüyordu; akşama doğru bastonlu bir beyin ağır ağır yürüyüş yaptığını gördüm, karşısından gelen kol kola girmiş birkaç kız da selam verdi, yana çekilerek otların üstünden geçtiler.

Sonra kuşlar havalandı, kıvılcımlar gibi, onları gözlerimle takip ettim, bir nefeste yükselişlerine baktım, ta sanki onlar yükselmiyormuş da ben düşüyormuşum hissine kapılıncaya, bir yandan sıkı sıkı urganlara yapışırken, baş dönmesinden azıcık sallanmaya başlayıncaya kadar. Derken daha hızla sallanmaya başladım, havanın esintisi serinleyip uçan kuşların yerine titreşen yıldızlar belirirken.

Mum ışığında önüme akşam yemeği kondu. Durup durup iki kolumu da masanın tahtasına dayıyor, artık yorulmuş bir halde, yağlı ekmeğimi ısırıyordum. Danteli bol perdeler sıcak rüzgârla kabarıyordu, bazen de, dışarıdan geçen biri bunları elleriyle tutuyordu, beni daha iyi görebilmek, benimle konuşmak istediğinde. Çoğu zaman mum hemen sönüyor, koyu dumanında bir süre daha, toplaşmış sivrisinekler döneniyordu. Pencereden biri bir şey sordu mu, yüzüne sanki dağlara ya da sırf havaya bakar gibi bakıyordum, zaten onun da pek cevap aradığı olmuyordu.

Sonra biri pencerenin eşiğinden atlayıp ötekilerin evin önünde olduğunu mu haber veriyordu, o zaman tabii iç çekerek kalkıyordum.

"Yok, ne diye böyle iç çekiyorsun? Ne oldu ki? Olağanüstü, asla düzeltilmez bir bela mı? Bir daha hiç altından kalkamaz mıyız? Sahi, her şey elden gitti mi?"

Hiçbir şey yoktu elden giden. Evin önüne çıkıyorduk. "Tanrı'ya şükür, geldiniz nihayet!" – "Sen de hep geç kalırsın!" – "Niçin ben kalıyormuşum ki?" – "Tabii sen, kal evde, eğer gelmek istemiyorsan." – "Lütuf yok!" – "Ne? Lütuf yok mu? Ne biçim konuşuyorsun?" Bir kafa atıyor, akşamı delip geçiyorduk. Gündüz yoktu, gece yoktu. Kâh yelek düğmelerimiz dişler gibi birbirine sürtüyor, kâh mesafeyi bozmadan koşuyorduk, ağızda ateş, tropik yerlerdeki hayvanlar gibi. Eski savaşlardaki zırhlı süvariler gibi toprağı döverek ve havalara yükselerek, birbirimizi o kısa sokak boyunca bayır aşağı kovalıyor, sonra bacaklarımızın bu koşudan aldığı hızla, şose yokuştan çıkıyorduk. Birkaçımız şarampole giriyordu, hendeğin karanlığında kaybolmalarıyla, yabancı birileriymiş gibi yukarıda, tarla yoluna dikilip oradan aşağı bakmaları bir oluyordu.

"İnsenize aşağı!" – "Önce siz yukarı çıkın!" – "Çıkalım da bizi aşağıya atın, yağma yok, o kadarcık aklımız var daha." – "O kadar ödleksiniz, onu demek istiyorsunuz. Gelin hele, gelin!" – "Yok canım? Siz mi? Siz mi bizi aşağı atacakmışsınız? Nerede o günler?"

Hücuma geçiyorduk, göğsümüzden itiyorlardı, biz de şarampolün otlarına seriliyorduk, düşerek, gönüllüce. Her taraf aynı ölçüde ısınmıştı, otun içinde sıcağı hissetmiyor, soğuğu hissetmiyorduk, sadece yorgun düşüyordu insan.

Sağ yanına dönüp elini de kulağının altına sokunca, insanın içinden uykuya dalmak geliyordu. Gerçi bir kere daha debelenip kalkmak, çenesini kaldırmak isteği geliyordu, ama bu da yine daha derin bir hendeğe düşmek içindi. Sonra kol çaprazlamasına göğse bastırılmış, bacaklar sallana sallana kendini havaya atmak istiyordu insan, bir kez daha ve kesinlikle de daha derin bir hendeğe düşmek üzere. Ve bu işin hiç mi hiç sonu gelmesin istiyordu.

Nasıl son hendekte uykuya yatmak için iyice uzanırdı insan, hele dizlerini sonuna kadar gererdi, henüz işin orası pek düşünülmüyordu ve hasta gibi, dokunulsa ağlayacak bir halde, sırtüstü yatılıyordu. Gözler kırpılıyordu, bir oğlan, dirsekleri belinde, tabanları kararmış, üzerimizden uçup yamaçtan yola atlarken.

Ayın bir hayli yükselmiş olduğu görülüyor, ışığında bir posta arabası geçip gidiyordu. Hafif bir rüzgâr çıkıyordu her tarafta, hendekte de hissediliyordu ve yakınlarda orman uğuldamaya başlıyordu. O zaman insan artık pek o kadar önemsemiyordu yalnız olmayı.

"Neredesiniz?" – "Gelin buraya!" – "Hep beraber!" – "Ne saklanıyorsun, bırak saçmalamayı!" – "Haberiniz yok mu, posta çoktan geçti." – "Yok canım! Geçti mi?" – "Tabii, sen uyurken geçti." – "Ben uyudum mu? Olacak iş değil!" – "Sen sus, yüzüne bakan anlıyor." – "Yapma yahu!" – "Gelin!"

Koşarken daha bir yanaşıyorduk, bazıları birbirine elini veriyordu, bayır aşağı gittiğimizden başımızı ne kadar kaldırsak az geliyordu. Biri bir Kızılderili savaş çığlığı koyuveriyordu, hiçbir zaman ulaşılmadık bir hızla dörtnala kalkıyordu bacaklarımız, her sıçrayışımızda rüzgâr bizi kasıklarımızdan tutup kaldırıyordu. Hiçbir şey alıkoyamazdı bizi; öyle içindeydik ki koşunun, birbirimizi geçerken kollarımızı kavuşturup sakin sakin etrafımıza bakabiliyorduk.

Derenin köprüsü üstünde duruyorduk; ileri gitmiş olanlar dönüyordu. Aşağıda su taşlara, köklere çarpıyordu, sanki akşam iyice ilerlememiş gibi. Biri atlayıp köprünün korkuluğuna çıkmıyorduysa, bunun da bir nedeni yoktu.

Çalıların arkasında, uzakta bir tren beliriyordu, bütün kompartımanlarında ışık yakılmıştı, camları indirilmişti kesinlikle. İçimizden biri bir sokak şarkısı söylemeye başlıyordu, fakat hepimiz söylemek istiyorduk. Tren geçerken şarkıyı iyice hızlandırmış oluyor, sesimiz yetmediği için kollarımızı sallamaya başlıyorduk, seslerimiz öyle sıkış sıkış bir kalabalığa giriyordu ki, içimiz ısınıyordu. İnsan sesini başka seslere kattı mı, bir oltanın kancasıyla yakalanmış gibi olur.

Öylece, sırtımızda orman, uzaktaki yolcular işitsin diye şarkı söylüyorduk. Yetişkinler köyde uyanıktı henüz, anneler gece için yatak yapıyorlardı.

Vakit gelmiş oluyordu artık. Yanımda duran oğlanı öpüyordum, sonraki üçüne sadece elimi uzatıyor, dönüş yolunda koşmaya başlıyordum, arkamdan seslenen olmuyordu. Beni göremez oldukları ilk kavşaktan sapıyor, tarla yollarından geçip tekrar ormana dalıyordum. Güneydeki şehre doğru ilerliyordum, bizim köyde şöyle derlerdi orası için:

"Nasıl insanlar oradakiler! Bir düşünün,
uyumuyorlar!"

"Peki niçin uyumuyorlar?"

"Uykuları gelmiyor da ondan."

"Peki niçin gelmiyor?"

"Deliler de ondan."

"Delilerin uykusu gelmez mi yani?"

"Delilerin uykusu nasıl gelsin ki!"

Bir dolandırıcının foyasının meydana çıkışı

Nihayet saat akşam ona doğru, daha önceden sadece şöyle bir tanıdığım ve bu sefer aniden yanıma katılıp beni iki saat sokaklarda dolaştıran bir adamla beraber, bir toplantıya davetli olduğum konağın önüne ulaştım.

"Evet!" dedim ve ellerimi çırptım, vedalaşmanın artık kayıtsız şartsız gerekli olduğunun işareti olarak. Daha az kararlılık gösteren birkaç denemede bulunmuştum önceden. İyice yorulmuştum.

"Hemen mi çıkıyorsunuz yukarı?" diye sordu. Ağzından dişlerin birbirine çarpmasından ileri gelen takırtıya benzeyen bir ses duydum.

"Evet."

Davetliydim ya, ona hemen söylemiştim bunu. Fakat yukarıya, bana kalsa çoktan gitmiş olacağım yere çıkmak üzere davet edilmiştim, burada, aşağıda, bahçe kapısının önünde bekleyip karşımdakinin kulaklarının ucundan ötelere bakmak üzere değil. Hele şimdi bir de onunla suspus olmak, sanki buracıkta uzun bir süre kalmaya karar vermişiz gibi. Bu arada, bu susuşa çepeçevre evler de katılıverdi ve üzerlerindeki karanlık, ta yıldızlara varasıya. Ve görülmeyen, insanın hangi yolları gezdiklerini tahmin etmeye istek duymadığı yürüyüşçüler, durup durup sokağın karşı tarafına abanan rüzgâr, şarkısını odalardan birinin kapalı pencerelerine söyleyen bir gramofon – hepsi bu susuşun içinden seslerini duyuruyorlardı, sanki susmak ezelden beri ve sonsuza kadar kendi mallarıymış gibi.

Ve benim refakatçim kendisinin ve –bir gülümsemeden sonra– benim adıma uysallık gösterdi, sağ kolunu duvar boyunca yukarı doğru uzattı ve yüzünü, gözlerini kapayarak bu kola dayadı.

Fakat ben bu gülümsemeyi tam sonuna kadar göremedim, çünkü utanç bana hemen arkamı döndürdü. Yani ancak böyle gülümseyince anlamıştım, adamın dolandırıcıdan başka bir şey olmadığını. Oysa aylardan beri bu şehirdeydim, bu dolandırıcıları gayet, ama gayet iyi bildiğimi sanıyordum, geceleyin ara sokaklardan çıkıp ellerini uzatarak, lokantacı gibi, karşımıza çıkışlarını, dibinde durduğumuz ilan sütununun etrafında, saklambaç oynamak istercesine dolanıp duruşlarını ve sütunun yuvarlak yüzeyinin ardından, hiç değilse tek gözle, casus gibi bizi gözleyişlerini, caddelerin kavşaklarında, biz ürküntüye kapılırken, birden önümüzde peydahlanışlarını, bizim bulunduğumuz kaldırımın kenarında süzülürcesine! Onları o kadar iyi anlıyordum, öyle ya, küçük lokantalarda benim ilk şehirli tanışlarım olmuşlardı; artık içimde hissetmeye bile başladığıma göre, yeryüzünün de onsuz edebileceğini artık pek düşünemediğim o ilk boyun eğmezlik görüntüsünü de onlara borçluydum. Nasıl da dikilirlerdi insanın karşısında hâlâ, çoktan kaçıp kurtulduğumuzu sanırken, yani ortada dolandırılacak kimse kalmamışken! Nasıl da oturmazlardı, nasıl da düşmezler de insana hâlâ, uzaktan da olsa, ikna eden bakışlarla bakarlardı! Vasıtaları da hep aynıydı: Önümüze dikilirlerdi, gerilebildikleri kadar gerilip; ulaşmak istediğimiz yere varmamıza engel olurlardı; ona karşılık, kendi bağırlarında bir mesken açarlardı bize; sonunda da içimizde toplaşmış bütün duygumuz ayaklandığında, bir kucaklayış gibi alırlardı bu duyguyu ve orta yerine atılırlardı, yüzüstü.

Ve ben bu eski oyunları bu sefer ancak nice zamandır adamla beraber olduktan sonra anlamıştım. Parmak uçlarımı birbirine sürterek ovuşturdum, rezaleti olmamışa çevirmek için.

Benim adamsa hâlâ olduğu yerde yaslanmış duruyor, kendini hâlâ dolandırıcı sanıyordu ve kaderinden duyduğu memnuniyet açık kalan yanağını kızartıyordu.

"Belli oldu!" deyip hafifçe omzuna da vurdum. Sonra bir koşu merdivenden yukarı çıktım, holdeki hizmetçilerin o hiç nedensiz yere sadık yüzleri beni bir sürprizmiş gibi sevindirdi. Her birine sırayla baktım, paltom alınıp çizmelerimin tozu silinirken. Derin bir nefes alarak, boyum upuzun girdim sonra salona.

Ani gezinti

İnsan akşamleyin evde kalmaya kesin kararını vermiş görünürken, hırkasını giymiş, akşam yemeğinden sonra aydınlık masanın başında oturur ve önüne filan işi ya da falan oyunu katıp bitirince her zamanki gibi uykuya yatmayı düşünürken, dışarıda sevimsiz, evde oturmayı gayet tabii kılan bir hava varsa, hele şimdi masanın başında, kalkıp gitmenin herkesin şaşırmasına neden olacağı kadar uzun bir zamandır oturuyorsa, zaten merdivenler de karanlık ve bina kapısı kilitlenmişse ve bütün bunlara rağmen ani bir huzursuzlukla kalkıyor, üstünü değişiyor, hemen sokak kıyafetlerini giymiş olarak çıkagelip gitmesi gerektiğini söylüyor ve kısa bir vedadan sonra bunu yapıyorsa, arkasında, daire kapısını vuruşundaki şiddetin derecesine uygun olarak az ya da çok bir kızgınlık bıraktığını zannediyor, kendini bu beklenmedik bir şekilde bahşettiği özgürlüğe olağanüstü bir canlılıkla cevap veren uzuvların sahibi olarak sokakta buluyorsa, bu tek bir karar ile içinde bütün karar verme kabiliyetinin toplanmış olduğunu hissediyor, her zaman verdiği önemden daha büyük bir önemle, en çabuk değişikliklere girişmeye ve katlanmaya ihtiyaçtan da çok gücü olduğunu görüyorsa ve böylece o uzun sokakları arşınlıyorsa – o zaman bu akşamlığına ailesinden tamamen ayrılmış olur, ki aile bir tarafta hiçliğe doğru kayıp giderken, kendisi sapasağlam, keskin çizgileriyle kapkara, kabalarına vura vura yükselerek gerçek görünüşüne ulaşır.

Bütün bunları pekiştiren şeyse, insanın akşamın bu geç saatinde, nasıl olduğuna bakmak için bir arkadaşa uğramasıdır.

Kararlar

Perişan bir durumdan çıkmak, zoraki bir enerjiyle de olsa, kolay olmalı. Kendimi koltuktan kazıyorum, masanın etrafını dolaşıyorum, başımı, boynumu oynatıyorum, gözlerime ateş katıyor, etraflarındaki kasları geriyorum. Her duyguya karşı çıkmaya çabalıyorum, şimdi gelecek olursa A.'yı coşkuyla selamlıyorum, B.'ye odamda nezaketle katlanıyorum, C.'nin yanında, lafı edilen her şeyi, acı ve zahmet verse de, uzun demlerle içime çekiyorum.

Fakat bu böyle yürüse bile, yapılmadan edilemeyen o hataların her biriyle beraber işin bütünü, kolay olan da, zor olan da tıkanacak ve ben aynı daire içinde dönüp dolaşmak zorunda kalacağım.

Onun için en iyi tavsiye yine de her şeye katlanmak,

insan kendini bir üfürmeyle uçurulmuş, sürükleniyor hissetse de, ağır kütle gibi davranmak, ayartıya kapılıp gereksiz bir adım bile atmamak, ötekine hayvan bakışıyla bakmak, pişmanlık hissetmemek, kısacası, hortlak olarak yaşanan hayattan geriye ne kalmışsa kendi eliyle bastırıp ezmek, yani o son, mezar sessizliğini daha da çoğaltmak ve ondan başka hiçbir şeyin varlığına izin vermemek.

Böyle bir durum için tipik bir hareket, serçeparmakla kaşları sıvazlamaktır.

Dağlara gezi

"Bilmiyorum," diye bağırdım tınısız bir sesle, "bilmiyorum ki. Gelen olmuyorsa olmuyordur işte. Ben kimseye bir kötülük etmedim, kimse bana bir kötülük etmedi, ama kimse bana yardım etmek istemiyor. Hiç kimse. Ama yine de öyle değil. Sadece, bana kimsenin yardım etmeyişi – yoksa, hiç kimse hoş olurdu. Ben çok isterdim –neden olmasın ki– bir hiç kimse topluluğuyla bir geziye çıkmayı. Tabii dağlara, başka nereye olacak? O kimselerin sıkış sıkış dizilişi, o bir sürü yana açılmış, kola girmiş kol, ufacık adımlarla birbirinden ayrılan o bir sürü ayak! Gayet tabii, hepsi frak giymiş. Ha işte öyle yürüyoruz, rüzgâr bizimle uzuvlarımızın bıraktığı boşluklardan esip geçiyor. Boyunlar serbest kalıyor dağlarda! Bir mucize, şarkı söylemeyişimiz."

Bekârın mutsuzluğu

Ne kadar kötü görünür bekâr kalmak, insanın yaşlı adam haliyle, bir yandan güçbela haysiyetini korumaya çalışarak kabul edilmeyi rica etmesi, bir akşamı insanlarla beraber geçirmek istediğinde, hasta olması ve yatağının durduğu köşeden haftalarca boş odaya bakması, hep bina girişlerinde vedalaşması, hiç karısının yanında merdivenden yukarı seğirtememesi, odasındaki yan kapıların hep yabancıların evlerine açılan kapılar olması, akşam yemeğini bir elinde evine taşıması, yabancı çocuklara hayretle bakmak durumunda kalıp hiçbir zaman, "Benim yok," diye tekrarlamasına izin tanınmaması, görünüş ve davranış olarak gençlik hatıralarındaki bir ya da iki bekârı örnek alması.

Öyle olsa gerek, şu farkla ki, insan gerçekten bugün de, daha sonra da bizzat öyle kalakalacak, bir bedenin ve sahici bir kafanın sahibi olarak, yani dolayısıyla bir de alnın, eliyle vuracağı.

Tüccar

Olabilir, bana acıyan birkaç kişi vardır, ama ben bunun bir parçasını bile hissetmiyorum. Küçük işim hayatımı dertle dolduruyor, acısı içimden alnıma, şakaklarıma vuran, ama bana hoşnut olma ümidi bırakmayan dertlerle, çünkü işim küçük.

Saatlerce önceden kararlar vermem, uşağın hafızasını uyanık tutmam, korkulacak hatalara karşı uyarmam ve bir mevsimin içindeyken sonrakinin, üstelik kendi çevremdeki insanlar arasında değil, taşradaki, ulaşılması zor ahali arasında geçerli olacak modasını hesaplamam gerekiyor.

Benim param yabancı insanlarda; onların ne durumda olduğunu açık seçik göremem; onların başına gelebilecek bahtsızlığı sezinleyemem; nerede kaldı savuşturabileyim! Belki israfa dalmışlardır ve bir lokanta bahçesinde ziyafet çekiyorlardır, başkalarıysa Amerika'ya kaçarken, kısa bir zaman için bu ziyafete katılmaktadır.

Bir iş gününün akşamı dükkânın kapısı kilitlenirken

ve ben ansızın önümde, dükkânımın dur durak bilmeyen ihtiyaçları için hiç çalışamayacağım saatleri gördüğümde, sabahleyin yola çıkarıp ta önden gönderdiğim heyecanım bir dalganın geri dönüşü gibi içime dalar, fakat içimde durmaya da katlanamayıp hedefsiz bir şekilde beni de alır götürür.

Yine de bu keyiften hiç mi hiç faydalanamayıp ancak eve gidebilirim, çünkü yüzüm, ellerim kirlidir, terlidir, elbisem lekelidir, tozludur, başımda iş kasketi, sandıkların çivilerinden çizik çizik olmuş çizmeler. Sonra dalgaların üstündeymişçesine yürürüm, iki elimin parmaklarını kıtırdatarak, karşıma çıkan çocukların saçını okşarım.

Fakat yol kısadır. Hemen evime varırım, asansörün kapısını açıp girerim.

Görürüm ki, şimdi ve birdenbire yalnızımdır. Ötekiler, merdiven tırmanmak zorunda olanlar, çıkarken biraz yorulur, ciğerleri soluk soluğa birinin gelip daire kapısını açmasını bekler, bu arada kızmak, sabırsızlanmak için bir nedenleri vardır, derken hole girerler, şapkalarını asar ve ancak koridordan, birkaç camlı kapının önünden geçip kendi odalarına vardıklarında yalnız kalırlar.

Bense daha asansörde yalnızımdır ve dizlerime dayanarak o dar aynaya bakarım. Asansör yükselmeye başlayınca derim ki:

"Susun, geri çekilin, ağaçların gölgesine mi, tüllerin, perdelerin arkasına mı, revakların tonozlarına mı gireceksiniz?"

Dişlerimin arasından konuşurum ve merdiven tırabzanları buzlucamların ardında, şelalelerin suyu gibi kayar gider aşağı.

"Uçun gidin; benim hiçbir zaman görmediğim kanatlarınız sizi köylerin olduğu vadiye taşısın ya da Paris'e, sizi çeken yer orasıysa eğer.

Fakat pencereden görülen manzaranın tadını çıkarın, ayin alayları her üç caddeden birden gelirken, birbirlerinin yolundan kaçmaz, iç içe geçer ve son sıralarının arasında tekrar boşluk bırakırken. Mendiller sallayın, dehşete kapılın, duygulanın, arabayla önünüzden geçen güzel hanımı övün.

Tahta köprünün üstünden dereyi geçin, yıkanan çocuklara baş sallayın ve uzaktaki zırhlının bin tayfasının hurrasına şaşın.

Aman o gösterişsiz adamı takip edin ve onu bir binanın araba girişine itip her şeyini alın ve sonra arkasından bakıp, herkesin elleri ceplerinde, üzgün üzgün soldaki sokağa girip yoluna gidişini seyredin.

Şuraya buraya dağılmış dörtnala at koşturan zabıta, hayvanlarını dizginler, sizi de geri çekilmeye zorlar. Bırakın, boş sokaklar mutsuz kılacaktır onları, biliyorum. Şimdiden çifter çifter çekip gitmektedirler, değil mi, köşeleri yavaşça, meydanları uçarcasına geçerek."

Sonra inmem, asansörü aşağı yollamam, kapının zilini açmam gerekir, kız kapıyı açar, ben selam verirken.

Dalgınca dışarı bakış

Ne yapacağız bu şimdi çarçabuk gelen bahar günlerinde? Bu sabah gök griydi; ama insan şimdi pencereye giderse şaşar kalır, yanağını pencerenin koluna dayar.

Aşağıda, tabii artık batmaya yüz tutmuş güneşin ışığını kız çocuğun yüzünde görür, kız öyle yürümekte, etrafına bakmaktadır ve aynı anda bu yüzün üzerinde, arkasından daha çabuk gelmekte olan adamın gölgesini görür.

Derken adam geçip gitmiştir bile ve çocuğun yüzü apaydınlıktır.

Eve dönüş yolu

İnsan havanın fırtınadan sonraki ikna gücünü görmeli! Hizmetlerim gözümün önünde belirip beni şaşkın bırakıyor, her ne kadar ayak diremiyorsam da.

Yürüyorum ve tempom sokağın bu tarafının, bu sokağın, bu mahallenin temposu. Haklı olarak ben sorumluyum kapılara, masaların tablalarına inen bütün vuruşlardan, içerken söylenen tekerlemelerden, yataklarındaki, yeni yapılan binaların iskeletlerindeki, karanlık sokaklarda bina duvarlarına yapışmış, genelevlerin divanlarındaki âşık çiftlerden.

Geçmişimi geleceğime karşı tutup değerini biçiyorum, ama ikisini de fevkalade buluyorum, ikisinden hiçbirini tercih edemiyorum ve elimden beni böylesine imtiyazlı kılan kaderin adaletsizliğini kınamaktan başka bir şey gelmiyor. Sadece, odama girdiğimde biraz düşünceye kapılıyorum, fakat merdiveni çıkarken düşünmeye değer bir şey bulmuş olmaktan değil. Pek faydası olmuyor bana, pencereyi tamamen açmamın ve bir bahçede hâlâ müzik çalınıyor olmasının.

Koşa koşa geçenler

İnsan geceleyin bir sokakta yürüyüşe çıkmışsa ve bir adam, daha uzaktan bile görünen biri –çünkü önümüzdeki sokak yokuş yukarı çıkıyor ve dolunay var– karşıdan koşarak bize doğru geliyorsa, yakasına yapışmayacağız, zayıf ve serseri kılıklı da olsa, arkasından biri koşuyor ve bağırıyor da olsa, bırakacağız koşsun.

Çünkü vakit gece ve sokağın önümüzde, dolunay altında yükseliyor olması bizim kabahatimiz değil, hem üstelik belki bu iki kişi bu koşuşmayı eğlenmek için yapıyordur, belki ikisi birden bir üçüncünün peşindedir,

..isi suçsuz yere kovalanmaktadır, belki ikincisi ..k istiyordur, biz de o zaman cinayete suç ortağı .., belki ikisinin birbirinden haberi yoktur da her kendi sorumluluğu altında yatağına doğru koşuyor..ar, belki uyurgezerdirler, belki birincisi silahlıdır.

Hem nihayet, yorulmuş olamaz mıyız, o kadar çok şarap içmedik mi? İkinciyi de göremez olduğumuzda içimiz rahat eder.

Yolcu

Elektrikli tramvayın sahanlığında duruyorum ve bu dünya, bu şehir, ailem içindeki yerim bakımından tamamen güvensiz bir haldeyim. Herhangi bir yönde haklı olarak hangi taleplerde bulunabileceğimi yarım ağızla bile olsun söyleyemem. Bu sahanlıkta duruşumu, bu tutamaktan tutuşumu, kendimi bu arabaya taşıtışımı, insanların tramvayın önünden kaçışını ya da sessizce yürüyüşünü ya da camekânların önünde sakin sakin duruşunu hiç mi hiç savunamam. – Kimsenin benden bunu istediği yok elbet, ama orası fark etmez.

Tramvay bir durağa yaklaşıyor, bir kız basamakların yakınına dikiliyor, inmeye hazır. Gözüme öyle açık seçik görünüyor ki, sanki ellemişim gibi. Siyahlar giymiş, eteğinin pilileri neredeyse hiç kıpırdamıyor, bluzu dar, beyaz ve sıkiğne dantelden bir yakası var, sol elini açıp bölmeye dayamış, sağ elindeki şemsiye üstten ikinci basamakta duruyor. Yüzü esmer, burnu yanlardan hafifçe basık, yuvarlak ve geniş bitiyor. Bol, kestane rengi saçları var ve sol şakağında dağınık birkaç tel. Küçük kulağı basık, ama yakınımda durduğu için sağ kulak kepçesinin arkasını ve başına bitiştiği yerdeki gölgeyi görüyorum.

O zaman sormuştum kendime: Nasıl oluyor da kendi kendine şaşmıyor, ağzını kapalı tutuşuna ve hiç böyle bir şey söylemeyişine?

Elbiseler

Kat kat pilileri, kıvrımları, takıntılarıyla güzel vücudun üstüne güzelce oturan elbiseler gördüğümde, çoğu zaman, bu halleriyle uzun zaman korunamayacaklarını, bir daha düzeltilemeyecek kırışıklarının olacağını, üstlerini süslerine iyice oturacak ve bir daha temizlenemeyecek biçimde toz kaplayacağını ve hiç kimsenin aynı kıymetli elbiseyi her gün sabah giyip akşam çıkarma kederine ve gülünçlüğüne düşmek istemeyeceğini düşünürüm.

Fakat kızlar, gerçi güzel olan ve bir alay şirin kas, eklem, gergin bir cilt ve yığınla incecik saç gösteren, fakat yine de günbegün bu bir tek, doğal maskeli kıyafet içinde ortaya çıkan, hep aynı yüzü hep aynı avuçlarının içine alan ve aynalarından aksettiren kızlar görürüm.

Sadece, bazen akşamları geç bir saatte bir eğlenceden geliyorlarsa, bu yüz aynadaki gözlerine aşınmış, şişmiş, eskimiş, herkesçe çoktan görülmüş ve artık ortada gezdirilir tarafı kalmamış haliyle görünür.

Reddediş

Güzel bir kıza rastlıyor ve, "Ne olursun, gel benimle," diye rica ediyorsam, kız da ses çıkarmadan yürüyüp gidiyorsa, şunu demek istiyordur:

"Sen ismi bayrak gibi salınan bir dük değilsin, iri, Kızılderili boyunda bosunda, sakin gözleri dümdüz ileri bakan, çim sahaların havasıyla ve ortalarından akıp geçen nehirlerle yoğrulmuş bir cilde sahip bir Amerikalı değilsin, yolculuklar yapmamışsın, ne bileyim, her neredeyse o büyük göllere, büyük göllerde. Öyleyse, söyler misin, niçin geleyim ben, güzel bir kız, seninle?"

"Unutuyorsun, seni bu sokaktan yaylana sallana taşıyan bir otomobil yok; elbiseleri içinde sıkış sıkış, sana hayırdualar okuyan ve tastamam bir yarım daire halinde peşin sıra gelen beyleri göremiyorum maiyetinde; göğüslerin korsenin içinde gayet düzgün, ama uylukların, kalçaların o sıkıntının öcünü alıyor; üstünde geçen sonbahar kesinlikle herkesin hoşuna gitmiş olan, piliseli bir tafta elbise var, ama yine de gülümsüyorsun –bu hayati tehlike bedenindeyken– ara sıra."

"Evet, ikimiz de haklıyız ve bunun bir daha çürütülemeyecek gibi farkına varmamak için, haydi, değil mi ama, ikimiz de tek başına evlerimize gidelim."

Binici beyler bir düşünmeli

İnsanı, iyi düşünecek olursa, bir yarışta birinci gelmeyi istemeye ayartacak hiçbir şey olamaz.

Bir ülkenin en iyi binicisi olarak tanınma şöhreti, orkestra çalmaya başlarken, öyle çok sevinç verir ki, ertesi sabahın pişmanlığına engel olunamaz.

Rakiplerin kıskançlığı, ki hilekâr ve oldukça nüfuz sahibi insanlardır, içimize acı verecektir, biz atımızın üstünde, iki sıra dizilenlerin arasındaki daracık koridordan geçerek çok geçmeden önümüze açılacak olan, alt edilmiş ve ufkun kenarlarına doğru çekilen ufacık birkaç atlı dışında bomboş düzlüğe doğru ilerlerken.

Dostlarımızdan birçoğu bir acele gelecektir, kazancı tahsil etmek için ve sadece omuzlarını şöyle bir çevirip uzaktaki gişelerden bize doğru hurra diye bağıracaklardır; en iyi dostlar ise hiç bizim ata oynamamıştır, kaybedecek olurlarsa bize kızmak durumunda kalmasınlar diye, ama şimdi, bizim at birinci olduğuna ve onlar da hiçbir şey kazanmadığına göre, biz önlerinden geçerken sırtlarını çevirip bakışlarını tribünlerde gezdirmeyi tercih ederler.

Gerilerdeki rakipler, eyerlerinde sıkı sıkı otururken, başlarına gelen talihsizliğin ve herhangi bir şekilde uğradıkları haksızlığın büyüklüğünü kestirmeye çalışırlar; zinde bir havaya bürünürler, sanki yeni bir koşunun, ciddi bir koşunun başlaması gerekirmiş gibi bu çocuk oyunundan sonra.

Birçok hanıma gülünç görünür galip gelen, çünkü hem şişinmektedir, hem yine de bilmemektedir bu sonsuz tokalaşmaları, selamlaşmaları, eğilip doğrulmaları, uzakları selamlamaları nereye koyacağını, oysa mağluplar ağızlarını kapamış, elleriyle hafif hafif, çoğunlukla kişnemekte olan atlarının boynuna vurmaktadırlar. Nihayet bir de, iyice bulanmış gökten yağmur yağmaya başlar.

Sokağa bakan pencere

Kim terk edilmiş yaşıyor ve şurada burada bir şeylere katılmak istiyorsa, kimin gözü günün saatlerinin, hava durumunun, çalışma şartlarının vesairenin değişmesi hallerinde çekinmeden tutunabileceği herhangi bir kol arıyorsa; böyle sokağa bakan bir penceresi olmadan işi pek uzun zaman sürdüremeyecektir. Bir de hali şuysa: Hiçbir şey aramıyorsa ve sadece, yorgun bir adam olarak, gözleri ahaliyle gökyüzü arasında inip çıkarken, gelip penceresinin eşiğine yaklaşmışsa ve istemiyorsa ve başını bir parça arkaya atmışsa, yine de atlar onu çekip aşağıda arabalardan ve gürültüden ve bununla nihayet beşeri uyumdan kurulu maiyetlerine katacaktır.

Kızılderili olma isteği

Keşke insan Kızılderili olsaydı, hemen hazır, koşan atın üstünde, havalarda eğilip bükülen, titreyen toprağın üstünde hep kısacık bir durup titreseydi, ta mahmuzları bırakasıya, çünkü mahmuz yoktu, ta dizginleri atasıya, çünkü dizgin yoktu ve neredeyse önünde araziyi dümdüz biçilmiş çayır halinde görseydi, atın boynu ve atın başı olmadan artık.

Ağaçlar

Öyle ya, biz karda ağaç kütükleri gibiyiz. Görünüşte dümdüz yerde uzanmışlardır, ufak bir darbeyle itilip gideceklermiş gibi. Hayır, mümkün değil, çünkü sıkı sıkı toprağa bağlıdırlar. Ama bak, bu bile sadece görünüşte.

Mutsuzluk

Artık dayanılmaz hale geldikten sonraydı –bir gün, bir kasım akşamına doğru– ve ben odamın ince uzun yolluğu üzerinde bir yarış pistindeymişim gibi koşuyordum, ışıkları yakılmış sokağı görünce ürktüm, yine döndüm ve odanın derinliklerinde, aynanın gerisinde yeni bir hedef daha buldum, bağırdım, sırf o bağırışı işitmek için, kimsenin cevap vermediği ve hiçbir şeyin o bağırıştaki gücü eksiltmediği, yani karşı ağırlığı olmadan yükselen ve sesi kesilse bile bitmesini bilmeyen o bağırışı, o anda duvardan karşıma kapı açılıverdi, acele içinde, çünkü acele etmek gerekiyordu ve aşağıda, kaldırımın üstünde arabanın atları, muharebede çıldıran atlar gibi kişniyor, şaha kalkıyorlardı.

Küçük, hayalet gibi bir çocuk çıkageldi hepten karanlık, lambanın henüz yanmadığı koridordan ve ayakuçları üzerinde dikildi kaldı, belli belirsiz sallanan bir döşeme tahtasının üstünde. Odanın loşluğundan hemen gözleri kamaştığından, yüzünü bir çabuk avuçlarına saklayacak oldu, ama birden, bakışı pencereye ilişince sakinleşti: Pencerenin kesişen çizgilerinin önünde, sokak lambalarından yükselip gelen buğu nihayet karanlığın altına serilmiş kalmıştı. Sağ dirseğiyle, açık kapının önünde dimdik, odanın duvarına dayanıyordu, dışarıdan gelen esinti ayak bileklerini yalıyordu, boynunu, şakaklarını da.

Biraz baktım, sonra, "Merhaba," dedim ve sobanın paravanasından ceketimi aldım, çünkü öyle yarı çıplak dikilip durmak istemiyordum. Bir süre ağzımı açık tuttum, heyecan ağzımdan çıksın, benden gitsin diye. İçimde tükürüğüm acımıştı, yüzümde kirpiklerim titreşiyordu, kısacası, tam da aslında beklenen bu misafirden başka bir eksiğim yoktu.

Çocuk daha duvarın dibinde, aynı yerde duruyordu, sağ elini duvara dayamıştı ve yanakları al al, beyaz badanalı duvarın iri pütürlü oluşuna ve parmak uçlarına sürtünmesine doyamıyordu. Dedim ki: "Sahiden bana gelmek mi istiyorsunuz? Bir yanlışlık olmasın? Bu büyük binada yanlış yapmaktan kolay bir şey yok. Benim adım Filanca, üçüncü katta oturuyorum. Tamam mı, ben miyim uğramak istediğiniz?"

"Sakin olun, sakin!" dedi çocuk omzunun üzerinden, "Her şey yolunda."

"Öyleyse gelin, odaya girin, kapıyı kapatayım."

"Kapıyı ben daha şimdi kapattım. Zahmet etmeyin. Hem, sakin olun artık."

"Zahmetin lafı bile olmaz. Ama bu koridorda bir alay insan oturuyor, hepsi de tabii benim tanıdığım; çoğu şimdi işlerinden geliyor; odanın birinde konuşulduğunu duyarlarsa açıp ne olduğuna bakmaya düpedüz hakları olduğunu sanırlar. Ne yapalım, bu böyle. Bu insanlar günlük işlerini arkada bırakmış; kime kulluk etsinler ki şu geçici akşam hürriyetlerinde! Ayrıca siz de biliyorsunuz elbet. Müsaadenizle kapıyı kapatayım."

"Ne bu canım? Neyiniz var? Bana göre hava hoş, isterse bütün bina içeri gelsin. Hem, bir daha söyleyeyim: Kapıyı çoktan kapattım ben, kapıları sadece siz mi kapatabilirsiniz sanıyorsunuz? Üstelik anahtarla kilitledim."

"Öyleyse iyi. Fazlasını istediğim de yok. Anahtarla kilitlemeniz hiç gerekmezdi. Şimdi de haydi rahatınıza bakın, mademki geldiniz. Misafirimsiniz. Bana hepten güvenin. Hiç korkmadan iyice bir yerleşin. Sizi ne burada kalmaya zorlarım ne gitmeye. Bunu da söylemem mi gerekir? Beni o kadar az mı tanıyorsunuz?"

"Hayır. Söylemeniz hakikaten gerekmezdi. Dahası, hiç söylememeliydiniz. Ben çocuğum; niçin o kadar teferruat, zahmet?"

"O kadar zararı yok. Tabii, çocuksunuz. Fakat o kadar küçük de değilsiniz. Bayağı büyümüşsünüz bile. Kız olsaydınız, benimle böyle hemencecik bir odaya kapanmanız doğru olmazdı."

"Bu noktada endişelenmesek de olur. Sadece şunu demek istiyordum: Benim sizi o kadar iyi tanıyor olmam beni pek az koruyor, sadece sizi bana yalanlar anlatma zahmetinden kurtarıyor. Yine de bana iltifat ediyorsunuz. Bırakın, sizden rica ediyorum, yapmayın. Üstelik sizi her yerde ve her daim seçebiliyor da değilim, hele de bu koyu karanlıkta. Işık yaktırsanız çok daha iyi olurdu. Hayır, yaktırmayın, daha iyi. Yine de, beni tehdit ettiğinizi bir kenara yazıyorum."

"Ne? Sizi tehdit mi etmişim? Aman, çok rica ederim. Nihayet geldiğinize o kadar memnun oldum ki. 'Nihayet' diyorum, çünkü bir hayli geç oldu. Niçin bu kadar geç kaldınız, anlaşılır gibi değil. Böyle olunca, sevinç içinde karmakarışık konuşmuş olabilirim, siz de o şekilde anlamış olabilirsiniz. Öyle konuşmuş olduğumu on kere itiraf ederim, tamam, sizi her nasıl istiyorsanız onunla tehdit ettim. – Yeter ki kavga etmeyelim, Tanrı aşkına! – Ama nasıl oldu da inanabildiniz? Beni nasıl bu kadar incitebildiniz? Niçin burada olduğunuz şu kısacık süreyi olanca gücünüzle burnumdan getiriyorsunuz? Yabancı biri olsa sizden daha anlayışlı davranırdı."

"İnanırım; bunu söylemek hikmet değil. Ben size tabiatım gereği, yabancı bir insanın olabileceği kadar anlayışlıyım zaten. Bunu siz de biliyorsunuz, öyleyse bu keder niye? Komedi oynamak istiyorsanız söyleyin, ben de anında gideyim."

"Öyle mi? Bana bunu da söylemeye cesaret ediyorsunuz? Cürette biraz ileri gidiyorsunuz. Nihayet benim odamdasınız. Parmaklarınızı deli gibi benim duvarıma sürtüyorsunuz. Benim odam, benim duvarım! Üstelik söylediğiniz şey gülünç, küstahlık olması bir yana. Diyorsunuz ki, tabiatınız sizi benimle bu tarzda konuşmaya zorluyormuş. Sahi mi? Tabiatınız sizi zorluyor ha? Nezaket gösteriyor tabiatınız. Sizin tabiatınız, benimki ve eğer ben size karşı tabiatım gereği dostça davranıyorsam, siz de başka türlü davranamazsınız."

"Bu mu dostça davranış?"

"Ben eskiden bahsediyorum."

"Siz benim ileride nasıl olacağımı biliyor musunuz?"

"Bir şey bildiğim yok."

Komodine yürüdüm, üzerindeki mumu yaktım. O zamanlar ne gaz ne elektrik ışığı vardı odamda. Sonra bir süre daha masada oturdum, bu işten de bıkana kadar, paltomu giydim, şapkamı kanepeden alıp mumu söndürdüm. Çıkarken koltuğun ayaklarından birine takıldım. Merdivende aynı katta oturan bir kiracıyla karşılaştım.

"Yine mi çıkıyorsunuz, sizi berduş sizi?" diye sordu, iki basamağa basacak şekilde açtığı ayakları üzerinde dinelerek.

"Ne yapayım?" dedim. "Demin odamda bir hayalet vardı."

"Bunu söylerken hoşnutsuzluğunuz aynı çorbada bir saç bulmuş birininki gibi."

"Şaka ediyorsunuz. Fakat şunu iyi bilin, hayalet hayalettir."

"Çok doğru. Fakat ya insan hayaletlere hiç inanmıyorsa?"

"Ee, siz benim hayaletlere inandığımı mı sanıyorsunuz yani? Fakat inanmıyorum da ne faydasını görüyorum?"

"Çok basit. Hayaletin biri hakikaten yanınıza gelince korkmayıverin artık."

"Evet, ama bu sadece korkunun tali olanı. Asıl korku hayaletin görünmesinin nedeninden duyulan korkudur. İşte bu korku kalır. O bayağı esaslı bir şekilde benim içimde." Sinirden bütün ceplerimi karıştırıp aranmaya başladım.

"Peki ama, asıl hayaletin kendisinden korkmuyorduysanız, neden göründüğünü rahatça sorabilirdiniz!"

"Siz anlaşılan hiç hayaletlerle konuşmamışsınız. Onlardan hiçbir zaman açık seçik bir bilgi alınamaz ki. Bir çabalamadır gider. Bu hayaletler kendilerinin varlığı hakkında bizden daha çok şüphe duyuyor gibiler, hem, o çıtkırıldım hallerine bakılacak olursa, bunda şaşılacak bir şey de yok."

"Duydum ki, insan onları besleyip büyütebiliyormuş."

"İyi bilgi edinmişsiniz. Bu mümkün. Ama kim yapacak?"

"Neden olmasın? Dişi bir hayalet olsa, mesela," dedi ve üst basamağa çıkıverdi.

"Haa," dedim, "ama o zaman bile değmez." Kendimi toparladım. Tanıdığım o kadar yukarı çıkmıştı ki, beni görmek için merdiven boşluğunun tonozlarının birinin altından başını eğip uzatması gerekiyordu. "Fakat yine de," diye seslendim, "benim o yukarıdaki hayaletimi elimden alırsanız aramızda her şey biter, ilelebet."

"Şakaydı canım," dedi ve başını geri çekti.

"Öyleyse iyi," dedim; aslında şimdi artık rahatça yürüyüşüme çıkabilirdim. Fakat kendimi bir hayli terk edilmiş hissettiğimden, yukarı çıkıp uyumayı tercih ettim.

HÜKÜM (1913)

Matmazel Felice B. için bir hikâye

Baharın en güzel zamanı, bir pazar sabahıydı. Georg Bendemann, genç bir tüccar, nehir boyunda uzun bir sıra halinde dizilmiş, neredeyse sadece yükseklikleri ve renk tonları farklı olan o alçak, hafif yapılı evlerden birinde, kendi odasında oturuyordu. Daha demin, yurtdışında bulunan bir gençlik arkadaşına yazdığı bir mektubu bitirmişti, sonra zarfı oyun oynarcasına bir yavaşlıkla kapadı ve ardından, dirseği yazı masasına dayalı, pencereden dışarıya, nehre, köprüye, karşı kıyıdaki zayıf bir yeşillik içindeki tepeciklere baktı.

Bu arkadaşının daha yıllar önce, memlekette yapabileceği ilerlemeden hoşnut olmadığından, Rusya'ya basbayağı kaçmış olduğunu aklından geçiriyordu. Arkadaşı şimdi Petersburg'da bir ticarethane işletiyordu, önceleri gayet iyi başlayan, uzun zamandır ise gittikçe seyrekleşen misafirliklerinde şikâyet ettiği üzere, işleri kesatlaşmış görünen bir işyeri. Böyle olunca, o yabancı ülkede kendini boş yere harcamaktaydı, yabancı tarzdaki sakalı çocukluk yaşlarından beri gayet iyi bildiği, sarı rengi ilerlemekte olan bir hastalığa işaret eder görünen yüzünü pek örtemez olmuştu. Anlattığına göre, orada kendi memleketinin camiasıyla doğru dürüst bağlantısı yoktu, ama oralı ailelerle de neredeyse hiç cemiyet yaşayışına katılmıyor, böyle olunca da kendini ebedi bir bekârlığa hazırlamış oluyordu.

Böyle bir adama ne yazmalıydı, besbelli yanlış yöne koşmuş, acınan, ama yardım edilemeyen birine. Acaba memlekete dönmesini mi tavsiye etmeliydi, işini gücünü buraya taşımasını, bütün o eski arkadaş ilişkilerini canlandırmasını –buna bir engel yoktu elbet– ve geri kalanı için arkadaşların yardımına güvenmesini? Fakat bu ona aynı zamanda, ne kadar sakınımla yapılsa o kadar incitici olacak bir şekilde, şimdiye kadarki denemelerinin başarısızlığa uğradığını, o denemeleri nihayet bırakmasının yerinde olacağını, geri dönmek zorunda ve temelli dönmüş biri olarak herkesin gözlerini aça aça yüzüne bakmasına katlanmaktan kaçınamayacağını, işini bilenlerin sadece arkadaşları olduğunu, kendisininse memlekette kalıp başarıya ulaşmış arkadaşlarının sadece izinden gidecek ihtiyar bir çocuk olduğunu söylemekten başka bir şey olmazdı. Hem o zaman, ona çektirilmesi kaçınılmaz olan onca cefanın bir işe yarayacağı kesin miydi? Belki onu memlekete getirmek bile mümkün olmazdı –kendi söylemiyor muydu, buradaki şartları artık anlamaz olduğunu–, o zaman da her şeye rağmen o yabancı ülkede, verilen öğütlerle içi acımış ve arkadaşlarına bir parça daha yabancılaşmış olarak kalırdı. Ama gerçekten bu tavsiyeye uyup burada –tabii kasıtlı olarak değil de gerçeklerin baskısıyla– ezilecek olursa, gerek arkadaşları arasında, gerek onlar olmadan kendi yerini bulamazsa, utanç acısı çekecek, hem yurdunu hem arkadaşlarını asıl böylece kaybedecek olursa, bu durumda oturduğu o yabancı yerde kalması, onun için daha iyi olmaz mıydı? Bu şartlar altında, burada gerçekten ilerleyebileceği düşünülebilir miydi?

Bu nedenlerden dolayı insan ona, eğer şu mektup bağlantısını olsun sürdürmek istiyorsa, en uzak bir tanıdığına bile ürküntü duymadan bildireceği, dişe dokunur şeyleri bildiremiyordu. Arkadaşı memlekette bulunmayalı üç yılı geçmişti ve bunu pek de inandırıcı olmayan bir biçimde, Rusya'daki politik şartların güvensizliğiyle açıklıyor, ortalığın –bir yandan yüz binlerce Rus rahat rahat dünyayı dolaşıp dururken– küçük bir işadamının, kısacık bir süre için bile olsa, yerinden uzaklaşmasına izin vermediğini söylüyordu. Bu üç yıl boyunca Georg açısından ise çok şey değişmişti. Arkadaşı Georg'un annesinin yaklaşık iki sene önceki vefatını ve o zamandan beri yaşlı babasıyla bir hanede yaşadığını gerçi öğrenmişti ve başsağlığı dileğini bir mektupla, öyle kuru bir ifadeyle dile getirmişti ki, nedeni ancak, böyle bir olayın verdiği kederin yabancı bir ülkede hepten tasavvur edilemez hale gelmiş olması olabilirdi. Fakat Georg o zamandan bu yana, başka her şeyi olduğu gibi, işini de daha büyük bir azimle ele almıştı. Belki annesi yaşadığı sürece babası, iş konusunda sadece kendi görüşünü saydırmak istediğinden, Georg'un gerçekten kendi başına bir şeyler yapmasını engellemişti, belki babası annesinin ölümünden beri, hâlâ ticarethanede çalışıyor olmasına rağmen, daha bir çekingen davranmaktaydı, belki –hatta pek akla yakındı böylesi– şanslı rastlantılar bunlardan çok daha önemli bir rol oynuyordu, her neyse, iş bu iki yıl içinde hiç beklenmedik bir şekilde gelişmiş, personeli iki katına çıkarmak gerekmiş, satış beş kat artmıştı, durumun ileride daha da düzeleceğine şüphe yoktu.

Arkadaşın ise bu değişiklikten zerre kadar haberi yoktu. Eskiden, belki son defa o başsağlığı mektubunda, Georg'u Rusya'ya yerleşmeye ikna eder ve tam da Georg'un işkolu bakımından Petersburg'da gördüğü gelişme imkânlarını uzun uzun anlatırdı. Verdiği rakamlar

Georg'un işinin şimdi ulaştığı çap karşısında hiç kalıyordu. Fakat Georg'un içinden, arkadaşına yazarken, iş başarılarından bahsetmek gelmemişti ve durumu şimdi, bu hale geldikten sonra yazsa, o da pek garip kaçacaktı.

Böyle olunca, insan ona sadece önemsiz, sakin bir pazar günü düşüncelere daldığı zaman hatırladıklarının içinde düzensiz bir şekilde bir araya gelen türden olayları anlatmakla yetiniyordu. İstediği, arkadaşının aradan geçen uzun zaman içinde memleketi olan bu şehir hakkında kafasında herhalde oluşturmuş ve kabullenmiş olacağı tasavvurun bozulmamasını sağlamaktan başka bir şey değildi. Böyle olunca da ister istemez, ona sıradan birinin bir o kadar sıradan bir kızla nişanlandığını üç kere, aralarına epey zaman girmiş birer mektupla bildirmek durumuna düşmüş, derken arkadaşı da Georg'un niyetinin tam aksine, bu garip haberle ilgilenmeye başlamıştı.

Ne var ki Georg ona böyle şeyleri yazmayı kendisinin bir ay önce Matmazel Frieda Brandenfeld adlı, hali vakti yerinde bir ailenin bir kızıyla nişanlandığını itiraf etmeye kat kat tercih ediyordu. Nişanlısıyla sık sık arkadaşı ve onunla kurmuş olduğu bu kendine özgü mektuplaşma ilişkisi üzerine konuşmuştu. "O zaman düğünümüze hiç gelmez," demişti kız, "ama benim de senin bütün arkadaşlarını tanımaya hakkım var." "Onu rahatsız etmek istemem," demişti Georg, "beni yanlış anlama, herhalde gelecektir, en azından bana öyle geliyor, fakat kendini zorlanmış ve zarara uğratılmış hissedecektir, belki de beni kıskanacaktır ve kesinlikle hoşnutsuz olarak ve bu hoşnutsuzluğu günün birinde giderebileceğine ümidi olmadan, yalnız yalnız dönüp gidecektir. Yalnızca – biliyor musun, bu ne demek?" "Evet, peki, evlendiğimizi başka bir şekilde öğrenemez mi?" "Tabii buna engel olamam, ama onun yaşayış tarzına bakılırsa pek ihtimal yok." "Böyle arkadaşların varsa, Georg, hiç mi hiç nişanlanmamalıydın." "Evet, bu ikimizin de suçu; fakat ben şimdi de başka türlü olsun istemezdim." Kız sonra, Georg'un öpücükleri arasından, nefes nefese, "Aslında benim için yine de incitici bir şey," diyebildiğinde, arkadaşına her şeyi yazmakta gerçekten bir zorluk görmemeye başlamıştı. "Böyleyim ben, o da beni olduğum gibi kabullensin," demişti kendi kendine, "kendimi kesip biçip yeni, onun dostluğu bakımından olduğumdan belki daha elverişli olacak bir insan çıkaramam."

Gerçekten de, arkadaşına bu pazar sabahı yazdığı mektubunda, yapılan nişanı şu sözlerle haber verdi: "En iyi haberimi tuttum, sona sakladım. Matmazel Frieda Brandenfeld adlı bir hanımla nişanlandım, varlıklı ve senin ayrılmandan uzun bir zaman sonra buraya yerleşmiş bir ailenin kızı, yani senin tanıyacağını pek sanmıyorum. Sana nişanlım hakkında daha etraflıca bilgi vermek için bir fırsat daha gelecektir, bugünlük şu kadarı yetsin: Ben gayet mutluyum ve bizim karşılıklı ilişkimizde değişen şey sadece, artık karşında tamamen alelade bir arkadaş değil, mutlu bir arkadaş bulacağındır. Ayrıca nişanlımın şahsında, ki sana candan selam gönderiyor ve yakında kendisi de yazmak istiyor, samimi bir arkadaş kazanmış oluyorsun, bu da bekâr biri için hepten önemsiz bir şey değil. Biliyorum, misafirimiz olmana engel olan birçok şey var, fakat tam da benim düğünüm bütün engelleri bir kereliğine bir kenara atmak için en uygun fırsat olmaz mıydı? Fakat ne olursa olsun, bizi düşünerek değil, tamamen kendi aklına yattığı gibi davran."

Elinde bu mektup, Georg uzun zaman, yüzü pencereye dönük olarak yazı masasında oturmuştu. Sokaktan geçerken ona selam veren bir tanıdığa bile neredeyse dalgın bir gülümsemeyle ya cevap vermiş ya da vermemişti.

Nihayet mektubu cebine soktu ve odasından çıkıp küçük bir koridoru geçerek babasının odasına yürüdü; aylardan beri girmemişti buraya. Buna gerek de yoktu zaten; çünkü babasıyla devamlı olarak ticarethanede haşır neşir oluyor, öğle yemeklerini aynı zamanda bir lokantada yiyorlar, akşamları gerçi her biri kendi isteğine göre karnını doyuruyor, fakat sonra çoğu zaman, eğer Georg gayet sık olduğu üzere arkadaşlarıyla beraber değilse ya da şimdilerde yaptığı gibi nişanlısına uğramamışsa, birazcık daha, her birinin elinde kendi gazetesi, ortak oturma odalarında beraber oturuyorlardı. Georg babasının odasının bu güneşli öğle öncesinde bile ne kadar karanlık olduğuna şaştı. Bu kadar gölge yapıyordu demek, dar avlunun öbür tarafındaki yüksek duvar. Babası pencere kenarında, rahmetli annesinin çeşitli yadigârlarıyla süslenmiş bir köşede oturuyor, her ne ise bir göz kusurunu gidermek için gözüne yandan tuttuğu gazeteyi okuyordu. Masanın üstünde duran artıklar kahvaltıdan pek bir şey yenmemiş olduğunu gösteriyordu.

"Aa, Georg!" dedi baba ve hemen ona doğru yürüdü. Ağır sabahlığı açıldı yürürken, etek uçları etrafında kanatlandı – "Babam hâlâ bir dev," diye düşündü Georg.

"Burası amma da karanlıkmış," dedi sonra.

"Evet, orası öyle," cevabını verdi baba.

"Pencereyi de kapatmışsın?"

"Bence böylesi daha iyi."

"İyice sıcak dışarısı," dedi Georg, bir önceki sözüne bir şey eklermiş gibi, sonra oturdu.

Baba kahvaltı sofrasını toplayıp bir sandığın üstüne koydu.

"Sana aslında sadece diyecektim ki," diye devam etti Georg, yaşlı adamın hareketlerini dalgın dalgın izlerken, "ben nişanlandığımı Petersburg'a yine de bildirdim." Mektubu cebinden biraz çıkardı, sonra yine yerine koydu.

"Niçin Petersburg'a?" diye sordu baba.

"Arkadaşıma canım," dedi Georg, babasının bakışlarını yakalamaya çalışarak. – "Ticarethanedeyken bambaşka," diye düşündü, "burada yayılıp oturuşu, kollarını göğsünde çaprazlayışı."

"Evet. Arkadaşına," dedi baba, üstüne basa basa.

"Biliyorsun ya, baba, önceleri ondan saklamak istiyordum nişanlandığımı. Onun durumunu göz önüne aldığım için, başka bir nedenden değil. Sen kendin biliyorsun, zor bir insandır. Kendi kendime diyordum ki, başka bir taraftan haber alabilir elbet, her ne kadar onun o kimsesiz yaşayışı içinde pek ihtimal yoksa da, ben onu önleyemem – fakat doğrudan benden öğrenmesin, o kadar."

"Şimdi de düşünüp fikrini mi değiştirdin?" diye sordu baba, kocaman gazeteyi pencere eşiğine bıraktı, gazetenin üstüne gözlüğünü koydu, gözlüğü de eliyle örttü.

"Evet, tekrar düşündüm şimdi. 'İyi bir arkadaşımsa,' dedim, 'o zaman benim nişanlanmamın mutluluğu onun için de mutluluktur.' O bakımdan da haber vermekten çekinmeyi bıraktım. Fakat mektubu atmadan önce sana söyleyeyim dedim."

"Georg," dedi baba ve dişsiz ağzını yaydı, "dinle hele! Bu meseleden ötürü bana geldin, bana danışmak istedin. Bu senin bir meziyetin, şüphesiz. Fakat bu, bana şimdi bütün gerçeği söylemezsen, hiçbir şey ifade etmez, hatta daha da kötü. Burada yeri olmayan konuları açacak değilim. Sevgili annemizin ölümünden beri hoş olmayan bazı şeyler oldu. Belki onların da zamanı gelir ve belki düşündüğümüzden de daha erken gelir. Ticarethanede bazı şeyler gözümden kaçıyor, belki benden saklanmıyor, ama –şimdi hiç benden bir şeylerin saklandığını ileri sürecek değilim– artık gücüm kuvvetim yetmez oldu, hafızam zayıflıyor, gözüm o bir sürü şeyin hepsini birden göremiyor. Bu, birincisi tabiatın gidişi, ikincisi de, anneciğimizin ölümü beni senden çok daha kötü vurdu. – Fakat tam da bu konuyu konuştuğumuza göre, şu mektubu, senden rica ediyorum, Georg, beni kandırma. Ufacık bir şey bu, bir nefeslik değeri yok, onun için beni kandırma. Gerçekten böyle bir arkadaşın var mı Petersburg'da?"

Georg mahcup mahcup ayağa kalktı. "Bırakalım benim arkadaşlarımı. Bin tane arkadaş benim babamın yerini tutmaz. Biliyor musun, ne diyorum? Sen kendini yeterince kollamıyorsun. Fakat yaşlılık hakkını istiyor. Ticarethanede sensiz etmeme imkân yok, sen de gayet iyi biliyorsun, ama orası senin sağlığını tehdit ediyorsa, hemen yarın kapatırım, ilelebet. Böyle olmaz. Senin için başka bir hayat tarzı getirmemiz lazım. Ama temelden. Burada, karanlıkta oturuyorsun, oysa oturma odasında otursan ne güzel, aydınlıkta olursun. İki lokma kahvaltı atıştırıyorsun, doğru dürüst yiyip güçlenecek yerde. Pencereyi kapatıp oturuyorsun, oysa hava sana ne kadar iyi gelecek. Hayır, babacığım! Hekimi çağıracağım, o da ne buyurursa uyacağız. Odaları değişeceğiz, sen ön odaya taşınacaksın, ben buraya. Senin açından değişen bir şey olmaz, her şey aynen oraya taşınır. Ama bunların acelesi yok, şimdi biraz daha uzan, mutlaka dinlenmen lazım. Gel, soyunmana yardım edeyim, göreceksin, elimden gelir. Yoksa hemen ön odaya mı gidersin, o zaman şimdilik benim yatağıma yatarsın. Aslında en akıllıcası bu olur."

Georg babasının yanı başında duruyordu, dağınık beyaz saçlı başını göğsüne indirmişti adam.

"Georg," dedi baba sessizce, kımıldamadan.

Georg hemen babasının yanına diz çöktü, babanın yorgun yüzünde gözbebeklerinin kocaman kocaman, göz uçlarından kendine yönelmiş olduğunu görüyordu.

"Senin Petersburg'da arkadaşın yok. Sen hep şakacının teki olmuşsundur ve bu bakımdan benden bile çekinmemişsindir. Nasıl olur da ta orada bir arkadaşın olur! Hiç inanacağım bir şey değil."

"İyice bir düşünsene, baba," dedi Georg, babasını koltuktan kaldırdı ve şimdi pek de zayıf bir halde ayakta duran adamın üstünden sabahlığı çıkardı, "yakında üç sene olacak, arkadaşım bize misafir gelmişti ya. Ondan pek hoşlanmadığını hatırlıyorum. Sana en az iki kere onun burada olmadığını söyledim, oysa tam o sırada benim odamda oturuyordu. Onu sevimsiz bulmanı gayet iyi anlıyordum, arkadaşımın kendine has tarafları vardır. Ama sonra yine de gayet iyi sohbet ettiniz. O zaman çok gurur duydum onu dinlemenden, sözlerini onaylamandan, ona sorular sormandan. İyice düşünürsen hatırlayacaksın. Rus Devrimi üzerine inanılmaz hikâyeler anlatmıştı. Mesela bir iş yolculuğunda, Kiev'de bir karışıklık sırasında, bir balkonda bir rahip gördüğünü: Adam avucunu keserek kalın bir haç çizmiş, sonra elini kaldırıp kalabalığa seslenmiş. Sen kendin de bu hikâyeyi şurada burada tekrar ettin."

Bu arada Georg babasını yine oturtmayı ve keten külotunun üzerine giydiği penye pantolonunu, sonra da çoraplarını usulca çıkarmayı başarmıştı. İç çamaşırının pek de temiz olmadığını görünce, babasını ihmal ettiği için kendini suçladı. Babasının çamaşır değiştirmesini kontrol etmek de kesinlikle onun görevi olmalıydı. Babasının geleceğini nasıl düzenleyecekleri konusunda nişanlısıyla henüz açık bir şekilde konuşmamışlardı, çünkü tek kelime etmeden, babanın eski dairede kalacağından hareket etmişlerdi. Fakat şimdi, o anda olanca kararlılığıyla, babasını gelecekteki evine almaya karar verdi. Yakından bakılınca neredeyse, babaya orada gösterilecek özende fazlaca geç kalınmış olabileceği görülüyordu.

Babasını kollarında yatağa taşıdı. Korkunç bir duygu kapladı içini, yatağa giderken attığı birkaç adım sırasında, göğsünde babasının saat zinciriyle oynadığını fark edince. Babayı hemen yatıramadı yatağa, o kadar sıkı tutunmuştu adam bu zincire.

Fakat yatağa yatar yatmaz da her şey yoluna girer gibi oldu. Üstünü kendi kendine örttü, sonra yorganı bir daha, omuzlarının bir hayli üzerine çekti. Georg'a dostça olmadığı söylenemeyecek bir ifadeyle baktı.

"Değil mi, hatırladın onu şimdi, ha?" diye sordu Georg ve cesaret vermek istercesine baş sallayarak.

"İyi örtündüm mü şimdi?" diye sordu baba, sanki ayaklarının yeterince örtülüp örtülmediğine bakamazmış gibi.

"Memnunsun demek yatakta olmaktan," dedi Georg ve adamın üstünü daha sıkıca örttü.

"İyi örtündüm mü?" diye sordu baba bir daha; cevabı özel bir dikkatle bekler görünüyordu. "Hiç merak etme, iyi örtündün." "Hayır!" diye bağırdı baba, cevabı sorunun hemen ardından gelmişti, yorganı bir an içinde, uçarcasına büyüyüp gelen bir kuvvetle üstünden attı ve yatakta dimdik ayağa kalktı. Sadece bir eliyle hafifçe tavanı tutuyordu. "Beni örtecektin sen, biliyorum evladım ben, ama ben örtülmüş değilim daha. Son gücüm bile olsa, sana yeter, sana fazladır bile. Tabii tanıyorum arkadaşını. O çocuk benim gönlümdeki oğul olurdu. Bu yüzden de aldattın onu bunca senedir. Yoksa niçin olsun? Sanır mısın ki, onun için ağlamadım? Bu yüzden kapanıyorsun zaten yazıhanene, kimse rahatsız etmesin, patronun işi var – sırf Rusya'ya o sahte mektupçuklarını yazabilesin diye. Ama ne mutlu ki, kimsenin babaya oğlun kafasından ne geçtiğini görmesi için ders vermesi gerekmez. Şimdi, onu alt ettiğini sandığın gün, hem de öyle alt etmiş gibisin ki, kıçın kıçın oturabilirsin üstüne, o ise kımıldamaz bile, hemen karar verdi benim beyefendi oğlum evlenmeye!"

Georg başını kaldırıp babasının korkunç görüntüsüne baktı. Babasının birden gayet iyi tanır olduğu Petersburg'daki arkadaşı içini sızlattı, şimdiye kadar hiç olmadığı ölçüde. Kocaman Rusya'da kaybolup gitmiş bir halde görüyordu onu. Boş, soyulmuş ticarethanesinin kapısında görüyordu. Harap olmuş raflar, lime lime edilmiş mallar, inen gaz boruları arasında henüz ayakta durabilir haldeydi. Niye sanki o kadar uzağa gitmişti!

"Yüzüme baksana!" diye seslendi baba, Georg da, dalgın denebilecek bir halde, yatağa doğru koştu, her şeyi kavrayabilmek için, ama yarı yolda durakaldı.

"Eteklerini kaldırıverdi de ondan," diye başlamıştı babası düdük gibi öten bir sesle, "eteklerini öyle bir kaldırdı ki, o rezil kaz kafalı." Bunun nasıl olduğunu canlandırmak için gömleğini o kadar yukarıya çekti ki, uyluğundaki, savaşa gittiği yıllardan kalma yara izi görüldü. "Eteklerini böyle, böyle, işte böyle kaldırdığı için sen de hemen asıldın o karıya, hiç rahatsız edilmeden gönül eğleyebilmek için de annemizin hatırasını kirlettin, arkadaşına ihanet ettin, babanı da yatağa soktun, kımıldayamasın diye. Ama kımıldayabiliyormuş, değil mi?" Hiç tutunmadan ayakta duruyor, ayaklarını sallıyordu. Yüzü, aklı bir şeye ermiş olmaktan ışıldıyordu.

Georg bir köşeye dikildi, babasından olabildiğince uzağa. Epeydir, bir şekilde dolambaçlı yollardan, arkadan gelen ya da yukarıdan inen bir sürprize uğramamak için, her şeyi dört dörtlük bir incelikle gözlemeye kesin karar vermişti. Şimdi çoktan unuttuğu bu kararını yeniden hatırlayıp unuttu, kısa bir ipliği iğne deliğinden geçirir gibi.

"Fakat arkadaşın yine de ihanete uğramış değil!" diye bağırdı baba, havada ileri geri salladığı işaretparmağı bu söylediğini destekliyordu. "Ben onun buradaki temsilcisi oldum."

"Komedyen!" diye bağırmadan edemedi Georg, neden olduğu zararı hemen gördü ve, çok geç, gözleri donuk donuk, dilini öyle bir ısırdı ki, acıdan olduğu yere çöktü.

"Evet, elbette komedi oynadım! Komedi! İyi laf! Ben ihtiyar, dul babaya başka hangi teselli kalıyordu ki? Söyle –ve bu cevap verdiğin an süresince sen daha benim hayattaki oğlum ol– başka ne yapacaktım ki, arka taraftaki odamda, peşimde sadakatsiz personel, ta kemiklerime kadar ihtiyarlamışken? Oğlum ise pür neşe dünyayı dolaşıyor, benim hazırladığım işleri bağlıyor, keyfinden taklalar atıyor ve babasının önünden namuslu bir adamın ketum suratıyla geçip gidiyordu! Sanıyor musun ki, ben seni sevmezdim, yaşam nedenin olan ben?"

"Şimdi öne eğilecek," diye düşündü Georg, "düşse de parçalanıp dağılsa!" Bu ifade kafasından bir ıslık gibi geçti.

Baba öne eğildi, ama düşmedi. Georg beklediği gibi yanına gelmediği için tekrar doğruldu.

"Olduğun yerde kal, benim sana ihtiyacım yok! Sanıyorsun ki, henüz buraya gelecek gücün var da sırf öyle istediğin için geri duruyorsun. Yanılmayasın! Ben hâlâ çok daha güçlü olanım. Yalnız olsaydım belki geri çekilmek zorunda kalırdım, ama böyle, annen bana kendi gücünü verdi, arkadaşınla şahane bir birlik kurdum, senin müşteriler burada, benim için çantada keklik!"

"Gömleğinde bile cebi var!" dedi Georg kendi kendine ve bu ifadeyle babasını bütün dünyaya karşı olmayacak biri olarak gösterebileceği sanısına vardı. Sadece bir anlığına düşündü bunu, çünkü durmadan her şeyi unutuyordu.

"Sen durma, gir nişanlının koluna da karşıma çık! Ben onu süpürüp atarım senin yanından, nasıl atarım bilmezsin!"

Georg buna inanmazcasına yüzünü çarpıttı. Baba söylediği şeyin doğruluğunu temin etmek için başını sallamakla yetindi, Georg'un olduğu köşeye doğru.

"Nasıl da eğlendirdin beni bugün, gelip nişanı arkadaşıma yazmalı mıyım diye sorduğunda. O her şeyi biliyor zaten, aptal çocuk, biliyor zaten! Ben yazdım bile ona, elimden kâğıdı kalemi almayı unuttuğun için. Onun için gelmiyor yıllardan beri, her şeyi senden yüz defa iyi biliyor o, senin mektuplarını buruşturup sol elinde okumadan tutarken, sağ elinde benimkileri tutup okuyor!"

Coşmuş, kolunu başının üstünde sallıyordu. "Her şeyi bin defa daha iyi biliyor!" diye bağırdı.

"On bin defa!" dedi Georg, babayı alaya almak için, ama daha ağzındayken ölesiye ciddi bir tona büründü bu kelime.

"Yıllardır bakıp duruyorum, ne zaman bu soruyla karşıma çıkacaksın diye! Sanıyor musun ki, benim başka bir derdim var? Sanıyor musun ki, gazete okuyorum? İşte!" dedi ve Georg'a bir şekilde kendisiyle beraber yatağa taşınmış olan bir gazete yaprağını fırlattı. Eski, ismi Georg'a artık tamamen yabancı gelen bir gazete.

"Ne kadar da geciktin, olgunlaşana kadar! Annen öldü, mutluluk gününü göremeden, arkadaşın ise Rusya'sında eriyip bitiyor, daha üç yıl önce sararmış, çöpe atılacak hale gelmişti bile, bense, görüyorsun işte benim ne halde olduğumu. Bunu görecek gözün var elbet!"

"Demek pusuya yatıp gözledin beni!" diye bağırdı Georg.

"Bunu herhalde daha önce söylemek isterdin. Şimdi duruma hiç uymuyor artık," dedi.

Sonra daha yüksek sesle: "Şimdi biliyorsun işte, dünyada senden başka daha neyin olduğunu, şimdiye kadar sadece kendinden haberin vardı! Doğrusu, masum bir çocuktun sen, ama daha da doğrusu, şeytani bir insandın! – İşte bunun için bil ki: Ben seni şimdi suda boğularak ölmeye mahkûm ediyorum!"

Georg'a odadan kovalanıyormuş gibi geldi, arkasında babasının yatağa düşüş sesini de kulaklarında götürüyordu. Basamaklarını eğik bir yüzeymişçesine kayar gibi indiği merdivende, gecenin ardından daireye çekidüzen vermek üzere yukarı çıkmakta olan hizmetçisini devirdi. "İsa!" diye bağırdı kadın ve önlüğünü yüzüne örttü, fakat Georg gitmişti bile. Bina girişinden fırladı, yolun ötesine, bir şey onu suya doğru çekiyordu. Derken parmaklığa yapışmıştı bile, aç birinin yiyeceğe sarılması gibi. Atlayıp öte yana geçiverdi, gençlik yıllarında annesinin babasının gururu olmuş, mükemmel jimnastikçi haliyle. Gittikçe güçsüzleşen elleriyle tutunuyordu henüz, parmaklığın arasından, düşüş sesini kolayca bastıracak olan bir motorlu omnibüs gördü, sessizce bağırdı: "Sevgili annem babam, ben sizi yine de hep sevdim," ve kendini bıraktı.

Bu sırada köprünün üzerinde neredeyse bitip tükenmez bir gidiş geliş vardı.

ATEŞÇİ (1913)

Bir fragman

Zavallı annesi ile babasının, bir hizmetçi kadın tarafından iğfal edilip ondan bir çocuğu olduğu için Amerika'ya gönderdiği on altı yaşındaki Karl Roßmann, artık yavaşlayan geminin içinde New York Limanı'na girerken, çoktandır seyrettiği Özgürlük Heykelini karşısında, bir anda sanki üzerine düşen güneş ışığı kuvvetlenmiş gibi görüverdi. Kılıç taşıyan kolu sanki yeni kalkmış gibi yükseliyor, endamını hür rüzgârlar yalıyordu. "Ne de yüksek!" dedi kendi kendine ve bu haliyle çıkıp gitmeyi hiç düşünmediği halde, yanından gittikçe kabararak geçen hamal kalabalığının itiştirmesiyle, o da yavaş yavaş küpeşteye kadar gelmiş oldu.

Yolculuk sırasında az buçuk tanış olduğu genç bir adam yanından geçerken dedi ki: "Ee, sizin inmeye hiç niyetiniz yok mu?" "Ben hazırım canım," dedi Karl onun yüzüne bakarak ve içinden gelen şevkle, ayrıca güçlü bir genç olduğundan, bavulunu omzunun üstüne kaldırdı. Fakat bastonunu biraz sallaya sallaya ötekilerle birlikte neredeyse uzaklaşmakta olan tanıdığının başının üzerinden ileri bakarken dehşetle, şemsiyesini gemide, aşağıda unuttuğunu fark etti. Tanıdığından bir çabuk, bavulunun yanında bir an bekleme nezaketini göstermesini rica etti, adam pek mutlu olmamışa benziyordu, döndüğü zaman yerini bulabilmek için ortalığa şöyle bir baktı ve alelacele oradan ayrıldı. Aşağıda ne yazık ki, yolunu pek kısaltacak olan bir koridorun ilk defa olarak kapatılmış olduğunu gördü, bu herhalde bütün yolcuların gemiden çıkarılmasıyla ilgili bir tedbirdi ve yolunu zahmetle, bir sürü ufacık mekân, birbiri ardınca karşısına çıkaduran kısa merdiven, durmadan sapan koridorlar, içinde terk edilmiş bir yazı masası olan, boş bir odadan geçerek aramak zorunda kaldı; öyle ki, bu yoldan sadece bir ya da iki kere, o da hep büyükçe bir topluluk içinde geçtiği için gerçekten iyiden iyiye kayboldu. Çaresizliği içinde, üstelik tek bir kişiye rastlamayıp sadece üzerinde binlerce insan ayağının sürtünmesini işittiği ve uzaktan, bir hohlama gibi, artık durdurulan makinelerin çalışmayı bitirirken çıkardığı sesi fark ettiği için, uzun uzadıya düşünmeden, yolunu şaşırdığında önünde durakladığı küçük, herhangi bir kapıya vurmaya başladı.

"Açık ya kapı," diye seslenildi içeriden, Karl da içi gerçekten rahatlayarak kapıyı açtı. "Niye vuruyorsunuz kapıya öyle deli gibi?" diye sordu dev gibi bir adam, Karl'a doğru bakar bakmaz. Bir yerlerdeki bir tepe penceresinden soluk, geminin yukarılarında çoktan kullanılıp eskitilmiş bir ışık düşüyordu, içinde bir yatağın, bir dolabın, bir koltuğun ve adamın sıkış sıkış, istiflenmiş gibi durduğu zavallıca kamaraya. "Yolumu şaşırdım," dedi Karl, "yolculuk sırasında hiç de öyle fark etmemiştim, ama korkunç büyük bir gemiymiş bu." "Evet, o noktada haklısınız," dedi adam belli bir gururla ve bu arada, iki eliyle habire bastırıp kilit dilinin yerine oturup oturmadığını işitmeye çalıştığı küçük bir bavulla uğraşmasını bırakmadı. "Canım, girsenize!" dedi adam sonra, "Dışarıda duracak değilsiniz ya!" "Rahatsız etmeyeyim?" diye sordu Karl. "Aman, nasıl rahatsız edeceksiniz ki!" "Siz Alman mısınız?" diye sordu Karl, kendini yine de emniyete almak için, çünkü Amerika'ya yeni gelenlerin başına özellikle İrlandalılardan gelen tehlikeler hakkında pek çok şey işitmişti. "Evet, evet," dedi adam. Karl hâlâ tereddütlüydü. Derken adam birden kapının koluna yapıştı ve kapıyı çabucak kapamasıyla birlikte Karl'ı da içeriye çekti. "Koridorda durup odama bakılmasına katlanamam," dedi adam, yine bavulu üzerinde çalışmaya başlayarak, "herkes geçiyor kapının önünden, içeri bakıyor, gel de buna dayan!" "Ama koridor bomboş," dedi Karl, yatağın köşesinde sıkışmış bir halde, rahatsız rahatsız dururken. "Evet, şimdi," dedi adam. "Zaten söz konusu olan da şimdi," diye düşündü Karl, "bu adamla konuşmak zor." "Yatağa uzansanıza, daha rahat edersiniz," dedi adam. Karl yatağa sürünerek, olabildiğince çıktı ve bunun için yaptığı ilk sıçrama denemesinin boşa gidişine yüksek sesle güldü. Ama tam yatağa çıkmıştı ki bağırdı: "Hay aksi, bavulumu hepten unuttum ya!" "Nerede ki bavul?" "Yukarda, güvertede, bir tanıdık göz kulak oluyor. İsmi neydi hele?" Bunu derken, annesinin ceketinin astarına dikmiş olduğu gizli bir cepten bir kartvizit çekip çıkardı. "Butterbaum, Franz Butterbaum." "O bavula çok ihtiyacınız var mı?" "Tabii." "E, öyleyse niçin yabancı birine bıraktınız?" "Şemsiyemi aşağıda unutmuştum, onu almaya yollandım, ama bavulu da taşımak istemedim. Sonra da yolumu şaşırdım işte." "Yalnız mısınız? Tek başına mısınız?" "Evet, yalnızım." "Belki bu adama bel bağlasam iyi olacak," diye geçti Karl'ın kafasından, "nereden bulacağım daha iyi bir arkadaş." "Derken, şimdi bavulu da kaybettiniz. Şemsiyenin lafını hiç etmeyelim." Adam bunu deyip koltuğa oturdu, Karl'ın meselesine artık belli bir ilgi göstermeye başlamışçasına. "Ama sanırım, bavul daha kaybolmuş değil." "İnanmak gibisi var mı?" dedi adam ve koyu, kısa, sık saçlı başını kuvvetle kaşıdı. "İnsan gemideyse, liman dubalarıyla birlikte âdetler de değişir. Hamburg'da olsa, sizin o Butterbaum bavula belki bekçilik ederdi, buradaysa büyük ihtimal ikisinden de iz bile kalmamıştır." "Ben hemen bir çıkıp bakayım," dedi Karl ve yerinden nasıl çıkacağını düşünerek bakındı. "Oturun olduğunuz yerde," dedi adam ve onu, bir elini göğsüne dayayarak, basbayağı kaba bir şekilde, tekrar yatağa itti. "Niçinmiş?" diye sordu Karl, kızgınlıkla. "Bir anlamı yok da onun için," dedi adam, "azıcık sonra ben de gidiyorum, o zaman beraber gideriz. Bavul ya çalınmıştır, o zaman yapacak hiçbir şey yok, ya da adam bırakıp gitmiştir, o zaman bavulu, gemi tamamen boşalana kadar, daha da kolay buluruz. Şemsiyenizi de aynen öyle." "Geminin girdisini çıktısını biliyor musunuz?" diye sordu Karl güvensizlik duyarak; eşyalarını en kolay biçimde gemi boş olunca bulabileceği düşüncesi gözüne, aslında akla yakın bir şeyken, içinde bir bityeniği varmış gibi görünmüştü. "E, geminin ateşçisiyim ben," dedi adam. "Geminin ateşçisi ha!" diye bağırdı Karl neşeyle, sanki bu bütün beklentilerini aşan bir şeymiş gibi ve bir yandan dirseği üzerinde doğrulurken adamın yüzüne iyice baktı. "O Slovak'la yattığım kamaranın hemen berisinde bir lomboz vardı, makine dairesine bakılabiliyordu." "Evet, orada çalıştım ben," dedi ateşçi. "Teknikle hep ilgilenmişimdir," dedi Karl, belli bir düşünceye saplanıp kalarak, "günün birinde de kesinlikle mühendis olurdum, eğer Amerika'ya gelmek zorunda kalmasaydım." "Niye gelmek zorunda kaldınız ki?" "Aman canım!" dedi Karl ve bütün hikâyeyi elinin bir hareketiyle savıp attı. Bu arada gülümseyerek ateşçinin yüzüne baktı, sanki itiraf edemediği şey için onun kendiliğinden anlayış göstermesini dilermişçesine. "Bir nedeni vardır herhalde," dedi ateşçi ve bununla nedenin anlatılmasını istemeye mi, yoksa önlemeye mi çalıştığı pek anlaşılmadı. "Artık ben de ateşçi olabilirim," dedi Karl, "annemin babamın hiç umurunda değil artık, ne olacağım." "Benim kadrom boşalıyor," dedi ateşçi, bu durumun tamamen bilincinde olarak ellerini pantolon ceplerine sokup bacaklarını –paçaları buruşuk, derimsi, demir kırıydı– gerinebilmek için yatağın üstüne uzattı. Karl'ın duvara daha da yanaşması gerekti. "Siz gemiden ayrılıyor musunuz?" "Evet, bugün tutuyoruz yolu." "Neden ki? Burası hoşunuza gitmiyor mu?" "Ee, şartlar böyle, kararı veren her zaman, bir şeyin insanın hoşuna gidip gitmemesi olmuyor. Ayrıca, haklısınız, hoşuma da gitmiyor. Herhalde ciddi ciddi düşünmüyorsunuzdur ateşçi olmayı, hoş, en kolay da tam o zaman olunur ya. Yani, size bu işten katiyetle uzak durmanızı tavsiye ederim. Avrupa'da yüksekokula gitmek istiyorduysanız, burada niçin istemeyesiniz ki? Amerikan üniversiteleri Avrupa'nınkilerden daha iyidir, kıyası ne mümkün." "Olabilir tabii," dedi Karl, "ama bende okumak için para yok gibi bir şey. Gerçi birinin gündüz işte çalışıp gece okula gittiğini, hatta doktor ve galiba belediye başkanı olduğunu okumuştum, ama bunun için büyük sebat lazım, değil mi? Korkarım, o yok bende. Ayrıca, öyle hiç de iyi bir öğrenci değildim, okuldan ayrılmak bana hiç zor gelmedi, gerçekten. Hem, buradaki okullar belki daha da sıkıdır. İngilizcem neredeyse hiç yok. Hem zaten insanlar burada yabancılara karşı önyargılı, sanırım." "Bunu da öğrendiniz bile, ha? Eh, öyleyse iyi. O zaman siz benim adamımsınız. Bakın, bir Alman gemisindeyiz ya, Hamburg-Amerika Hattı'na ait bir gemide, niçin burada hepimiz sırf Alman değiliz? Niçin başmakinist Romanyalı? İsmi, Schubal. İnanılır gibi değil. Ve bu sefil köpek bir Alman gemisinde biz Almanlara eziyet ediyor! Sanmayın ki," –nefesi yetişmedi, elini yelpaze gibi salladı– "sırf şikâyet etmiş olmak için konuşuyorum. Biliyorum, sizin sözünüz geçmez, kendiniz bir garip delikanlısınız, o kadar. Ama iş çok kötü!" Sonra masanın üstüne yumruğuyla üst üste vurdu, vururken de gözünü yumruğundan ayırmadı. "Benim o kadar çok gemide hizmetim oldu," –deyip birbiri ardınca yirmi isim saydı, tek bir kelimeymişçesine, Karl'ın iyice kafası karıştı– "ve liyakat gösterdim, övgü topladım, kaptanlarımın istediği gibi bir işçi oldum, hatta birkaç yıl aynı ticari yelkenlide bulundum," –ayağa kalktı, bu yıllar hayatının zirvesi olmuş gibi– "ve burada, bu teknede, ki her şey tıkır tıkır işler, ki hiç kafaya ihtiyaç yoktur, işte burada hiç işe yaramıyorum, Schubal'e hep ayakbağı oluyorum, miskinin tekiyim, atılmayı hak etmişim, ücretimi de lütfen veriyorlar. Siz bunu anlıyor musunuz? Ben anlamıyorum." "Böyle davranmalarına izin veremezsiniz," dedi Karl heyecanla. Neredeyse, ayağının altında bir geminin sallantılı zemini olduğu, bilinmedik bir kıtanın kıyısında bulunduğu yolundaki hissini kaybetmişti, o kadar yurdunda gibiydi yüreği burada, ateşçinin yatağı üzerindeyken. "Kaptana çıktınız mı? Hakkınızı onun yanında aradınız mı?" "Aman, gidin, gidin Tanrı aşkına. Ne işiniz var burada. Söylediğimi dinlemiyor, bana akıl veriyorsunuz. Nasıl gideyim ki kaptanın yanına!" Sonra yine oturdu ateşçi yorgun yorgun, iki avcunu yüzüne kapadı.

"Ona daha iyi bir öğüt veremem," dedi Karl kendi kendine. "Zaten, burada kalıp sonunda sırf ahmakça şeyler olduğu söylenen öğütler vereceğime, gidip bavulumu alsaydım daha iyi olurdu," diye düşündü. Babası bavulu hep onda kalmacasına verdiğinde, şaka yollu sormuştu: "Ne kadar duracak sende?" Şimdi işte o değerli bavul belki de cidden kaybolmuştu bile. Eldeki tek teselli, babasının Karl'ın şimdiki durumundan, araştırsa bile pek haber alamayacağıydı. Sadece gemiyle New York'a kadar gittiğini söyleyebilirdi gemi şirketi, olsa olsa. Ne var ki Karl, bavuldaki eşyaları daha hemen hemen hiç kullanmamış olduğuna, mesela aslında çoktan ihtiyaç duyduğu halde, gömleğini değiştirmemiş olduğuna üzülüyordu. Demek ki yanlış noktada tasarruf etmişti; şimdi, tam da önündeki yolun başlangıcında, temiz bir kıyafetle insanların karşısına çıkmasının gerekeceği bir sırada, kirli gömleğiyle boy göstermek zorunda kalıyordu. Yoksa bavulun kaybı hiç de o kadar kötü olmamıştı, çünkü sırtındaki elbise bavuldakinden, aslında sadece darda kalınınca giyilecek gibi olan, annesinin yolculuktan az önce yamamak zorunda kaldığı elbisesinden daha bile iyiydi. Şimdi, bavulda bir de Verona salamı olduğunu hatırladı, annesi fazladan bir hediye olarak yanına vermiş, Karl da ancak küçük mü küçük bir parçasını yiyebilmişti, çünkü yolculuk boyunca hepten iştahı kesilmiş, ara güvertede dağıtılan çorba da ona tamamen yetmişti. Oysa o salam şimdi elinde olsun isterdi, ateşçiye ikram etmek üzere. Çünkü böyle insanları kazanmak, herhangi ufak bir bahşiş verildiğinde, kolay olur, Karl bunu babasından biliyordu, onun işi icabı karşılaştığı bütün alt kademe çalışanlarını sigar dağıtarak kendi hesabına kazanmasından. Artık Karl'ın hediye olarak verilebilecek sadece parası kalmıştı, ona da, belki bavulu kaybolduğuna göre, şimdilik dokunmak istemiyordu. Gene düşünceleri bavula dönmüştü, şimdi gerçekten anlamıyordu, bavula yolculuk boyunca niçin o kadar büyük bir dikkatle, neredeyse uykusuna mal olacak kadar bekçilik ettiğini, işin ucunda o aynı bavulu bu kadar kolayca kaptırmak olduğuna göre. Sol tarafında, iki ranza ötesinde yatan, kısa boylu Slovak'tan durup dinlenmeden şüphelendiği ve adamın gözünün bavulunda olduğunu sandığı beş geceyi hatırladı. Bu Slovak sadece, Karl'ın nihayet, zayıf düşüp bir an için uykuya dalmasını beklemişti, o zaman bavulu, gün boyunca hep oynadığı ya da alıştırma yaptığı uzun bir sırıkla kendi yanına çekebilecekti. Gündüzün yeterince masum görünüyordu bu Slovak, ama gece olur olmaz, zaman zaman yatağından kalkıyor ve kederle Karl'ın bavulundan yana bakıyordu. Karl apaçık görüyordu bunu, çünkü şurada burada birileri hep, göçmen huzursuzluğu içinde, her ne kadar gemi nizamnamesince yasak idiyse de, ufacık bir ışık yakmış oluyor ve göçmen acentelerinin anlaşılmaz broşürlerini sökmek için uğraşıyordu. Böyle bir ışık yakında idiyse, o zaman Karl biraz uykuya dalabiliyordu, ama ışık uzak ya da ortalık karanlık oldu mu, gözünü açık tutmak zorundaydı. Bu zahmet onu iyice bitkin düşürmüştü, şimdi de belki hepten faydasız olduğu görülüyordu. Şu Butterbaum, ona günün birinde bir yerde bir rastlarsa!

O anda dışarıdan, uzaklardan, şimdiye kadarki kusursuz sessizliğin içinde küçük, kısa darbeler işitildi, çocukların ayak sesleri gibi, kuvvetlenerek yaklaştı, derken sakin sakin yürüyen bir küme adamın ayak sesleri oldu. Anlaşılan, o dar koridorda tabii olduğu üzere, tek sıra yürüyorlardı ve bundan silahların çıkardığına benzeyen bir şakırtı duyuluyordu. Yatağa uzanıp bavulla ve Slovak'la ilgili bütün kaygılardan arınmış bir uykuya iyice yaklaşmış olan Karl ürkerek doğruldu ve dikkatini nihayet seslere çekebilmek için ateşçiyi dürttü, çünkü alayın başını çeken tam kapıya ulaşmış gibiydi. "Bu, gemi bandosu," dedi ateşçi, "yukarıda çaldılar, şimdi de toplanmaya gidiyorlar. Şimdi her şey tamam, biz de gidebiliriz. Gelin!" Karl'ı elinden tuttu, çerçevelenmiş bir Meryem Ana portresini son anda yatağın üstünde, duvardaki yerinden aldı, göğüs cebine soktu, bavulunu kapıp Karl'la bir acele kamaradan çıktı.

"Şimdi büroya gidiyorum; o beylere söyleyeceklerim var. Yolcu kalmadı artık, tedirgin olmasın diye dikkat edecek kimse yok." Ateşçi bu sözleri çeşitli biçimlerde tekrarlıyordu; yürürken yana doğru attığı bir tekmeyle yoluna çıkan bir sıçanı ezmeye çalıştı, ama hayvanı sadece, tam zamanında yetişmiş olduğu deliğinden içeriye daha bir hızla itmiş oldu. Zaten, hareketleri bakımından yavaş biriydi, çünkü bacakları uzun idiyse de, fazlasıyla ağırdılar.

Mutfağın bir bölümünden geçtiler, önlükleri kirli birkaç kız –özellikle ıslatıyorlardı– büyük leğenlerde kap kacak yıkıyordu. Ateşçi bunlardan Line diye birini yanına çağırdı, kolunu kızın kalçasına doladı ve kız cilveyle koluna yaslanırken, bir süre beraber yürüdüler. "Ödeme var şimdi, geliyor musun?" diye sordu. "Ben ne zahmet edeyim, parayı sen buraya getirsene," diye cevap verdi kız, ateşçinin kolunun altından sıyrılıp kaçtı. "O güzel oğlanı da nereden kaldırdın?" diye seslendi arkadan, ama cevap beklemeden kayboldu. İşe ara vermiş olan bütün kızların gülüştüğü duyuldu.

Berikilerse yollarına devam edip tepesinde küçük, altın kaplamalı karyatidlere[1] dayalı, küçük bir üçgen alınlığı olan bir kapıya vardılar. Karl, şimdi fark ediyordu, sadece birinci ve ikinci mevki yolcularına ayrılmış olan bu taraflara herhalde yolculuk boyunca hiç gelmemişti, oysa şimdi, büyük temizlikten önce, gemide mevkileri ayıran kapılar çıkarılmıştı. Gerçekten, omuzlarında süpürge taşıyan ve ateşçiye selam veren birkaç adama rastlamışlardı bile. Karl gördüğü büyük hayhuya şaştı; kaldığı ara güvertede tabii pek az farkına varmıştı bunun. Koridorlar boyunca giden elektrik kabloları da vardı, ayrıca küçük bir kampananın çaldığı duyuluyordu, devamlı.

1. Antik Çağ mimarlığında yapılarda sütun yerine kullanılan giysili kadın figürü. (Y.N.)

Ateşçi kapıya saygıyla vurdu ve "girin" diye seslenildiğinde bir el işaretiyle Karl'ı korkmadan girmeye teşvik etti. O da girdi, fakat kapının kenarında durdu. Odanın üç penceresinden denizin dalgalarını görüyordu, dalgaların neşeli hareketine bakarken de kalbi, sanki koca beş gün boyunca denizi durmadan görmemiş gibi çarpmaya başladı. Büyük gemiler karşılıklı gidip geliyor, dalgaların vuruşuyla da sadece cüsselerinin elverdiği kadar salınıyorlardı. İnsan gözlerini kısınca bu gemiler sırf ağırlıklarından sallanıyormuş gibi geliyordu. Direklerinde dar, ama uzun flamaları vardı, yol alıyor oldukları için gerilen, fakat yine de çırpınıp duran flamalar. Herhalde savaş gemilerinden bu yana, selam topları duyuldu, pek uzak olmayan bir yerden geçmekte olan bu çeşit bir geminin top namluları, çelik örtülerinin pırıltısıyla ışıl ışıl, okşanıyor gibiydiler geminin güvenli, dümdüz, ama yine de yatay olmayan ilerleyişiyle. Küçük teknecikleri, kayıkları ise, en azından kapıdan bakınca, ancak uzaktalarsa seyredebiliyordu insan, sürüler halinde büyük gemiler arasındaki açıklıklara dalışlarını. Ama hepsinin ardında New York vardı ve gökdelenlerinin yüz bin penceresiyle Karl'a bakıyordu. Evet, bu odada biliyordu insan, nerede olduğunu.

Yuvarlak bir masada üç bey oturuyordu, biri mavi gemi üniformasıyla bir gemi zabiti, öbür ikisi siyah Amerikan üniformalarıyla liman dairesinin memurlarıydı. Masanın üstünde, tepeleme yığılmış halde, çeşitli evrak duruyor, zabit bunları önce elinde mürekkepli kalemle gözden geçiriyor, sonra öbür ikisine uzatıyor, bunlar da kâh kâğıdı okuyor, kâh notlar alıyor, kâh evrak çantalarına yerleştiriyorlardı, o da içlerinden biri, hemen hiç durmamacasına dişleriyle hafif bir tıkırtı çıkaranı, ötekine zapta geçirilecek bir şeyler dikte etmiyorduysa.

Pencere kenarında, bir yazı masasında sırtı kapıya dönük olarak daha ufak tefek bir bey oturuyor, önünde, başı hizasındaki kalın bir kitap rafında yan yana dizili büyük ciltlerle uğraşıyordu. Yanında açık, en azından ilk bakışta boş görünen bir kasa duruyordu.

İkinci pencere boştu, en iyi manzara da buradan görülüyordu. Üçüncünün yakınında ise iki bey ayakta durmuş, yarı yüksek sesle bir konuşma tutturmuşlardı. Biri pencerenin kenarına yaslanmıştı, onun üstünde de geminin üniforması vardı ve kılıcın sapıyla oynuyordu. Konuştuğu adam pencereye dönük duruyor, arada bir hareket ettiğinde karşısındakinin göğsündeki bir dizi nişan görülür oluyordu. Sivil giyimliydi ve ince bir bambu bastonu vardı ve bu da, adam iki elini kalçasına bitiştirdiğinden, kılıç gibi ayrık duruyordu. Karl'ın bütün bunları seyredecek vakti olmadı, çünkü çok geçmeden bir odacı karşılarına çıktı, ateşçiye sanki yerinin burası olmadığını dile getiren bir bakışla ne istediğini sordu. Ateşçi, kendisine sorulduğu kadar alçak bir sesle, başveznedar beyle görüşmek istediğini söyledi. Odacı bu ricayı kendi hesabına, bir el hareketiyle savıp attı, ama yine de, ayakuçlarına basarak, yuvarlak masanın etrafını büyük bir kavisle dolaşarak, büyük ciltlerle uğraşan beye doğru yürüdü. Bu bey –apaçık görülüyordu ki– hizmetçinin söyledikleri karşısında neredeyse donakaldı, fakat nihayet kendisiyle konuşmak isteyen adama döndü ve ateşçiye doğru ve ne olur ne olmaz diye aynı zamanda hizmetçiye doğru, başından atmak istercesine el kol hareketleri yapmaya başladı.

Odacı bunun üzerine ateşçiye döndü ve ona bir sır açarmışçasına, "Hemen çekip gidin bu odadan!" dedi.

Ateşçi bu cevap üzerine başını eğip Karl'a baktı, sanki beriki kendisinin, sessiz sessiz dert yandığı kalbiymişçesine. Karl daha fazla düşünüp tartmadan fırladı, odayı bir baştan bir başa geçti, öyle ki, hatta zabitin koltuğuna bile hafifçe sürtündü; odacı eğilmiş, yakalamak için kollarını açmış, koşuyordu, sanki böcek kovalar gibi, fakat başveznedarın masasına önce Karl ulaştı ve masaya tutundu, odacının kendisini oradan çekip götürmeye çalışacağı hesabıyla.

Tabii, bütün oda hemen canlandı. Masadaki gemi zabiti yerinden fırlamıştı, liman dairesinden gelen beyler sakin sakin, ama dikkatle olanı seyrediyordu, pencere kenarındaki iki bey yan yana duruyordu, odacı ise, beyefendilerin bile ilgi gösterdiği bir konuda kendi yerinin olmadığını düşünerek gerilemişti. Ateşçi kapının yanında gergin bir halde, yardımının gerekli olacağı anı bekliyordu. Başveznedar nihayet koltuğunda yaylımlı bir hareketle sağa döndü.

Karl gizli cebinden –cebi bu insanların gözlerinden saklama ihtiyacı duymamıştı– pasaportunu çıkardı ve kendini takdim etmek yerine, açık olarak masanın üstüne koydu. Başveznedar bu pasaportu tali bir şey sayıyor gibiydi, çünkü iki parmağıyla öteye itti, Karl da sanki bu formalite memnuniyet verici bir şekilde yerine getirilmişçesine tekrar cebine soktu.

"Şunu söyleyebilirim ki," diye başladı sonra, "kanaatimce Ateşçi Bey'e haksızlık yapılmıştır. Burada ona eziyet eden, Schubal diye biri var. Ateşçi şimdiye kadar birçok gemide çalışmış bulunuyor, size hepsinin ismini sayabilir, hizmetini hep eksiksiz bir memnuniyet sağlayacak şekilde yapmış, çalışkan, görevini ciddiye alan biridir ve böyle olunca kendinden bekleneni ne diye işin –mesela ticari yelkenlilerde olduğu kadar– ağır olmadığı bu gemide yerine getiremesin, bu hakikaten anlaşılır gibi değil. Onun için, ancak iftira söz konusu olabilir, ona ilerlemesinde engel olacak ve aslında kesinlikle toplayacak olduğu takdiri elinden alacak bir iftira. Ben bu meseleyle ilgili olarak sadece genel hususları söyledim, şikâyetinin özel taraflarını size kendisi aktaracak." Karl bu konuşmayı bütün beylere yöneltmişti, çünkü gerçekten hepsi de dinliyordu, ayrıca hepsi bir arada alındığında, içlerinde adil birinin bulunacağı, o adil kişinin tutup da başveznedar olacağından daha büyük bir ihtimaldi. Karl ayrıca kurnazlık edip ateşçiyi ancak pek kısa bir zamandan beri tanıdığını açık etmemişti. Hem aslında daha da iyi konuşurdu, eğer bambu bastonlu beyin şimdi durduğu yerden ilk defa gördüğü kızarmış yüzü aklını karıştırmasaydı.

"Hepsi kelimesi kelimesine doğru," dedi ateşçi, kendisine daha soran olmadan, hatta daha hiç yüzüne bakan bile olmadan. Ateşçinin bu aceleciliği büyük bir hata olurdu, eğer madalyalı bey, ki Karl'ın şimdi birden sezinlediği gibi kesinlikle kaptandı bu, içinden ateşçiyi dinlemeye karar vermiş olmasaydı. Öyle ya, elini uzatmış, ateşçiye, "Gelin buraya!" diye sesleniyordu, çekiçle dövülebilecek kadar sağlam çıkan bir sesle. Şimdi her şey ateşçinin davranışına bağlıydı, çünkü davasının adil olduğu konusunda şüphesi yoktu Karl'ın.

Ne mutlu ki, bu fırsatla ateşçinin çok görmüş geçirmiş biri olduğu belli oldu. Örnek olacak bir sükûnetle küçük valizinden bir el atmayla küçük bir deste kâğıt çıkardı, bir de not defteri ve bunlarla, sanki en tabii şeymiş gibi, başveznedarı tamamen göz ardı ederek, kaptana yürüyüp delillerini pencere eşiğine yaydı. Başveznedara zahmet edip oraya gitmekten başka yapacak iş kalmıyordu. "Bu adamın huysuzun teki olduğunu herkes biliyor," dedi açıklama olarak, "makine dairesinden çok veznede dolanıyor. Schubal'ı, o sakin adamı, çıldıracak hallere getirdi. Bana bakın!" diyerek ateşçiye döndü, "Terbiyesizliğin bu kadarı da artık çok fazla. Kaç kere kapı dışarı ettiler sizi ödeme dairesinden, o hepten, tamamen ve istisnasız hepsi de haksız olan taleplerinize hak ettiğiniz cevabı verdiler! Kaç kere koştunuz oradan, başvezneye çıkageldiniz! Size kaç kere iyi niyetle söylendi: Schubal sizin doğrudan doğruya üstünüz olur, siz de onun elemanı olarak sadece ona uyacaksınız! Şimdi bir de kalkmış, Kaptan Bey buradayken geliyorsunuz, onu bile rahatsız etmeye utanmıyorsunuz da, aksine, o tatsız ithamlarınızı bir güzel öğretmişsiniz, bu küçüğü de getiriyorsunuz, zaten ilk defa görüyorum ben onu bu gemide!" Karl öne atılmamak için kendini zor tuttu. Ama kaptan işe karışmıştı bile, diyordu ki: "Dinleyelim şu adamı bir kere. Schubal de bence zaten fazla başına buyruk olmaya başladı; bunu tabii sizden yana çıkmak için söylüyor değilim." Kaptanın son dediği ateşçiye yönelikti; zaten tabii bir şeydi, ağırlığını hemen ateşçiden yana koyamayacağı, yine de her şey yoluna girmiş görünüyordu. Ateşçi açıklamalarını yapmaya koyuldu ve hemen başlangıçta, içindeki direnci yenip Schubal'i "Bay" unvanıyla andı. Nasıl da seviniyordu Karl, başveznedarın yazı masasının başında dikilip masanın üstündeki bir mektup terazisini tekrar tekrar, sırf keyfinden, bir bastırıp bir bırakırken. – Bay Schubal adil değil! Bay Schubal yabancıları kayırıyor! Bay Schubal, ateşçiyi makine dairesinden kovup ona klozetleri temizletti; oysa ateşçinin işi değildi ki bu! – Hatta bir keresinde Bay Schubal'in işinin ehli olduğu konusunda şüphe uyandı: Ehliyeti sahici değil, daha çok görünüştedir, dendi. Bu sırada Karl bütün gücüyle kaptana baktı, meslektaşıymış gibi bir samimiyetle, sırf kaptan bu biraz beceriksizce ifade biçimi yüzünden ateşçinin aleyhinde bir izlenime kapılmasın diye. Gene de bu bir alay laftan dişe dokunur bir şey öğrenilemedi; her ne kadar kaptan, gözlerinde ateşçiyi bu defa sonuna kadar dinleme azmi, hâlâ önüne bakıyorduysa da, öteki beyler sabırsızlanmaya başlamış ve ateşçinin sesi çok geçmeden, odayı dolduran tek ses olmaktan çıkmış, iş böylece korkulu bir hal almıştı. İlk olarak, sivil giyimli bey bambu bastonunu harekete geçirdi ve hafif hafif de olsa, parkeye vurmaya başladı. Öbür beyler tabii bir şuraya, bir buraya bakıyorlardı; liman dairesinden gelen beyler, besbelli aceleleri vardı, tekrar dosyalarına davrandılar ve her ne kadar henüz biraz dağınık kafayla da olsa, bunları gözden geçirmeye başladılar; gemi zabiti yine masasına yanaştı ve oyunu kazandığına inanan başveznedar alayla derin bir iç geçirdi. Ortalığa yayılan dağınıklıktan sadece odacı etkilenmemiş görünüyordu, büyüklerin arasına düşmüş bu zavallı adamın çektiklerinden birçoğuna ortak oluyor ve Karl'a, bir şeyleri açıklamaya çalışırmışçasına, ciddi ciddi baş sallıyordu. Bu arada pencerelerin önünde liman hayatı sürmekteydi; alçak bir yük gemisi geçti, üzerinde dağ gibi yığılmış fıçılarla, yuvarlanıp gitmediklerine göre harika bir şekilde istiflenmiş olmalıydılar ve odanın neredeyse karanlığa gömülmesine yol açtı; küçük motorlu tekneler, Karl şimdi, eğer zamanı olsaydı, iyice seyredebilirdi, vızır vızır, dümen başında dimdik duran bir adamın ellerinin titreyişlerine uyarak, dümdüz geçip gidiyorlardı; garip garip yüzen cisimler beliriyordu şurada burada, kendiliğinden, dur durak bilmeyen suyun içinden, sonra hemen üstlerini su kaplıyor, şaşkın bakışın karşısında batıp gidiyorlardı; transatlantiklerin sandalları çırpınıp çabalayan tayfaların kürek darbeleriyle ilerliyordu, yolcularla doluydular, zorla sokuldukları yerde sessizce ve bekleyişler içinde oturan yolcularla, hoş kimisi de başlarını çevirip değişip duran sahnelere bakmadan edemiyorlardı. Sonu gelmez bir hareket, o huzursuz unsurdan biçare insanlara ve yaptıkları işlere yayılan bir huzursuzluk! Ama her şey insanı acele etmesi yolunda uyarıyordu, açık seçik olması, en ince ayrıntıya kadar keskinlik içinde anlatması yolunda, oysa ne yapıyordu ateşçi? Evet, kan ter içinde konuşuyordu gerçi, pencerenin içindeki kâğıtları titreyen elleriyle çoktan tutamaz olmuştu; Schubal üzerine söylenen, dört bir taraftan sökün eden şikâyetleri aktarıyordu ve kanaatince bunlardan her bir tanesi o Schubal'i hepten saf dışı etmeye yeterdi, fakat kaptana gösterebildiği, hepsinin içler acısı bir şekilde karmakarışık olmuş haliydi. Çoktan hafif hafif, tavana doğru ıslık çalmaya başlamıştı bambu bastonlu bey; liman dairesinden gelen beyler zabiti masalarında tutmuş, bir daha da hiç mi hiç bırakacağa benzemiyorlardı; başveznedarı, görülüyordu ki, sadece kaptanın sükûneti kolları sıvamaktan alıkoymaktaydı; odacı hazır ol durumunda, kaptanının her an ateşçiyle ilgili olarak vereceği bir emri bekliyordu.

Bu durumda Karl artık eli kolu bağlı duramazdı. Yavaş yavaş yanlarına yürüdü, yürürken de bir o kadar hızla, işi en usturupluca nasıl ele alabileceğini düşündü. Gerçekten, bunun zamanı gelmiş geçiyordu, az daha gecikse ikisi de pekâlâ bürodan atılabilirlerdi. Kaptan iyi bir adam olabilirdi elbet, üstelik tam da şimdi, Karl'a böyle görünüyordu durum, adil bir üst olduğunu göstermek için herhangi özel bir nedeni olabilirdi, ama nihayet insanın tepe tepe kullanacağı bir alet de değildi – oysa ateşçi tam da o muameleyi ediyordu adama, tabii kendi, alabildiğine öfkeye kapılmış yüreğinden hareketle. Karl şöyle dedi ateşçiye: "Daha basit anlatmanız lazım, daha açık, Kaptan Bey durumu böyle, sizin anlattığınız gibi takdir edemeyecektir. O hiç tanır mı bütün makinistleri, ayakçıları isimleriyle, hem de ön isimleriyle, ortaya öyle bir isim attığınızda hemen kimden bahsettiğinizi bilebilir mi hiç? Şikâyetlerinizi bir düzene koyun, en önemlisini en önce söyleyin, sonra sırayla daha arkadan gelenleri, belki o zaman çoğunun lafını bile etmek gerekmez. Bana gayet açık seçik anlatmıştınız konuyu!" "Amerika'da bavullar çalınıyorsa şurada burada bir yalan da söylenebilir," diye düşündü, kabahatini mazur görmek için.

Ama keşke bir işe yarasaydı! Fazla geç kalmamış mıydı acaba? Ateşçi gerçi tanıdığı bu sesi duyunca hemen konuşmasını kesti, ama erkek şerefinin çiğnenmişliğinden, korkunç hatıralarından, içinde olduğu son derecede zor durumdan gelen yaşların bürüdüğü gözleriyle Karl'ı doğru dürüst göremez olmuştu bile. Şimdi ne etsin –Karl suskunlukla hak veriyordu bu arada suskun kalan adamın karşısında– kendi gözüne, söylenecek ne varsa hepsini en ufak bir takdir görmeksizin söylemiş görünürken, öte yandan sanki daha hiçbir şey dememiş gibi yapıp birdenbire konuşma tarzını değiştirsindi, beyleri her şeyi bir daha dinlemeye nasıl zorlasındı. Ve böyle bir anda tutup bir de Karl, tek taraftarı, geliyor ve ona iyi öğütler vermeye kalkıyor, fakat öğüt yerine her şeyin, ama her şeyin kaybolmuş olduğunu gösteriyor. "Keşke daha önce gelseydim, pencereden bakacağıma," dedi Karl kendi kendine, ateşçinin karşısında başını eğdi ve ellerini pantolonunun yan dikişlerine vurdu, her türlü ümidin tükenişinin işareti olarak.

Fakat ateşçi bunu yanlış anladı, Karl'ın kendisine üstü kapalı birtakım suçlamalar yönelteceği kokusunu aldı herhalde ve onu bu tutumundan caydırmak için, bütün yaptıklarının üstüne tüy dikercesine, derken bir de Karl'la tartışmaya koyuldu. Şimdi, tam da yuvarlak masadaki beyler bu faydasız, önemli işlerini sekteye uğratan gürültüye çoktan sinirlenmeye başlamışken, tam da başveznedar kaptanın sabrını yavaş yavaş anlaşılmaz bulduğundan her an patlamaya yakın hale gelmişken, tam da odacı, yine iyice efendilerinin dümen suyuna girmiş halde, ateşçiyi sert bakışlarla süzerken ve tam da bambu bastonlu bey, ki kaptan bile arada bir dostane bir ifadeyle bir bakış fırlatıyordu kendisine, ateşçiye karşı iyice vurdumduymazlaşmış, hatta ondan tiksinir olmuş bir halde, küçük bir not defteri çıkarmış ve anlaşılan bambaşka işlerle uğraşmaya koyulmuşken, bakışları not defteriyle Karl'ın arasında gidip gelmeye başlamışken.

"Biliyorum canım, biliyorum tabii," dedi Karl, ateşçinin şimdi kendisine karşı yönelen laf kalabalığını savuşturmaya çalışarak, ama bütün atışmaya rağmen adama dostça bir gülümsemeyle bakmayı da ihmal etmeden, "haklısınız, siz haklısınız, bundan hiç şüphe etmedim ki zaten." Dayak yemekten korktuğundan, isterdi ki, ateşçinin sallayıp durduğu elini kolunu tutabilsin, ama daha da çok isterdi ki, onu bir köşeye kıstırsın da alçak sesle, başka hiç kimsenin duymayacağı, sakinleştirici birkaç söz söylesin. Fakat ateşçi çileden çıkmıştı. Karl adamın icabında, çaresizliğin verdiği kuvvetle, odadaki yedi adamla birden başa çıkabilecek olduğu düşüncesinde bir çeşit teselli bulmaya başlamıştı bile. Ne var ki, yazı masasının üstünde, oraya bir bakınca görülüyordu, üzerinde elektrik hatlarına bağlı fazlasıyla düğmelerin bulunduğu bir kutu vardı; bunlara bir elin dokunması yeterdi, koridorları düşmanca niyetler taşıyan insanlarla dolu olan bütün gemiyi ayaklandırabilmek için.

O sırada, aslında olan bitenle hiç de ilgilenir görünmeyen o bambu bastonlu adam Karl'a yaklaşarak, aşırı yüksek bir sesle değil, ama ateşçinin bütün çığrışlarını açık seçik bastırarak sordu: "Adınız nedir sizin kuzum?" O anda, sanki kapının ardında biri beyin bu sözünü beklemişçesine, kapıya vuruldu. Odacı kaptana baktı, kaptan başını salladı. Odacı bunun üzerine gidip kapıyı açtı. Dışarıda kayzer modeli eski bir ceket giymiş, orta kıyım bir adam duruyordu, görünüşüne bakılırsa aslında makineler üzerinde çalışmaya uygun biri değildi, ama yine de oydu; Schubal. Karl bunu belli bir memnuniyet gösteren bütün gözlerden -kaptan bile memnundu- anlamamış olsaydı, kollarını gergin tutarken yumruklarını sıkmış, sanki bu yumruklar, uğruna hayatta nesi varsa feda etmeye hazır olduğu, en önemli şeyiymiş gibi duran ateşçiye bakınca ürküntüyle anlardı. Adamın bütün gücü yumruklarında gizliydi şimdi, onu hâlâ ayakta tutan güç dahil. Demek gelmişti şimdi düşman, serbest, tertemiz bayramlık elbisesiyle, kolunun altında bir iş defteri, herhalde bordrolar ve ateşçinin çalışma belgeleri, gelmiş ve her şeyden önce, odadakilerden her birinin ne havada olduğunu anlamak istediğini ürküntü bilmez bir açıklıkla ortaya koyan bakışlarla, sırayla herkesin gözünün içine bakıyordu. O yedi kişi zaten dostlarıydı, çünkü her ne kadar kaptan daha önce kendisine karşı belli itirazlar yöneltmiş ya da belki de sadece yöneltir gibi yapmış idiyse de, ateşçinin verdiği ıstıraptan sonra Schubal'den ötürü artık herhalde en küçük bir sıkıntısı bile olmayacak gibiydi. Ateşçi gibi bir adama karşı ne kadar sert davranılsa yeriydi ve Schubal'e yöneltilecek bir suçlama vardıysa o da, ateşçinin asiliğini zaman içinde yeterince kıramayıp bugün kaptanın karşısına çıkma cüretini gösterecek noktaya gelmesine fırsat vermiş olmasıydı. Hoş, insan belki daha, ateşçiyle Schubal'in yüzleşmesinin yüksek bir heyet karşısında yapabileceği etkiyi bu insanlar karşısında da yapmadan edemeyeceğini düşünebilirdi, çünkü her ne kadar Schubal olduğundan farklı görünmeyi iyi biliyorduysa da, bu işi mutlaka sonuna kadar sürdürebileceği anlamına gelmezdi bu. Kötülüğünün bir an için belirivermesi beylerin bu kötülüğü görmesi için yetecekti, Karl da bunu sağlamasını bilirdi elbet. Bu arada bir yandan tek tek beylerin zekâsını, zaaflarını, keyiflerini öğrenmiş bulunuyordu, bu açıdan bakınca da, burada şimdiye kadar geçirdiği zaman boşa gitmiş değildi. Yeter ki ateşçi mevziini koruyor olsaydı, oysa adam hepten saf dışı kalmış görünüyordu. Birisi Schubal'i tutup önüne koyacak olsaydı, o nefret ettiği kafayı herhalde bir güzel yumruklara boğardı. Ama Schubal'e doğru o birkaç adımlık yolu yürümenin bile üstesinden gelecek gibi değildi pek. Karl niçin önceden görememişti, olacağı bu kadar belli bir şeyi, Schubal'in nihayet geleceğini, kendi isteğiyle olmasa da kaptanın çağırması üzerine. Niçin yolda ateşçiyle konuşup beraberce kesin bir savaş planı yapmamıştı, buraya gelirken umarsızca bir hazırlıksızlık içinde yaptıkları üzere, kapı budur deyip dalıvermek yerine? Ateşçide bakalım konuşacak hal kalmış mıydı, tabii ancak en iyi ihtimalle uğraması söz konusu olan çapraz sorgulamada gerekeceği gibi, evet-hayır diyebilecek miydi? Orada dikiliyordu, bacakları ayrık, dizleri güvensiz, başı biraz kalkık, hava girip çıkıyordu açık ağzından, sanki içinde artık bu havayı işleyen ciğeri kalmamışçasına. Oysa Karl kendisini, belki memlekette hiç olmadığı kadar kuvvetli ve aklı başında hissediyordu. Keşke annesi babası onu görebilselerdi, yabancı ülkede, muhterem şahsiyetler karşısında iyiyi nasıl savunduğunu ve onu her ne kadar henüz zafere ulaştıramadıysa da, son fethine yürümek için bütün varlığıyla nasıl hazır olduğunu! Kendisi hakkındaki görüşlerini düzeltirler miydi? Aralarına oturtup överler miydi? Onlara derinden bağlı gözlerine bir kere, bir kere bakarlar mıydı? Sakat sorular ve sorulmaları için en uygunsuz an! "Buraya geldim, çünkü galiba ateşçi beni birtakım yamukluklarla suçluyor. Mutfaktan bir kız söyledi, onun bu tarafa doğru geldiğini görmüş. Kaptan Bey, sizler, bütün buradaki beyefendiler, her ithamı kendi yazdıklarıma dayanarak, icabında, kapının önünde duran, önyargısız ve herhangi bir etki altında kalmamış şahitlerin ifadeleriyle çürütmeye hazırım." Böyle diyordu Schubal. Bunlar, neme lazım, açık seçik erkek sözleriydi, hele dinleyenlerin yüz ifadelerine bakılırsa, sanki uzun zamandan beri ilk defa bir insan ağzından çıkan sesler işitiyorlar denebilirdi. Tabii, bu güzel konuşmanın bile gedikleri olduğunu fark etmemişlerdi. Konuyla ilgili olarak aklına gelen ilk söz niçin "yamukluklar" olmuştu? Acaba suçlamaya, milliyet kayırmaları yerine, bu noktadan başlansaydı daha mı iyi olurdu? Mutfaktan bir kız, ateşçiyi büroya giderken görmüştü, Schubal de hemen durumu kavramıştı. Suçluluk bilinci değil miydi, zihnini keskinleştiren? Ve hemen şahitler getirmişti, üstelik de bunların önyargısız ve etki altında kalmamış olduklarını söylüyordu. Haydutluk, safi haydutluk. Beyler de buna müsamaha ediyor, hatta doğru davranış tarzı diye itibar gösteriyordu. Şüphesiz, mutfaktaki kızın haberiyle buraya gelişi arasında pek çok zaman harcamıştı, niçindi? Ateşçi bu beyleri öyle yorsun ki, onlar da yavaş yavaş, Schubal'in en çok korktuğu şey olan muhakeme güçlerini kaybetsinler diye değil de hangi amaçla? Çoktandır kapının ardında dikildiği halde, kapıya tam o beyin konuyla ilgisi olmayan sorusunu duyup da artık ateşçinin işinin bitmiş olduğu ümidini edinebildiği o anda vurmamış mıydı? Her şey meydandaydı ve zaten Schubal tarafından da, ister istemez, bu haliyle ortaya konuyordu, fakat durumu beylere başka bir şekilde, daha elle tutulur halde göstermeliydi. Onların sarsılmaya ihtiyacı vardı. Haydi öyleyse Karl, hemen, hiç değilse şahitlerin ortaya çıkıp her şeyin üstünü örtmelerine kadar kalan zamanı değerlendir!

Fakat o sırada kaptan bir işaretle Schubal'i susturmuş, o da bunun üzerine hemen –çünkü onun meselesi azıcık ertelenmiş görünüyordu– kenara çekilmiş ve hemen yanına yanaşmış olan odacıyla alçak sesli, içinde ateşçiyle Karl'a doğru yan bakışların ve en ikna edici türünden el hareketlerinin eksik olmadığı bir sohbete koyulmuştu. Schubal böylece bir sonraki büyük konuşmasının talimini yapıyor gibiydi. "Bu genç adama bir şey sormamış mıydınız, Bay Jakob?" dedi kaptan bambu bastonlu beye, herkes susarken.

"Sordum elbet," dedi beriki, bu dikkate hafif bir eğilmeyle teşekkür ederek. Ve sonra Karl'a bir daha sordu: "Adınız nedir sizin kuzum?"

Bu inatçı sorgucunun araya girmesi olayını bir an önce bitirmenin o büyük ana konunun çıkarına olacağını düşünen Karl kısaca cevap verdi, kendini alışık olduğu üzere pasaport göstererek takdim etmeksizin, yoksa bir de pasaportu araması gerekecekti: "Karl Roßmann." "Fakat," dedi kendisine Jakob diye hitap edilen bey ve önce, neredeyse inanmaz bir ifadeyle, gülümseyerek geriye bir adım attı. Kaptan, başveznedar, gemi zabiti, hatta odacı bile Karl'ın isminden ötürü ayan beyan, aşırı bir hayret gösteriyorlardı. Sadece liman dairesinden gelen beylerle Schubal kayıtsız kalmıştı. "Fakat," diye tekrarladı Bay Jakob ve biraz katı adımlarla Karl'a doğru yürüdü, "o zaman ben senin Jakob dayınım, sen de benim sevgili yeğenim. Sezmiştim zaten ben onca zamandır!" dedi kaptana doğru, Karl'ı kucaklayıp öpmeden önce; beriki de sessizce hepsine katlandı.

"Sizin adınız ne?" diye sordu Karl, kucaklamanın bittiğini hissettiğinde, gerçi gayet nazikçe, fakat tamamen soğukkanlılıkla ve bu yeni olayın ateşçi için getirebileceği sonuçları kestirebilmek için gayret etti. Şimdilik, Schubal'in bu durumdan faydalanabileceğine işaret eden bir şey yoktu. "Anlasanıza, delikanlı, ne kadar şanslı olduğunuzu," dedi, Karl'ın sorusuyla Bay Jakob'un kişilik onurunun zedelendiği düşüncesine kapılan kaptan; Jakob ise pencereye yanaşmıştı, heyecanlanan, bir taraftan bir mendille sildiği yüzünü ötekilere göstermek zorunda kalmamak için. "Kendisi Senatör Edward Jakob, size dayınız olduğunu söyleyen bey. Artık sizi, herhalde şimdiye kadarki beklentilerinizin tam aksine, parlak bir kariyer bekliyor. Bunu anlamaya çalışın, şu ilk anda ne kadar anlayabilirseniz ve toparlanın!"

"Benim sahiden, Amerika'da bir Jakob dayım var," dedi Karl kaptana dönerek, "ama yanlış anlamadıysam, Jakob, senatör beyin sadece soyadı." "Öyle," dedi kaptan merakla.

"Ama, benim Jakob dayımın vaftiz adıdır Jakob, soyadı da, tabii annemin kızlık soyadının aynısı olmak üzere, Bendelmayer."

"Beyler!" diye seslendi senatör, pencere kenarındaki dinlenme noktasından pür neşe dönerken, Karl'ın açıklamasına yönelik olarak. Herkes, liman memurları hariç, kahkahalarla gülmeye başladı, kimisi duygulandığı için, kimisi nedeni anlaşılmaz bir şekilde.

"Söylediğim hiç de bu kadar gülünç değildi ki," diye düşündü Karl.

"Beyler," diye tekrarladı senatör, "sizler benim irademve kendi iradeniz hilafına küçük bir aile sahnesine şahit olmaktasınız; bu durumda bir açıklama yapmadan edemeyeceğim, çünkü sanıyorum sadece Kaptan Bey var," –bu hitap karşılıklı eğilmeye yol açtı– "tamamen bilgi sahibi olan."

"Ama şimdi sahiden, her kelimeye dikkat etmeliyim," dedi Karl kendi kendine ve yana doğru bir baktığında, ateşçinin kalıbına yeniden bir canlılık gelmeye başladığını fark edince sevindi.

"Amerika'da ikamet ettiğim bunca yıl boyunca –tabii burada ikamet kelimesi bir Amerikan vatandaşı için hiç uygun düşmedi ve ben bütün ruhumla bir Amerikan vatandaşıyım– evet, uzun yıllardan beri Avrupalı akrabalarımdan tamamen ayrılmış bir halde yaşamaktayım, bunun da nedenleri var, fakat bunlar, birincisi burada yeri olmayan, ikincisi de, anlatması beni hakikaten gayet sarsacak nedenler. Hatta bunları sevgili yeğenime belki anlatmak zorunda kalacağım andan bile ürkmekteyim, ki annesi babası ve bunların yakınları üzerine açık açık iki çift laf söylemekten kaçınmam maalesef mümkün olmayacaktır."

"Bu benim dayım, şüphe yok," dedi Karl kendi kendine ve dinlemeye devam etti, "herhalde adını değiştirtmiş." "Sevgili yeğenim şimdi annesi babası tarafından –sadece, olan biteni hakikaten dile getiren kelimeyi kullanalım– düpedüz bir kenara atılmış bulunuyor, insan nasıl bir kediyi sinirine dokunduğu zaman kapı dışarı ederse, öyle. Yeğenimin yaptığı ve cezasını gördüğü işi hoş göstermek niyetinde hiç değilim, fakat kabahati öyle bir kabahat ki, ne olduğunu zikretmek bile yeterince mazeret göstermek olur."

"İyi laf," diye düşündü Karl, "ama herkese anlatsın istemem. Üstelik bilemez ki. Nereden bilecek?"

"Olan şu ki," diye devam etti dayı anlatmaya ve bu arada hafif eğilmelerle, önünde yere dayadığı bambu bastona yaslanmasıyla gerçekten, meselenin gereksiz bir merasim havasına bürünmesine engel oldu, yoksa mutlaka esecekti bu hava, "olan şu ki, kendisini bir hizmetçi kız, Johanna Brummer, aşağı yukarı otuz beş yaşında bir kadın, baştan çıkarıyor. 'Baştan çıkarmak' kelimesini kullanmaktan kastım yeğenimi incitmek katiyen değil, fakat bundan başka ve bu kadar uygun bir kelime bulmak da zor." Dayısına iyice yaklaşmış bulunan Karl bu sırada, anlatılanın ne etki yaptığını odada bulunanların yüzünden okumak için arkasına döndü. Kimse gülmüyor, herkes sabır ve ciddiyetle dinliyordu. Nihayet, insan bir senatörün yeğenine karşısına çıkan ilk fırsatta da gülmez hani. Daha çok ateşçinin, pek hafifçe de olsa, Karl'a gülümsediği söylenebilirdi, ki bu da birincisi, yeni bir canlılık işareti olarak sevinç verici, ikincisi, mazur görülür bir şeydi, çünkü Karl kamaradayken, şimdi böylece ortaya dökülen bu konuyu gizli tutmak için özellikle gayret göstermişti. "Derken, Brummer adlı bu kadının," diye devam etti dayı, "yeğenimden bir çocuğu oluyor, sağlıklı bir oğlan çocuğu ve çocuğa vaftizinde 'Jakob' adı veriliyor, şüphesiz ki bendeniz düşünülerek, yeğenimin benden bir ara –kesinlikle öylesine, laf olsun diye– bahsetmesi bile kızın üzerinde büyük tesir bırakmış olsa gerek. Ne mutlu ki öyle olmuş, diyorum. Çünkü annesi babası nafaka ödemekten ya da kendilerinin de ta burnunun dibine kadar ulaşan skandaldan kaçınmak için –bu arada belirtmeliyim ki, ne oranın kanunlarını ne de annenin babanın genel olarak hangi şartlarda yaşadığını biliyorum– evet, nafaka ödemekten ve oğullarının başına bir skandal açılmasından kaçınmak için sevgili yeğenimi Amerika'ya paketliyorlar, bir sorumsuzluk örneği olacak kadar kötü bir şekilde donatılmış olarak, görüldüğü gibi, öyle ki delikanlı, tam da Amerika'da canlı olan işaretler ve mucizelerle karşılaşmazsa, tamamen kendi başına kalacak, belki New York Limanı'nda gireceği ilk sokakta belasını bulacak, eğer o hizmetçi kız bana tevcih ettiği ve uzun, dolambaçlı yollar kat ettikten sonra evvelki gün bana ulaşan bir mektupta bütün hikâyeyi yeğenimin eşkaliyle ve gayet isabetli bir şekilde geminin de adını zikrederek bildirmiş olmasaydı. Maksadım sizleri eğlendirmek olsaydı, beyler, herhalde bu mektubun bazı kısımlarını," –cebinden incecik bir yazıyla doldurulmuş iki kocaman mektup kâğıdı çıkarıp salladı– "size burada okurdum. Mutlaka hoşa da giderdi, çünkü biraz basit, ne kadar iyi niyetli olsa da biraz basit bir kurnazlıkla ve büyük sevgiyle çocuğun babasına yazılmış. Fakat benim niyetim ne sizi konuyu aydınlatmakta icap edenin ötesinde eğlendirmek, ne de yeğenimin muhtemelen hâlâ mevcut olan hislerini zedelemek; eğer isterse, mektubu ibret almak için, kendisini şimdiden bekleyen odasında okuyabilir."

Ama Karl'ın o kıza karşı hisleri yoktu. Kız, gittikçe daha gerilerde kalan geçmişin kalabalığı içinde mutfakta, mutfak dolabının yanında oturmuş, dolabın tablasına dirseğini dayamıştı. Karl arada sırada, babasına bir bardak su almak için ya da annesine iletilecek bir talimatı söylemek için olsun, mutfağa girdiğinde kız yüzüne bakıyordu. Bazen mutfak dolabının yanındaki o yampiri oturuşuyla bir mektup yazmakta oluyordu ve ilhamını Karl'ın yüzünden alıyordu. Bazen gözlerini elleriyle kapatıyordu, o zaman hiçbir sesleniş ulaşmıyordu kendisine. Bazen mutfağın yanındaki kendi küçük, daracık odasında diz çökmüş, tahtadan bir istavroza karşı dua eder oluyordu; Karl o zaman hep bir ürküntüyle gözlüyordu kızı, oradan geçerken, azıcık açık kapının aralığından. Bazen mutfakta koşuşuyor ve Karl yoluna çıkınca, bir cadı gibi gülerek gerisingeriye kaçıyordu. Bazen, Karl içeri girmişse, mutfak kapısını kapatıyor, kapının kolunu da, Karl gitmek isteyene kadar, elinde tutuyordu. Bazen Karl'ın ondan hiç istemediği şeyleri getiriyor, sonra bunları ağzını açmadan Karl'ın eline tutuşturuyordu. Fakat bir keresinde "Karl" dedi ve onu, beklemediği bu hitabın şaşkınlığı daha geçmeden, yüzünü acayip biçimlere sokarak ve iç çekerek odacığına götürdü, kapıyı kilitledi. Karl'ın boynuna boğarcasına sarıldı ve ondan kendisini soymasını isterken, gerçekte o Karl'ı soyup yatağa yatırdı, sanki şimdiden sonra onu başka kimseye bırakmayacak, dünyanın sonuna kadar onu okşayacak, saklayacakmışçasına. "Karl, ah benim Karl'ım!" diyordu, sanki onu gördükçe sahibi olduğundan emin olurmuş gibi, oysa Karl'ı en ufak bir şey bile göremiyordu ve o, özellikle kendisi için kabartılmışa benzeyen bir sürü yastıkyorganın sıcaklığı içinde kendisini rahatsız hissediyordu. Sonra kendisi de Karl'ın yanına yattı ve ondan birtakım sırlar öğrenmek istedi, fakat Karl'ın söyleyeceği bir şey olmayınca şakadan ya da cidden kızdı, Karl'ı sarsaladı, kalbini dinledi, aynı şekilde dinlesin diye Karl'a göğsünü uzattı, ama bunu sağlayamadı, çıplak karnını Karl'ın vücuduna dayadı, eliyle Karl'ın bacakları arasında – o kadar iğrençti ki, Karl çırpına çırpına boynunu uzatıp yastıklardan kurtulmaya çalıştı– arandı, karnıyla birkaç kere Karl'a abandı; Karl'a sanki kız kendisinin bir parçasıymış gibi geldi ve belki bu nedenle içini dehşetli bir yardıma muhtaçlık duygusu kapladı. Ağlaya ağlaya sonunda, kızın tekrar görüşme yollu birçok dileğini dinledikten sonra, kendi yatağına girdi. Bütün bunlar olup bitmişti, ama dayı yine de bunu büyütüp kocaman bir hikâye yapmayı başarıyordu. Demek aşçı kadın da kendisini düşünmüş ve dayısına geleceğini haber vermişti. İyi etmişti, Karl da günün birinde ona bu yaptığının karşılığını verecekti. "Şimdi de," diye seslendi senatör, "senden apaçık işitmek istiyorum, senin dayın olup olmadığımı."

"Dayımsın," dedi Karl, adamın elini öptü ve buna karşılık alnından bir öpücük aldı. "Seni bulduğuma çok memnunum, fakat eğer annemin babamın senin hakkında kötü konuştuğunu sanıyorsan yanılıyorsun. Ama bu bir yana, söylediklerinde birkaç hata daha vardı, yani, demek istiyorum ki, aslında her şey tam öyle olup bitmedi. Hoş, sen de zaten buradan her şeyi o kadar iyi değerlendiremezsin tabii, hem ayrıca sanıyorum ki, beyler kendileri için hiç de o kadar büyük bir önem taşımayan bir konunun ayrıntıları hakkında doğru olandan azıcık farklı bir bilgi edinmişlerse bunun da aman aman bir zararı olmaz." "Güzel bir laf," dedi senatör, Karl'ı görünür bir şekilde duygulanmış olan kaptana doğru götürüp ve sordu: "Yok mu ama aslan gibi bir yeğenim?"

"Ne mutlu bana ki," dedi kaptan, sadece askerî eğitim görmüş insanların becerebildiği türden bir eğilmeyle, "yeğeninizi tanımış bulunuyorum, Senatör Bey. Gemim için, böyle bir buluşmanın gerçekleştiği yer olabilmek, özel bir şeref. Fakat ara güvertedeki yolculuk herhalde pek fenaydı, öyle ya, insan orada kimleri taşıdığını nereden bilebilir. Evet, ara güvertedeki insanlara yolculuğu olabildiğince rahat kılmak için elden geleni yapıyoruz, mesela Amerikan şirketlerinin yaptıklarından fazlasını yapıyoruz, ama yine de, böyle bir yolculuğun bir keyif olmasını hâlâ başarabilmiş değiliz."

"Bana bir zararı olmadı," dedi Karl.

"Ona zararı olmamış!" diye tekrarladı senatör, kahkahayla.

"Yalnız, bavulumu korkarım kaybet..." Bu sözlerle de, olan biten her şey tekrar aklına geldi ve daha yapılması gerekenler, etrafına baktı, oradaki herkesin saygıdan ve şaşkınlıktan dili tutulmuş bir halde, olduğu yerde, gözlerini kendisine çevirmiş olduğunu gördü. Sadece liman memurlarının halinden, o katı, kendilerinden memnun yüzleri içlerine bakmaya izin verdiği ölçüde, böyle ters bir zamanda gelmiş olmaktan dolayı üzüntüleri okunuyordu ve şimdi önlerinde, masada duran cep saati onlar için herhalde odada olup biten ve belki daha olup bitebilecek her şeyden daha önemliydi. Kaptandan sonra sevincini ilk dile getiren, gariptir ki, ateşçi oldu. "Sizi canıgönülden tebrik ederim," dedi ve Karl'ın elini sıktı, böylece takdir gibi bir şeyler de dile getirmek istiyordu. Sonra aynı hitapla senatöre de yönelmek istediğinde beriki, ateşçi sanki böylece hak ettiğinin ötesine geçiyormuş gibi geri çekildi; ateşçi de hemen vazgeçti. Fakat ötekiler şimdi ne yapılması icap ettiğini görmüşlerdi ve hemen karmakarışık, Karl'la senatörün etrafını aldılar. İş o hale geldi ki, Karl Schubal'den bile tebrik alıp kabul etti ve buna teşekkür etti. Son olarak, ortalık tekrar sükûnet bulduğunda, liman memurları da yaklaştı ve iki çift İngilizce laf söylediler; gülünç geldi bu. Senatörün keyfi iyice yerindeydi, neşesinin tamamen tadına varmaya, karşılaşmanın önemsiz anlarını hem kendi hatırlayıp hem ötekilere hatırlatmaya koyuldu ve tabii bu herkesin sadece müsamahasıyla değil, ilgisiyle kabullenildi. Bu arada, aşçı kadının mektubunda Karl'ı görünce tanımasına yarayabilecek, en dikkati çeken özellikleri olarak sıraladığı şeyleri not defterine işte böyle bir anda kullanmak üzere yazmış olduğuna dikkatleri çekti. Derken, ateşçinin o katlanılmaz gevezeliği boyunca, sırf dikkatini başka bir yöne sevk etmek için not defterini çıkarmış, aşçı kadının, doğruluğu tabii ki hiç de öyle dedektif keskinliği taşımayan gözlemlerini, oyun oynar gibi, Karl'ın görünüşüyle ilintilendirmeye çalışmıştı. "İşte böyle buluyor insan yeğenini!" diye bitirdi sözlerini, sesinde sanki bir daha tebrik toplamak ister gibi bir tonla.

"Şimdi ateşçiye ne olacak?" diye sordu Karl, dayısının son anlattıklarını kulak ardı ederek. Yeni vardığı konumda, her düşündüğünü dile de getirebileceğine inanıyordu. "Ateşçiye, neyi hak ettiyse o olacak," dedi kaptan, "ve Kaptan Bey neyin yerinde olduğu kanaatindeyse. Zannederim, bu ateşçi bize yetti de arttı bile ve burada bulunan beylerden her biri bana bu hususta katılacaktır." "Önemli olan bu değil ki ama, ortada bir adalet meselesi varken," dedi Karl. Dayısıyla kaptanın arasında duruyordu ve, belki de bu konumunun etkisiyle, kararın kendi elinde olduğunu sanıyordu. Gene de, ateşçi kendi hesabına bir ümidi kalmamış gibi görünüyordu. Ellerini yarıya kadar, pantolonunun, heyecanlı hareketleri yüzünden, desenli bir gömleğin çizgili kumaşıyla görünecek şekilde açılmış olan beline sokmuştu. Bu hiç umurunda değildi; bütün derdini ortaya dökmüştü, şimdi vücudunda taşıdığı birkaç paçavrayı da görsünlerdi, sonra da alıp götürsünlerdi. Kendisine bu son cömertliği, burada rütbe bakımından en aşağı iki kişi olarak, odacıyla Schubal'in göstereceğini kuruyordu. Schubal sonra rahat ederdi ve, başveznedarın dediği gibi, bir daha çıldıracak gibi olmazdı. Kaptan işe artık sırf Rumenleri alabilirdi, her tarafta Rumence konuşulurdu ve o zaman belki sahiden her şey de daha iyi yürürdü. Artık başveznede gevezelik eden ateşçi olmazdı, sadece kendisinin son gevezeliğini oldukça dostça hislerle hatırda tutarlardı, çünkü bu gevezelik, senatörün açık açık belirttiği gibi, yeğenin bulunması işinde dolaylı bir vesile olmuştu. Ayrıca bu yeğen kendisine daha önce epey faydalı olmaya çalışmış, böylece de, bulunmasına ettiği hizmetin karşılığı olmaktan çok daha öteye geçen bir minnettarlık göstermiş bulunuyordu; şimdi ondan bir şey daha istemek ateşçinin aklından bile geçmezdi. Ayrıca, isterse senatörün yeğeni olsun, kaptan o değildi nihayet, oysa kaptanın ağzından çıkacaktı sonunda o kötü kelime. – Ateşçi bu düşündüklerine uygun olarak, Karl'dan yana bakmaya da çalışmıyordu, ama maalesef bu düşmanlar mekânında gözleri için dinlenecek başka bir yer de kalmıyordu.

"Vaziyeti doğru görmelisin," dedi senatör Karl'a, "ortada belki bir adalet meselesi var, ama aynı zamanda bir de disiplin meselesi. Her ikisi de ve özellikle sonuncusu, buradan Kaptan Bey'in değerlendirmesine tabi şeyler."

"Öyledir," diye mırıldandı ateşçi. Bunu fark eden ve anlayan, yadırgarcasına gülümsedi.

"Biz ise Kaptan Bey'in tam şu sırada, New York'a varışında muhakkak inanılmaz derecede yığılmış olan resmî işlerine zaten o kadar engel olduk ki, bir de iki makinist arasındaki bu ufak çekişmeyi alabildiğine lüzumsuz birtakım işe karışmalarla hadise haline getirmemek için gemiden ayrılmamızın çoktan zamanı geldi bile. Ben tabii, senin davranış tarzını tamamıyla anlıyorum, sevgili yeğenim, fakat işte tam da bu, bana seni derhal buradan uzaklaştırma hakkını veriyor." "Size hemen bir filika hazırlatayım," dedi kaptan, Karl'ın şaşırdığı üzere, şüphesiz ki dayısının bir mahviyet ifadesi olarak alınabilecek sözlerine en küçük bir itirazda bile bulunmaksızın. Başveznedar bir acele yazı masasına seğirtti ve kaptanın emrini telefonla filikacıbaşıya iletti.

"Zaman iyice daraldı," dedi Karl kendi kendine, "fakat herkese hakaret etmiş olmadan hiçbir şey yapamam. Şimdi dayımı terk edemem ki, beni bulmasının hemen üstüne. Kaptan gerçi nazik, ama hepsi de bu. İş disipline gelince nezaketi bitiyor, dayım da tam adamın yüreğinde yatanı söyledi. Schubal'le konuşacak değilim, hatta ona elimi verdiğim bile canımı sıkıyor. Buradaki öbür adamlar da havacıva."

Sonra, bu düşünceler içinde, yavaş yavaş ateşçiye yürüdü, adamın sağ elini pantolonun belinden çekti ve oyun oynarcasına kendi elinde tuttu. "Sen niye hiçbir şey demiyorsun ki?" diye sordu. "Niye her şeye katlanıyorsun?" Ateşçi alnını kırıştırmakla yetindi, sanki söyleyecek olduğu şeyin ifadesini arıyormuşçasına. Başkaca, aşağıya, Karl'ın eliyle kendi eline baktı.

"Sana haksızlık yapıldı ya, bu gemide hiç kimseye yapılmadığı kadar, gayet iyi biliyorum." Ve Karl parmaklarını ateşçinin parmakları arasında gezdirdi, beriki pırıl pırıl gözlerle etrafına bakıyordu, sanki bir zevkle karşılaşıyormuş da kimse onu bundan dolayı kınamasınmış gibilerden.

"Ama senin kendini savunman lazım, evet demen, hayır demen lazım, yoksa insanların gerçeğin ne olduğundan haberi bile olmayacak. Bana söz ver, bu dediklerimi takip edeceğine, çünkü benim sana bundan sonra –ortadaki birçok nedenden ötürü korkarım ki– artık hiç yardımım dokunamayacak." Şimdi de ağlıyordu Karl, bir yandan ateşçinin elini öperken, sonra bu çatlaklarla dolu, neredeyse cansız eli kaldırdı, yanaklarına bastırdı, vazgeçmek zorunda olduğu bir hazineden ayrılmak üzere olan biri gibi. – Ama derken senatör dayı da yanına gelmişti bile, Karl'ı, en yumuşağından bir zorlamayla da olsa, öteye çekiyordu.

"Ateşçi seni büyülemişe benziyor," dedi ve anlayışla dolu olduğunu gösteren bir bakışla Karl'ın başının üzerinden kaptana doğru baktı. "Sen kendini ortada kalmış hissettin, o sırada ateşçiyi buldun, şimdi de ona minnettarsın, bu kadarına hiç diyecek yok. Ama bu işte, en başta benim hatırım için, fazla ileri gitme ve konumunu kavramaya çalış."

Kapının dışında bir patırtı oldu, seslenmeler duyuldu ve hatta birisi sanki kaba kuvvetle itilip kapıya çarpılmış gibi oldu. Bir tayfa girdi içeri, üstü başı biraz dağılmış olarak, belinde bir hizmetçi kızın önlüğü bağlıydı. "Dışarda insanlar var," diye seslendi ve birden dirsek attı, sanki hâlâ kalabalığın içindeymiş gibi. Nihayet aklını başına topladı ve kaptanın karşısında selama duracaktı ki, belindeki önlüğü fark etti, bir çırpıda çıkardı, yere atıp bağırdı: "Ne iğrenç bir şey, üstüme hizmetçi kız önlüğü takmışlar." Ama sonra topuklarını birbirine çarparak selamını verdi. Biri gülmeye çalıştı, fakat kaptan sert bir ifadeyle dedi ki: "Neşe diye buna derim ben. Kim var ki dışarıda?"

"Onlar benim şahitlerim," dedi Schubal öne çıkarak, "uygunsuz davranışları için affınızı istirham ederim efendim. Adamlar seferi arkalarında bırakınca bazen zıvanadan çıkmış gibi oluyor."

"Derhal içeri çağırın onları!" emrini verdi kaptan ve hemen senatöre dönerek saygıyla, fakat çabucak ekledi: "Şimdi lütfediniz, muhterem Senatör Bey, yeğeniniz beyle beraber bu tayfayı takip ediniz, kendisi sizi filikaya götürecek. Sizinle, Senatör Bey, tanışmamın bana şahsen ne kadar memnuniyet ve ne kadar şeref verdiğini ayrıca söylememe herhalde lüzum yok. Ben kendi payıma dilerim ki, sizinle Senatör Bey, Amerikan filolarının durumuna dair yarım kalmış sohbetimize pek yakında devam edebilme fırsatını elde ederim ve belki bu sohbet de tekrar böyle hoş bir tarzda yarıda kesilir."

"Şimdilik bu bir yeğen yeter bana," dedi dayı gülerek. "Siz de yardımınız için en derin teşekkürlerimi kabul ediniz ve hoşça kalınız. Ayrıca, hiç olmayacak bir şey değil, belki" –Karl'ı içinden gelerek kucaklayıp çekti– "ilk Avrupa yolculuğumuzda belki daha uzun bir zaman sizinle beraber olabiliriz."

"Canıgönülden sevinirim," dedi kaptan. İki bey tokalaştı, Karl kaptana elini artık sadece suskun, kaçamak bir tavırla uzatabilmişti, çünkü adam şimdiden, Schubal'in ardından gerçi biraz tedirgin, ama yine de gürültülü bir şekilde içeri giren belki on beş kişiyle uğraşmak durumundaydı. Tayfa senatörden izin isteyip önden yürüdü ve kalabalık dayıyla Karl için ikiye ayrıldı; eğilenlerin arasından kolayca geçip gittiler. Öyle görünüyordu ki, aslında iyi niyetli insanlar Schubal'le ateşçi arasındaki kavgayı kaptanın huzurunda bile sona ermeyen gülünç bir eğlence olarak görüyorlardı. Karl aralarında Line adlı yamak kızı da fark etti, kız ona neşeyle göz kırparak tayfanın yere attığı önlüğü beline bağladı, kendi önlüğüydü bu.

Yine tayfayı takip ederek bürodan çıktılar ve dar bir koridora girdiler, bu da onları birkaç adım sonra küçük bir kapıya ulaştırdı; buradan kısa bir merdiven kendileri için hazırlanmış filikaya iniyordu. Filikadaki tayfalar, şefleri hemen bir sıçrayışta filikaya atlayınca ayağa kalkıp selam durdular. Tam Senatör Karl'ı inerken dikkatli olması için uyaracaktı ki, Karl daha en üst basamakta şiddetle ağlamaya başladı. Senatör sağ elini Karl'ın çenesinin altına dayadı, delikanlıyı sıkıca tutup bağrına bastı ve sol eliyle okşadı. Böyle, yavaş yavaş, basamak basamak inip sarmaş dolaş olarak filikaya indiler; burada Senatör Karl için tam karşısında, iyi bir yer aradı. Senatörün bir işareti üzerine tayfalar filikayı iterek gemiden uzaklaştırdılar ve hemen bir gayretle işlerine koyuldular. Gemiden daha birkaç metre ayrılmış, ayrılmamışlardı ki, Karl beklenmedik bir şekilde geminin tam da ana veznenin pencerelerinin olduğu tarafında bulunduklarını keşfetti. Pencerelerin üçü de Schubal'in şahitleriyle doluydu, en dostane bir şekilde selam veriyor, el sallıyorlardı, hatta dayısı teşekkür etti ve tayfalardan biri, düzgün bir şekilde kürek çekmeye ara vermeksizin parmaklarıyla bir öpücük gönderme hünerini gösterdi. Sanki gerçekten, artık ateşçi yokmuş gibiydi. Karl dizleri dizlerine neredeyse değen dayısına daha bir iyice baktı ve içinde bu adamın kendisi için ömür boyu ateşçinin yerini tutabileceği konusunda kuşku belirdi. Dayı da bakışını onunkinden kaçırdı ve filikalarını sarıp sallayan dalgalara çevirdi.

CEZA KOLONİSİNDE (1919)

"Garip bir cihaz bu," dedi subayı araştırma gezisi yapan bilim adamına ve bakışlarını belli bir hayranlıkla, pek yakından bildiği cihazın üzerinde gezdirdi. Gezgin kendisini üstüne itaatsizlik ve hakaret nedeniyle cezalandırılmış bir askerin infazına katılmasını isteyen kumandanın bu davetine sadece nezaket yüzünden uymuş görünüyordu. Bu infaza karşı ilgi herhalde ceza kolonisinde de pek büyük değildi. Hiç değilse burada, bu derin, kumlu, çepeçevre çorak yamaçlarla sarılmış küçük vadide subayla gezginden başka sadece cezaya çarptırılan adam –bön, yayvan ağızlı, saçı da yüzü de perişan biri– ve bir asker vardı; asker mahkûmun ayak ve el bilekleri ve boynundan takılı olduğu, ayrıca kendi aralarında da bağlantı zincirleriyle birleştirilmiş olan küçük zincirlerin gelip ulandığı ağır zinciri tutuyordu. Bu arada, mahkûm öylesine köpeksi bir sadakat ifadesi sergiliyordu ki, görünüşe bakılırsa insan onu yamaçlarda serbestçe dolaşsın diye bırakabilirdi ve infaz başladığında gelmesi için sadece bir ıslık çalması yeterdi.

Gezgin, cihaza pek merak göstermiyor, mahkûmun arkasında neredeyse görülür bir kayıtsızlıkla bir aşağı, bir yukarı yürüyordu, bu arada subay da son hazırlıkları yapıyor, kâh sürünüp derinlemesine toprağa yerleştirilmiş olan cihazın altına giriyor, kâh dayalı bir merdivene tırmanıp üst kısımlarını inceliyordu. Bunlar aslında bir teknisyene bırakılabilecek işlerdi, fakat subay hepsini büyük bir gayretle yapıyordu, ister bu cihazın özel bir taraftarı olduğu için, ister başka nedenlerle bu iş başka kimseye emanet edilemeyeceği için. "Şimdi her şey hazır!" diye seslendi nihayet ve merdivenden indi. Alabildiğine bitkin düşmüştü, ağzı bir karış açık soluyordu, üniformasının yakasının altına da iki narin kadın mendili sıkıştırmıştı. "Bu üniformalar da tropik bölgeler için fazla ağır," dedi gezgin, subayın beklediği üzere cihaz hakkında sorular soracak yerde. "Elbette," dedi subay, yağlanıp kirlenmiş ellerini orada hazır bulunan bir su fıçısında yıkadı, "fakat vatan demek onlar; biz vatan elden gitsin istemeyiz. – Ama siz şimdi şu cihaza bakın," diye ekledi hemen, ellerini bir bezle kuruladı ve aynı zamanda cihazı işaret etti. "Şimdiye kadar el işi gerekiyordu ama bundan sonra cihaz tamamen kendi başına çalışacak." Gezgin başını sallayıp subayı takip etti. Subay olabilecek her türlü arızaya karşı kendini emniyete almaya çalışıyordu, dedi ki: "Tabii arızalar oluyor; gerçi bugün hiç olmamasını dilerim, ama ne de olsa insanın bunu hesaba katması gerekiyor. Cihaz, öyle ya, on iki saat aralıksız faaliyette olacak. Ama arızalar meydana gelirse de, bunlar sadece pek küçük arızalar olur, hemen giderilir."

"Oturmak istemez misiniz?" diye sordu sonunda, bir yığın bambu koltuk içinden birini çekti ve gezgini buyur etti; beriki reddedemedi. Şimdi bir çukurun kenarında oturuyordu, içine kaçamak bir bakış fırlattı. Çukur pek derin değildi. Bir tarafında, kazılıp çıkarılmış olan toprak bir set gibi yığılmıştı, öbür tarafında cihaz duruyordu. "Bilmiyorum," dedi subay, "kumandan size cihazı anlattı mı?" Gezgin belirsiz bir el işareti yaptı; subay da ötesini sormadı, çünkü şimdi kendisi açıklayabilecekti.

"Bu cihaz," dedi, marş kolunu yakaladı ve buna yaslandı, "bizim eski kumandanın bir icadı. Ben daha ilk denemelerinde bulundum ve bitirilmesine kadar olan bütün çalışmalara da katıldım. Fakat icadın şerefi onun sadece kendisine aittir. Siz bizim eski kumandanı hiç işittiniz mi? İşitmediniz mi? Eh, bütün ceza kolonisinin kurulmasının onun eseri olduğunu söylersem, fazla büyük bir iddia olmaz. Biz, arkadaşları, daha o öldüğünde biliyorduk: Koloninin kuruluşu kendi içinde öylesine olup bitmiş bir şeydi ki, halefi, isterse kafasında bin yeni planı olsun, hiç değilse uzun yıllar boyunca eski kumandanın yaptığı hiçbir şeyi değiştiremeyecekti. Tahminimiz doğru da çıktı; yeni kumandan bunu kabul etmek zorunda kaldı. Ne yazık ki siz önceki kumandanı tanımadınız! – Ama," diye sözüne ara verdi subay, "gevezelik ediyorum, onun cihazıysa işte karşımızda duruyor. Cihaz, gördüğünüz gibi, üç parçadan ibaret. Zamanla bu parçalardan her biri için, bir bakıma amiyane tabirler ortaya çıktı. Alt parçanın adı yatak, üsttekinin adı çizici, şu ortadaki, sallanan kısmın adı da kartuktur." "Kartuk mu?" diye sordu gezgin. Pek dikkatle dinlememişti, güneş gölgesiz vadiyi iyiden iyiye kavuruyor, insan düşüncelerini zar zor toparlayabiliyordu. Bu durumda o dar, törenlik, apoletlerin ağırlığı altında, kordonlarla donanmış üniforma ceketi içinde, böyle heyecanla işini anlatan, konuşur ve bu sırada ayrıca bir yandan tornavidasıyla şurada burada bir vidayla uğraşır gördüğü subaya hayranlığı da bir o kadar artıyordu. Asker ise gezgine benzer bir haldeymiş gibi görünüyordu. İki elinin bileklerine mahkûmun zincirini dolamış, bir eliyle tüfeğine yaslanmış, başını ense aşağı sallamış, hiçbir şeyle ilgilenmiyordu. Gezgin buna şaşmadı, çünkü subay Fransızca konuşuyordu ve Fransızcayı kesinlikle ne asker anlıyordu ne mahkûm. Bir o kadar göze batan bir şey vardıysa, mahkûmun yine de subayın açıklamalarını izlemeye çalışmasıydı. Bir çeşit uykulu ısrarla bakışlarını hep, subay nereyi gösteriyorsa oraya çeviriyordu; şimdi de, subayın sözleri gezginin bir sorusuyla kesildiğinde, subay gibi o da gezgine bakmaktaydı.

"Evet, kartuk," dedi subay, "tam uyan bir isim. İğneler bir kartuğun çivileri gibi dizilmiştir, bütün alet de kartuk gibi hareket ettirilir, ama tabii sadece olduğu yerde ve çok daha maharetli bir şekilde. Zaten birazdan hemen anlayacaksınız. Buraya, yatağın üstüne mahkûm yatırılır. – Size önce cihazı anlatacağım, asıl işlemi de ondan sonra uygulatacağım. O zaman olanı daha iyi takip edebileceksiniz. Üstelik çizicinin bir dişlisi fazla aşınmış, çalışırken çok gıcırtı çıkarıyor, insan birbirinin söylediğini neredeyse hiç anlayamıyor; yedek parça bulmak maalesef çok zor burada. – Evet, dediğim gibi, burası yatak. Tamamen bir pamuk tabakasıyla kaplıdır, nedenini sonra anlayacaksınız. Bu pamuğun üstüne mahkûm yüzükoyun yatırılır, tabii çıplak; burada eller için, burada ayaklar için, burada boyun için kayışlar vardır, mahkûmu bağlamaya. Burada, yatağın başucunda, adamın, dediğim gibi, önce yüzünün değdiği yerde şu küçük keçe çıkıntı vardır ve kolayca o şekilde ayarlanabilir ki, adamın tam ağzının içine girer. Bunun amacı bağırmaya ve dili ısırmaya engel olmaktır. Tabii adam keçeyi ağzına almak zorundadır, yoksa boyun kayışı ensesini kırar." "Bu pamuk mu?" diye sordu gezgin ve öne eğildi. "Evet, tabii," dedi subay gülümseyerek, "kendiniz elleyin, bakın." Gezginin elini tuttu ve yatağın üzerinde gezdirdi. "Bu, özel bir işlemden geçirilmiş bir pamuktur, onun için böyle ne olduğu anlaşılmıyor, ne işe yaradığı konusuna da geleceğim." Gezgin cihaz hesabına şimdiden bir parça kazanılmış gibiydi, elini gözlerinin üzerinde güneşe karşı siper etmiş, üst kısımlarına bakıyordu. Büyük bir yapısı vardı cihazın. Yatak ve çizicinin çevresi aynı büyüklükteydi, koyu renkli iki sandık gibi görünüyorlardı. Çizici yatağın yaklaşık iki metre üzerine takılmıştı; ikisi de köşelerinden pirinç çubuklarla birleştirilmişlerdi ve bunlar güneşte neredeyse ışınlar yayıyorlardı. Sandıkların arasında, çelik bir şeride takılı olarak kartuk asılıydı.

Subay gezginin daha önceki kayıtsızlığını pek fark etmemişti, şimdi başlayan ilgisini ise anlayışla karşılıyordu, onun için, açıklamaları arasında gezgine, rahat rahat bakabilmesi için, zaman bırakıyordu. Mahkûm gezgini taklit etmekteydi, elini gözlerine siper edemediği için göz kırpıştıra kırpıştıra yukarı bakıyordu.

"Şimdi, adam demek yatıyor," dedi gezgin, koltuğunda arkaya yaslandı, bacak bacak üzerine attı.

"Evet," dedi subay, kasketini biraz geriye itti ve eliyle kızışmış yüzünü sıvazladı, "şimdi dinleyin! Hem yatağın, hem de çizicinin kendi elektrik akümülatörü vardır; yataktaki, yatağın kendisi için lazım olur, çizicideki, kartuk için. Adam bağlanır bağlanmaz yatak harekete geçirilir. Çok küçük ve gayet hızlı hareketlerle aynı zamanda yatay olarak ve aşağı yukarı titremeye başlar. Buna benzer cihazları tedavi kuruluşlarında görmüşsünüzdür; ne var ki bizim yatakta bütün hareketler kesin biçimde hesaplanmıştır; çünkü çok ince bir ayarla kartuğun hareketlerine uyumlu olmaları gerekir. Fakat hükmün yerine getirilmesi de asıl bu kartuğa bırakılmıştır."

"Hüküm ne diyor ki?" diye sordu gezgin. "Onu da mı bilmiyorsunuz?" dedi subay hayretle ve dudaklarını ısırdı: "Kusura bakmayın, açıklamalarım düzensiz oluyorsa, affınızı rica ederim. Açıklamaları eskiden kumandan yapardı da; fakat yeni kumandan bu şerefli vazifeden uzak duruyor; ne var ki, böyle yüksek bir misafiri," –gezgin iki elinin hareketleriyle bu şerefi üzerine almak istemediyse de subay kullandığı ifadede ısrar etti– "böyle yüksek bir misafiri verilen hükmün şekli hakkında bile aydınlatmamış olması, yine yeni bir şey, öyle..." Tam küfrü basacaktı ki, kendini toplayıp sadece şöyle dedi: "Bana bu konuda haber verilmedi, kabahat benim değil. Ayrıca, hüküm biçimlerimizi en iyi şekilde açıklama yeterliği olan benim elbet, çünkü bende, burada," –göğüs cebine vurdu– "eski kumandanımızın bununla ilgili olarak kendi eliyle yaptığı çizimleri var."

"Kumandanın kendi çizimleri mi?" diye sordu gezgin. "Her şeyi kendisinde mi birleştirmişti? Asker, hâkim, teknisyen, kimyager, çizimci?"

"Elbette," dedi subay, başını sallayarak, durgun, düşünceli bir bakışla. Sonra ellerine iyice baktı; gözüne çizimleri elleyecek kadar temiz görünmediler; bunun üzerine fıçıya yürüyüp bir daha yıkadı. Sonra küçük, deri bir portföy çıkardı ve dedi ki: "Verdiğimiz hüküm kulağa sert değilmiş gibi gelir. Çiğnediği yasak kartukla mahkûmun vücuduna yazılacaktır. Bu mahkûmun, mesela," –subay adamı gösterdi– "vücuduna şu yazılacak: Üstüne saygı göster!"

Gezgin kaçamak bir bakışla adama baktı; beriki subay kendisini gösterdiğinde başını eğmişti ve işitme duyusunun bütün gücünü bir şey öğrenmek için topluyor gibiydi. Fakat sıktığı etli dudaklarının hareketleri besbelli hiçbir şey anlayamadığını gösteriyordu. Gezgin çeşitli sorular soracak oldu, ama adama bakınca şunu demekle yetindi: "Hükmünü biliyor mu?" "Hayır," dedi subay, sonra da hemen açıklamalarına devam edecek oldu, ama gezgin sözünü kesti: "Kendi hakkındaki hükmü bilmiyor mu?" "Hayır," dedi subay tekrar, sonra bir an duraladı –sanki gezginden sorusunun daha ayrıntılı bir gerekçesini bekler gibi– ve dedi ki: "Hükmü kendisine tebliğ etmek gereksiz olurdu. Vücuduna yazılınca öğrenecek ya." Gezgin artık susacaktı, ki mahkûmun bakışlarını kendisine çevirdiğini hissetti; adam sanki bu anlatılan süreci onaylayıp onaylamadığını soruyor gibiydi. Bunun için, arkasına yaslanmışken, tekrar öne eğildi ve sordu: "Fakat hakkında bir hüküm verilmiş olduğunu, onu biliyor herhalde?" "Onu da bilmiyor," dedi subay ve gezgine gülümsedi, sanki şimdi de kendisi ondan birkaç garip açıklama daha beklermiş gibi. "Hayır," dedi gezgin ve alnını sıvazladı, "o zaman adam demek hâlâ, savunmasının nasıl karşılandığını da mı bilmiyor?" "Savunmaya fırsatı olmadı," dedi subay ve yana doğru baktı, sanki kendi kendine konuşuyormuş da gezgini bu, kendisi için gayet tabii olan şeyleri anlatarak mahcup etmek istemiyormuş gibi. "Ama kendini savunma fırsatını bulmuş olması lazım," dedi gezgin ve koltuğundan kalktı.

Subay cihazın açıklamasıyla oyalanırken fazla zaman kaybetme tehlikesiyle karşı karşıya olduğunu gördü, bunun için gezginin yanına geldi, koluna girdi, eliyle mahkûmu gösterdi –adam şimdi, dikkatler böylesine apaçık kendi üzerine yöneldiğinden, dimdik duruyordu, asker de zinciri germişti– ve dedi ki: "Durum şudur: Ben burada, ceza kolonisinde hâkim olarak atanmış bulunuyorum. Genç olmama rağmen. Çünkü eski kumandanın bütün ceza davalarında yardımcısı oldum ve cihazı da en iyi ben biliyorum. Benim karar verirken uyduğum ilke şudur: Suç daima şüphesizdir. Başka mahkemeler bu ilkeye uyamaz, çünkü birden çok başları vardır ve üzerlerinde de daha yüksek mahkemeler bulunur. Burada bu söz konusu değil, ya da en azından eski kumandan zamanında değildi. Ne var ki yenisi benim mahkememe karışacak gibi oldu; fakat şimdiye kadar onu uzak tutmayı başardım ve bundan sonra da başaracağım. – Bu davayı açıklamamı istemiştiniz, o kadar basit ki, hepsi gibi. Bir yüzbaşı bu sabah şikâyette bulunarak, kendisine hizmetli olarak verilmiş olan bu adamın kapısının önünde uyuyarak görevini aksattığını bildirdi. Çünkü adamın görevi, her saat başı saat çaldığında ayağa kalkıp yüzbaşının kapısı önünde selam durmaktı. Tabii, zor bir görev değil ve zorunlu bir görev, çünkü hem bekçiliği, hem de hizmeti için uyanık kalması isteniyor. Yüzbaşı dün gece hizmetlinin görevini yerine getirip getirmediğine bakmak istemiş. Saat tam ikide kapıyı açmış ve adamı büzülmüş, uyur halde bulmuş. Binici kamçısını alıp yüzüne vurmuş. Ama ayağa kalkıp af dileyecek yerde, adam efendisinin bacaklarına yapışıp bağırmış: 'At o kamçıyı, yoksa seni yerim.' – Dava konusu, bu. Yüzbaşı bir saat önce bana geldi, verdiği bilgileri yazdım, ardından da kararı yazdım. Sonra adamı zincire vurdurdum. Gayet kolay oldu her şey. Önce adamı çağırıp sorguya çekseydim ortaya sadece kargaşa çıkardı. Yalan söylerdi, yalanını yüzüne vurmayı başarsaydım yerine başka yalanlar uydururdu, filan. Ama şimdi tutmuşum onu, bir daha da bırakmam. – Şimdi açıklanmış oluyor mu her şey? Ama vakit geçiyor, infazın çoktan başlaması lazımdı, oysa ben cihazı açıklama işini daha bitiremedim." Gezgini zorla koltuğa oturttu, yine cihaza yaklaştı ve başladı: "Gördüğünüz gibi insanın vücut biçimine uygun olarak yapılmıştır, burası vücudun üst kısmı için olan kartuk, bunlar bacak kartukları. Baş için sadece şu küçük biz öngörülmüştür. Anladınız mı?" Gezgine doğru dostça eğildi, en kapsamlı cinsten açıklamalara hazırdı.

Gezgin alnını kırıştırmış, kartuğa bakıyordu. Mahkeme usulü üzerine duydukları onu tatmin etmemişti. Çaresiz, kendi kendine, buranın bir ceza kolonisi olduğunu, burada özel tedbirlerin zorunlu olduğunu ve sonuna kadar askerî yöntemlerin kullanılması gerektiğini söylemek ihtiyacını duydu. Hem ayrıca, yeni kumandana bir ölçüde ümit bağlıyordu, bu adam anlaşılan, gerçi pek yavaş bir biçimde, yeni bir usul getirmek niyetindeydi ve o yenilik bu subayın dar kafasına bir türlü girmiyordu. Bu düşüncelerden hareketle şöyle sordu: "Kumandan infazda bulunacak mı?" "Belli değil," dedi subay, dosdoğru gelen bu sorudan mahcup olmuştu, yüzündeki dostça ifade çarpıldı: "Tam da o yüzden acele etmemiz gerekiyor. Hatta üzülerek de olsa, açıklamalarımı kısa tutmak zorunda kalacağım. Fakat daha ayrıntılı açıklamaları yarın, cihaz temizlendikten sonra –bu kadar kirlenmesi, cihazın tek hatası– telafi edebilirim tabii. Öyleyse, şimdi sadece en önemli noktalar. – Adam yatakta yatarken, yatak da titremeye başlayınca, kartuk vücudun üzerine indiriliyor. Kartuk kendi kendine, uçlar hafifçe vücuda değecek şekilde ayarlanıyor; ayar işi bittiğinde bu çelik halat hemen gerilerek çubuk gibi sertleşiyor. Derken oyun başlıyor. Konunun yabancısı olan dışarıdan bakınca cezalar arasında bir fark göremez. Kartuk aynı şekilde çalışıyor gibidir. Titreye titreye sivri uçlarını vücuda batırır, ki tabii vücut da yataktan ötürü titremektedir. Herkese hükmün yerine getirilmesini kontrol etme imkânını sağlamak için, kartuk camdan yapıldı. Üstüne iğneleri takmak epey teknik güçlük doğurdu, fakat birçok denemeden sonra başardık. Hiçbir zahmetten kaçınmadık işte. Şimdi herkes camdan bakıp yazının vücuda nasıl yazıldığını görebilir. Yaklaşıp iğneleri görmek istemez misiniz?"

Gezgin yavaş yavaş kalktı, gidip kartuğun üzerine eğildi. "Görüyorsunuz ki," dedi subay, "sıra sıra dizilmiş iki çeşit iğne var. Her uzun iğne, bir kısasıyla yan yana. Uzunu yazar, kısası da su püskürtür, kanın yıkanıp yazının daima açık seçik kalması için. Kanlı su sonra buradan küçük oluklara akıtılır, sonunda şu ana oluğa dökülür, ki bunun çıkış borusu da çukura gider." Subay parmağını gezdirerek kanlı suyun geçeceği yolu gösteriyordu. Anlattığını olabildiğince somut kılabilmek için, iki avcunu açıp çıkış borusunun ağzında akıntıyı toplar gibi yaptığında gezgin başını kaldırdı ve gerisingeri, el yordamıyla aranarak koltuğuna ulaşmaya çalıştı. O anda dehşetle, mahkûmun da subayın çağrısına uyarak kartuğun düzenini yakından incelemek için yaklaşmış olduğunu fark etti. Zincirinden asılıp mahmur haldeki askeri biraz öne çekmiş ve kendisi de camın üstüne eğilmişti. Tedirgin bakışlarla iki beyefendinin demin baktığı şeyin ne olduğunu araştırdığı görülüyor, fakat açıklama ona yapılmadığından bu işin üstesinden gelemiyordu. Kâh şuraya, kâh buraya eğiliyordu. Gözleri durmadan camın üstünde bir aşağı, bir yukarı dolaşıyordu. Gezgin onu geri göndermeye çalıştı, çünkü yaptığı, herhalde cezayı gerektirir bir şeydi. Fakat subay gezgini bir eliyle tuttu, öbür eliyle toprak setten bir kesek alıp askere fırlattı. Beriki bir çırpıda gözlerini kaldırdı ve mahkûmun nelere cüret etmiş olduğunu gördü, tüfeğini yere bıraktı, topuklarını yere bastırarak mahkûmu geriye öyle bir çekti ki, beriki yere düştü, sonra ayakları dibindeki adamın kıvranıp zincirlerini şakırdatışına baktı. "Kaldır onu!" diye bağırdı subay, bu arada gezginin dikkatinin mahkûm yüzünden fazlasıyla dağıldığını fark etmişti. Gezgin kartuğa boşverip üzerinden öbür tarafa doğru eğilmiş, sadece mahkûma ne yapıldığına bakmaktaydı. "Ona özen göster!" diye bağırdı subay tekrar. Cihazın etrafını dolaştı, mahkûmu koltuk altlarından kavrayıp adam habire kayıp düştüğünden, askerin yardımıyla ayakta durur hale getirdi.

"Artık her şeyi öğrendim," dedi gezgin, subay tekrar yanına geldiğinde. "En önemli şey hariç," dedi subay, gezgini kolundan tuttu ve ona yukarıyı gösterdi. "Orada, çizicide kartuğun hareketini belirleyen dişli mekanizması bulunuyor ve bu mekanizma hükmün içerdiği yazıyı yazacak şekilde düzenleniyor. Ben hâlâ eski kumandanın çizimlerini kullanıyorum. İşte, bunlar," –deri portföyden birkaç kâğıt çıkardı– "fakat maalesef veremem elinize, bunlar benim sahip olduğum en değerli şeyler. Oturun, bu mesafeden göstereyim, her şeyi gayet iyi görebilirsiniz." İlk kâğıdı gösterdi. Gezgin takdir edici bir şeyler söylemek isterdi, fakat sadece labirent gibi defalarca kesişen çizgiler görüyordu, bunlar kâğıdı öyle sık bir şekilde doldurmuştu ki, aralarındaki beyazlık bile güçlükle seçilebiliyordu. "Okuyun," dedi subay. "Okuyamıyorum," dedi gezgin. "Ama gayet açık," dedi subay. "Gayet sanatkârane bir şekilde yazılmış," dedi gezgin kaçamağa başvurarak, "fakat sökemiyorum." "Evet," dedi subay ve portföyü yerine koydu, "okul çocuklarının güzel yazı dersine göre değil. İnsan uzun uzadıya okumalı bunu. O zaman siz de sökebilirdiniz kesinlikle. Tabii ki basit bir yazı olmamalı, öyle ya, hemen değil, ortalama olarak ancak on iki saatlik bir süre içinde öldürmesi gerekiyor; altıncı saat dönüm noktası olarak düşünüldü. Bu durumda asıl yazının çok, birçok süslemeyle çevrilmiş olması lazım; asıl yazı vücudu sadece dar bir şerit halinde geçer, vücudun geri kalanı süslemelere ayrıldı. Şimdi takdir edebiliyor musunuz kartuğun ve bütün cihazın yaptığı işi? – Bakın!" Merdivene fırladı, bir çarkı çevirdi, aşağı seslendi: "Dikkat, kenara çekilin!" derken her şey çalışmaya başladı. Dişlinin gıcırtısı olmasaydı, harika bir şeydi. Subay sanki rahatsızlık veren bu çarka doğru, sanki ilk defa karşılaşıyormuş gibi, yumruğuyla bir tehdit işareti yaptı, sonra da gezgine dönüp af dilercesine kollarını uzattı ve bir acele inip cihazın çalışmasına aşağıdan bakmaya koyuldu. Henüz yolunda olmayan, yalnızca onun farkına vardığı bir şey vardı, tekrar tırmandı, iki eliyle çizicinin içine daldı, sonra, daha hızlı inebilmek için, merdiveni kullanmayıp bir sırıktan aşağı kaydı ve gürültünün içinde meramını anlatabilmek için, alabildiğine gergin bir halde, gezginin kulağına bağırdı: "Olayı kavradınız mı? Kartuk yazmaya başlar, yazının adamın sırtına aktarılması işini bitirir, pamuk tabakasını kaydırır ve vücudu yavaşça yana çevirir, kartuğa yeniden yer açılması için. Bu arada yazılmış, yaralı yerler pamuğun üstüne gelir, pamuk da özel işlemden geçirilmiş olduğundan kanamayı hemen dindirir ve yazının yeni bir derinlik kazanmasına hazırlık sağlar. Burada, kartuğun kenarındaki dişler vücudun çevrilmesi esnasında pamuğu yaralardan söküp çukura atar, sonra da kartuğa yeniden iş çıkar. Böylece, gittikçe derinleşerek on iki saat boyunca yazar. İlk altı saat boyunca mahkûm hemen hemen eski halinde kalır, sadece acı çeker. İki saat sonra keçe çıkarılır, çünkü adamın artık bağıracak gücü kalmamıştır. Buraya, başucundaki elektrikle ısıtılan şu kaba sıcak pirinç lapası konur, adam da canı isterse, diliyle yakalayabildiği kadar yiyebilir. Hiçbiri bu fırsatı kaçırmak istemez. Kaçıranı bilmem, ki tecrübem büyüktür. Adam ancak altı saat sonra yeme isteğini kaybeder. Ben o zaman genellikle şuraya diz çöküp bu olayı gözlemlerim. Adamın son lokmayı yuttuğu nadirdir, ağzında çevirir sadece, sonra da tükürüp çukura atar. O zaman eğilmem gerekir, yoksa yüzüme gelir. Fakat sonra, altıncı saatte adam nasıl da sessizleşir! En ahmak olanın aklı açılır. Gözlerin etrafında başlar bu. Oradan yayılır. İnsanı kandırıp onun yanına, kartuğun altına yatırtacak bir görünüşü vardır. Başka da bir şey olmaz ki, adam sadece yazıyı sökmeye başlar, dudaklarını büzer, sanki kulak veriyormuş gibi. Gördünüz, yazıyı gözle seçebilmek zordur; fakat adamımız onu yaralarıyla okumaya başlar. Ne var ki, uzun bir iştir bu, bitirmesi altı saat sürer. Ama sonra kartuk onu olduğu gibi şişlerine geçirip kaldırır ve çukura atar; orada şap diye kanlı suyun, pamuğun üstüne düşer. Sonra mahkeme bitmiş demektir, biz de, benimle asker, adamı gömeriz."

Gezgin kulağını subaya eğmiş, elleri ceketinin ceplerinde, makinenin çalışmasına bakıyordu. Mahkûm da bakıyordu, ama anlamadan. Biraz eğildi ve sallanan iğnelere baktı, derken asker, subayın bir işareti üzerine, bir bıçakla gömleğiyle pantolonunu arkadan boydan boya kesti; elbiseler düşünce mahkûm çıplaklığını örtmek için eğilip almaya davrandı, fakat asker adamı yukarı çekti ve üstünde kalan son paçavraları da düşürdü. Subay makineyi durdurdu ve bu sırada doğan sessizliğin içinde mahkûm kartuğun altına yatırıldı. Zincirler çözüldü, yerine kayışlar bağlandı, mahkûm için ilk anda neredeyse bir rahatlama demek oluyordu böylesi. Derken kartuk bir parça daha aşağı indi, çünkü bu, çok zayıf bir adamdı. İğne uçları değdiğinde cildine bir ürperme yayıldı, bu arada asker sağ eliyle uğraşmakta olduğundan, sol elini uzattı, nereye uzattığını bilmeden, ama gezginin durduğu yöndü bu. Subay durmadan, yan gözle gezgine bakıyordu, sanki yüzünden, kendisine demin hiç değilse yüzeysel olarak anlattığı infazın yaptığı etkiyi okumak istercesine.

Mahkûmun bileği için öngörülmüş olan kayış koptu, herhalde asker fazla sıkıştırmıştı. Subayın yardım etmesi gerekti, asker kendisine kopan kayışı gösteriyordu. Subay da ona doğru yürüdü ve yüzü gezgine dönük olarak, dedi ki: "Makine pek toplama bir yapım, kâh şurası, kâh burası kopmadan, kırılmadan olmuyor; fakat insan bütünü hakkında kararını verirken bunlara aldırmamalı. Kayışa gelince, yerine hemen bir şey konur; bir zincir kullanacağım; ne var ki bu yüzden salınmaların inceliği sol kol açısından o kadar iyi olmayacak." Sonra zincirleri bağlarken de şöyle dedi: "Makinenin bakımı için kaynak şimdi çok kısıtlanmış durumda. Eski kumandanın yönetiminde sadece bu iş için, benim serbestçe kullanabildiğim bir kasa vardı. Burada akla gelebilecek her yedek parçanın saklandığı bir depo vardı. İtiraf edeyim, bunları neredeyse israf ettim, yani eskiden, yeni kumandanın iddia ettiği gibi, şimdi değil; o her şeyi bahane ediyor, eski düzenlere karşı mücadele etmek için. Şimdi makine bütçesi onun kendi idaresinde, ben yeni bir kayış için adam gönderince eskisi delil olarak isteniyor, yeni kayış ancak on gün sonra geliyor, gelen ise daha kötü mal oluyor, pek işe yaramıyor. Ama ben bu arada kayış olmadan makineyi nasıl çalıştırırmışım, kimsenin umurunda değil."

Gezgin düşünüyordu: İnsanın yabancısı olduğu şartlara can alıcı bir şekilde müdahalede bulunması, zaten hep müşkül bir şeydir. Kendisi ne ceza kolonisinin ne de koloninin sahibi olan devletin vatandaşıydı. Bu infazı yargılamak ya da hatta ona engel olmak istese, kendisine denebilirdi ki: "Sen yabancısın, sus." Buna karşılık söyleyebileceği bir şey olamaz, sadece şunu ekleyebilirdi: Bu durumda kendisini kendi de anlayamıyordu, çünkü gezmekten amacı görmekti, yabancıların mahkeme usul mevzuatını değiştirmek değil. Ne var ki burada işler insanı buna gayet ayartır bir haldeydi. Davanın adaletsiz, infazın insanlık dışı olduğuna şüphe yoktu. Kimse gezginin herhangi bir şekilde öz çıkarını gözettiğini kabul edemezdi, çünkü mahkûm yabancısıydı, memleketlisi değildi, üstelik insanı hiç de merhamete davet etmeyen biriydi. Gezginin elinde yüksek makamların tavsiye yazıları vardı, burada büyük nezaketle karşılanmıştı ve hatta bu infaza davet edilmiş olması bu mahkeme hakkındaki yargısının istendiğine işaret eder görünüyordu. Bu zaten, yeni kumandan, şimdi gayet açık seçik işittiği üzere, bu mahkeme tarzının taraftarı olmadığına ve subaya karşı neredeyse düşmanca davrandığına göre bir o kadar daha olasıydı.

O sırada gezgin subayın öfkeyle haykırdığını duydu. Subay demin keçe parçasını, bir hayli zorlukla, mahkûmun ağzına sokmayı başarmış, derken adam, karşı konulmaz bir biçimde midesi kalktığından, gözlerini yumup kusmuştu. Subay adamı bir hamleyle keçeden kaldırmaya, başını çukurdan yana çevirmeye davranmış, ama geç kalmıştı, kusmuk makinenin üstüne dökülmüş, akıyordu bile. "Hepsi kumandanın kabahati!" diye bağırıyordu subay ve kendinden geçmiş bir halde pirinç çubukları sarsalıyordu. "Makinem kirleniyor, ahıra döndü." Titreyen elleriyle gezgine olan biteni gösteriyordu. "Kumandana saatlerce anlatmaya çalışmadım sanki, infazdan bir gün önce yemek vermenin kesilmesi gerektiğini. Fakat yeni, yumuşak yönetim başka fikirde. Kumandanın hanımları, adamı tıka basa şekerlemeyle dolduruyorlar, götürülmeden önce. Ömrü boyunca kokmuş balıkla beslenmiş, şimdi şekerleme yiyecek! Fakat o da olabilir, itiraz etmem, fakat niçin yeni bir keçe alınmıyor, üç aydır rica ettiğim halde. İnsan yüzden fazla adamın ölürken emip ısırdığı şu keçeyi iğrenmeden nasıl alır ağzına?"

Mahkûm başını dayamış, sakin görünüyordu, asker mahkûmun gömleğini almış, makineyi temizlemekle meşguldü. Subay gezgine doğru yürüdü, gezgin bir şeyler sezerek bir adım geri çekilmişti, fakat subay onu elinden tuttu ve kenara çekti. "Sizinle baş başa iki çift laf etmek isterim," dedi, "izin verirsiniz, değil mi?" "Elbette," dedi gezgin ve gözleri yerde, kulak verdi.

"Bu mahkeme usulünü ve sizin şimdi hayranlıkla izleme fırsatı bulduğunuz bu infazı halen kolonimizde açık açık destekleyen kimse kalmamış bulunuyor. Tek temsilcisi benim, aynı zamanda, eski kumandanın mirasının tek temsilcisi. Mahkemenin daha da geliştirilmesini düşünecek halde bile değilim, bütün kuvvetimi mevcut olanı ayakta tutmak için harcıyorum. Eski kumandan sağken koloni onun taraftarlarıyla doluydu, eski kumandanın inandırıcılığı da kısmen var bende, ama elimde onun gücü hiç yok; bunun sonucu olarak taraftarlar bir köşeye sinmiş durumda, henüz varlar, ama kimse itiraf etmek istemiyor. Eğer bugün, yani bir infaz gününde, çayevine gidip etrafa kulak kabartacak olursanız, herhalde sadece iki tarafa çekilecek türden ifadeler duyarsınız. Bunlar hep taraftarlardan, fakat şimdiki kumandan ve onun şu anki görüşleri hüküm sürerken benim hiç işime yaramıyorlar. Şimdi size soruyorum: Bu kumandan ve onun üzerinde etkili olan kadınları yüzünden böyle, bütün bir ömrün ürünü olan bir eser," –makineyi gösterdi– "mahvolmalı mıdır? Buna izin verebilir mi insan? Yabancı bile olsanız ve adamızda sadece birkaç günlüğüne bulunuyor da olsanız? Fakat kaybedilecek zaman yok, benim mahkememe karşı bir şeyler hazırlanıyor, kumandanlıkta görüşmeler yapılır oldu bile ve ben bunlara çağrılmıyorum, hatta sizin bugünkü ziyaretiniz bile bütün bu durum açısından anlamlı görünüyor gözüme, korkak bunlar ve önden sizi, bir yabancıyı gönderiyorlar. – Nasıl da bambaşkaydı eskiden infaz! Daha bir gün öncesinden bütün vadi insanlarla dolardı; herkes seyre gelirdi; sabah erkenden kumandan, etrafındaki hanımlarla beraber, gelirdi, borazanlar bütün kampı uyandırırdı, ben tekmil verip her şeyin hazır olduğunu bildirirdim, cemiyet –yüksek memurlardan hiçbirinin eksik olmasına izin yoktu– makinenin etrafında toplanırdı; şu bambu koltuklar o zamanın zavallı bir kalıntısı. Makine temizlenmiş olur, pırıl pırıl parlardı, hemen her infaz için yeni parça kullanırdım. Yüzlerce gözün önünde –bütün seyirciler, karşıdaki yamaçlara kadar, ayakuçlarına dikilmiş olurdu– mahkûm bizzat kumandan tarafından kartuğun altına yatırılırdı. Bugün adi bir askerin yapmasına izin verilen iş, o zamanlar benim, mahkeme reisinin işiydi ve bana şeref verirdi. Derken infaz başlardı! Makinenin çalışmasını bozan aykırı bir ses çıkmazdı. Bazıları artık bakmaz bile olmuştu, gözleri kapalı, kumda yatarlardı ve herkes bilirdi: Şimdi adalet yerini buluyor. Sessizliğin içinde sadece mahkûmun iç çekmesi duyulurdu, keçeden ötürü kısılmış olarak. Bugün makine mahkûmdan keçenin boğabileceğinden daha güçlü bir inleme çıkarmayı başaramıyor, oysa eskiden yazma iğneleri damla damla yakıcı bir sıvı akıtırdı, bugün kullanılması yasaklanan bir sıvı. Evet, sonra altıncı saat gelirdi! Herkesin yakından bakabilme ricasını yerine getirmek imkânsızdı. Kumandan, ileri görüşlü biri olarak, her şeyden önce çocukların göz önünde bulundurulması talimatını verirdi, ben tabii, mesleğimin verdiği yetkiyle, hep orada olurdum, çoğu zaman kollarımın altında sağda iki, solda iki küçük çocuk, diz çökerdim. Nasıl da izlerdik hepimiz çile içindeki yüzün duruluşunu, nasıl da tutardık yanaklarımızı bu nihayet ulaşılmış ve şimdiden geçip gitmeye başlamış adaletin ışıltısına! Ne günlerdi onlar, arkadaşım!" Subay anlaşılan, karşısındakinin kim olduğunu unutmuştu, gezgini kucaklamış, başını omzuna dayamıştı. Gezgin ne yapacağını bilmez bir haldeydi, sabırsızca subayın arkasında bir yerlere bakıyordu. Asker temizlik işini bitirmiş, sonra da bir kutudan kâseye pirinç lapası boşaltmıştı. Mahkûm bunun farkına varır varmaz dilini uzatıp lapadan kapmaya başladı. Asker durmadan itiyordu adamı, çünkü lapa daha sonrası için konmuştu, ama ne olursa olsun, askerin kirli elleriyle içine dalıp açgözlü mahkûmun karşısında lapa yemesi de yakışık almıyordu.

Subay kendini çabuk topladı. "Sizi duygulandırmak istediğimden değil," dedi, "biliyorum, o günleri bugün anlaşılır kılmak imkânsız. Bunun dışında, makine hâlâ çalışıyor ve kendi başına etkinliğini gösteriyor. Kendi başına etkinliğini gösteriyor, her ne kadar bu vadide yapayalnız duruyorsa da. Ve ceset sonunda hâlâ o akla sığmaz yumuşaklıkla çukura düşüyor, her ne kadar artık, o zamanlar olduğu gibi, yüzlerce insan sinekler gibi çukurun etrafına üşüşmüyorsa da. O zamanlar kuvvetli bir korkuluk yapmamız gerekmişti çukurun etrafına, çoktan söküldü gitti."

Gezgin yüzünü subaydan kaçırmak istedi ve boş boş etrafına baktı. Subay onun vadinin çoraklığını seyrettiğini sandı, onun için her iki elini tuttu, bakışlarını yakalamak için kendine doğru çevirerek sordu: "Farkında mısınız rezaletin?"

Fakat gezgin susuyordu. Subay bir an onu bıraktı, ayakları birbirinden açık, elleri kalçalarında, sessizce duruyor, yere bakıyordu. Sonra gezgine, cesaret verir gibi gülümseyerek dedi ki: "Ben dün sizin yakınınızdaydım, kumandan sizi davet ederken. Daveti işittim. Kumandanı tanıyorum. Bu davetle neyi amaçladığını hemen anladım. Gücü bana karşı harekete geçmeye yetecek kadar büyük olsa da, henüz buna cesaret edemiyor, ama yine de beni pekâlâ sizin, saygın bir yabancının yargısına teslim etmek istiyor. Onun hesabı ince hesap; sizin adada ikinci gününüz, eski kumandanı ve onun düşünüş tarzını bilmiyorsunuz, Avrupai görüşlerle bağlanmış haldesiniz, belki de ölüm cezasının ilke olarak, böyle mekanik bir infaz biçimininse özel olarak karşısındasınız, ayrıca infazın böyle halkın katılımı olmadan, sönük bir şekilde, şimdiden biraz arızalı bir makine üzerinde yapılması – bütün bunlar bir araya geldiğinde (böyle düşünüyor kumandan) kolayca mümkün olmaz mı, sizin benim usulümün doğru olmadığına karar vermeniz? Ve doğru bulmazsanız, bunu susup geçiştirmezsiniz (hâlâ kumandanın düşündüğü şekilde konuşuyorum), çünkü elbette, nice defalar sınanmış kanaatlerinize güvenmektesiniz. Ne var ki birçok halkın kendine has birçok âdetini görmüşsünüz ve bunlara saygı göstermeyi öğrenmişsiniz, herhalde onun için bu usule karşı, kendi memleketinizde olsanız muhtemelen davranacağınız gibi, bütün gücünüzle karşı çıkmazsınız. Fakat kumandanın böylesine hiç ihtiyacı yok. Kaçamak, sadece dikkatsizce söylenmiş bir söz yeter. Hiç sizin kanaatinize uyması gerekmez, eğer sırf görünüşte olsun, onun isteğine uygun düşüyorsa. Bütün kurnazlığını kullanarak size sorular soracağından eminim ben. Ve o hanımlar çepeçevre oturuyor olacaklar, kulak kabartacaklar; siz de aşağı yukarı diyeceksiniz ki: 'Bizde başka tür bir mahkeme usulü vardır', ya da 'Bizde sanık hüküm verilmeden önce sorgulanır', ya da 'Bizde hüküm mahkûma bildirilir', ya da 'Bizde ölüm cezasından başka cezalar da vardır', ya da 'Bizde işkence sadece Ortaçağ'da vardı'. Bütün bunlar size tabii göründükleri ölçüde doğru da olan ifadeler, masumane ve benim mahkeme usulüme dokunmayan ifadeler. Fakat kumandan bunları nasıl alacaktır? Onu görüyorum, kumandanı, hemen sandalyesini kenara itip balkona seğirtişini, etrafındaki hanımları görüyorum, arkasından koşuşlarını, kumandanın sesini duyuyorum –hanımlar gök gürültüsü gibi der bu sese–, evet, şimdi de konuşuyor: 'Batı dünyasının büyük, bütün ülkelerdeki mahkeme usullerini incelemekle görevli bir araştırmacısı, az önce bizdeki eski âdetlere dayanan usulün insanlık dışı bir usul olduğunu söylemiş bulunuyor. Böyle bir şahsiyetin bu yargısından sonra tabii ki, bu usule müsamaha göstermek artık benim için mümkün değildir. Bugünden itibaren talimatım şudur ki – vs.' Müdahale etmek isteyeceksiniz, siz onun böyle ilan ettiği şeyi söylemediniz, siz benim usulümü insanlık dışı olarak nitelendirmediniz, tersine, en insancıl ve en insana layık usul olduğu yolunda derin kanaat sahibisiniz, bu mekanizmaya da hayransınız – fakat çok geç, balkona çıkamıyorsunuz, orası çoktan hanımlarla dolmuş; dikkati üzerinize çekmek istiyorsunuz, bağırmak istiyorsunuz; fakat bir hanımın eli ağzınızı kapatıyor – ben de, eski kumandanın eseri de kaybolduk bile." Gezgin içinden gelen bir gülümsemeyi bastırmak zorunda kaldı; bu kadar kolaydı demek, onca güç sandığı iş. Kaçamak olarak, dedi ki: "Siz benim etkimi pek büyütüyorsunuz; kumandan bana verilen tavsiye mektuplarını okudu, adli usuller konusunda uzman olmadığımı biliyor. Ben bir fikir bildirecek olsam, bu özel bir şahsın fikri olur, herhangi başka birinin fikrinden bir parça daha önemli olmayan ve hepsi bir yana, kumandanın fikrinden çok daha az önemli olan bir fikir, ki bildiğimi sandığım kadarıyla, kendisi bu ceza kolonisinde çok geniş haklara sahip. Onun bu usul hakkındaki fikri öylece, sizin sandığınız şekliyle sabitse, o zaman, korkarım, bu usulün sonu da gerçekten gelmiş demektir, benim mütevazı yardımıma ihtiyaç duymaksızın."

Subay bunu kavramış mıydı? Hayır, henüz kavramamıştı. Hızla başını salladı, kısaca arkasına, mahkûma ve askere baktı, bunlar da irkilip lapa yemeyi bıraktı, sonra gezginin iyice yanına yaklaştı, onun yüzüne değil, ceketinin herhangi bir yerine bakarak, öncekinden daha alçak sesle, dedi ki: "Siz kumandanı tanımıyorsunuz; siz onun ve hepimizin karşısında –ifadeyi mazur görün– bir ölçüde zararsız bir konumda duruyorsunuz; sizin etkinizin, inanın bana, ne kadar yüksek olduğu söylense yeridir. Sadece sizin infaza katılacağınızı işittiğimde ne kadar mutlu oldum. Kumandanın bu talimatı beni yaralamak içindi, ama şimdi ben onu kendi lehime çeviriyorum. Yanlış fısıltılarla, aşağılayıcı bakışlarla aklınız çelinmeden –ki infaza daha çok katılan olsaydı kaçınılmaz olurdu bunlar– benim açıklamalarımı dinlediniz, makineyi gördünüz ve şimdi infazı takip etmektesiniz. Kararınızı kesinlikle vermişsinizdir bile; henüz emin olmadığınız ufak tefek şeyler varsa, infazı seyretmeniz bunları da giderecektir. Şimdi sizden şu ricada bulunuyorum: Kumandana karşı bana yardım edin!"

Gezgin subayı daha fazla konuşturmadı. "Nasıl yapabilirim ki bunu," diye bağırdı, "hiç olacak şey değil. Benim size olabilecek faydam zararım kadar azdır."

"Faydanız olur," dedi subay. Gezgin bir korku duyarak, subayın yumruklarını sıktığını gördü. "Faydanız olur," diye tekrarladı subay, daha bir ısrarla. "Benim bir planım var, bu da başarılı olmalı. Siz etkinizin yetmeyeceğini sanıyorsunuz. Ben yeteceğini biliyorum. Ama kabul edelim ki siz haklısınız, fakat bu usulün ayakta kalması için her şeyin, hatta belki yetersiz olanın bile denenmesi şart değil mi? O zaman, planımı dinleyin. Gerçekleşmesi için her şeyden önce, usul üzerine vardığınız yargıyı bugün kolonide olabildiğince kendinize saklamanız lazım. Size doğrudan doğruya soran olmazsa kesinlikle bir şey açığa vurmamalısınız; söyledikleriniz ise kısa ve belirsiz olmalı; ötekiler fark etmeli ki, bu konuda konuşmakta güçlük çekiyorsunuz, içiniz acıyla dolu, açık konuşmanız gerekirse neredeyse ağzınızdan lanetler dökülmeden olmayacak. Ben sizden yalan söylemenizi istemiyorum; kesinlikle; sadece kısa kısa cevap vereceksiniz, mesela: 'Evet, infazı gördüm' ya da 'Evet, bütün açıklamaları dinledim.' Sadece bu, başka bir şey yok. İçinizin acısını bırakın yüzünüzden okusunlar, bu acı için zaten yeterince vesile olacaktır, her ne kadar kumandanın istediği yönde değilse de. O tabii bunu tamamen yanlış anlayacak, kendi yönünde yorumlayacak. Benim planım buna dayanıyor. Yarın kumandanlıkta, kumandanın başkanlığında bütün yüksek idare memurlarının büyük bir toplantısı yapılacak. Kumandan tabii ki böyle oturumları gövde gösterisine çevirmeyi başarmıştır. Bir galeri yapıldı, hep seyircilerle doluyor. Ben görüşmelere katılmak zorundayım, ama alabildiğine de isteksizim. Evet, siz tabii kesinlikle toplantıya davet edileceksiniz; bugün planıma uygun davranırsanız, bu davet acil bir ricaya dönüşecek. Fakat akla gelmeyecek herhangi bir nedenle davet edilmeyecek olursanız, o zaman da davet etmelerini istemelisiniz; bunu elde edeceğinize şüphe yoktur. Evet, demek yarın hanımlarla beraber kumandanın locasında oturuyorsunuz. Kendisi sık sık yukarıya bakarak sizin orada olduğunuzdan emin olmaya çalışıyor. Sıradan, gülünç, sadece dinleyiciler için hesaplanıp konmuş çeşitli görüşme konularından sonra –çoğu zaman liman binaları olur bunlar, durup durup tekrar o liman binaları!– mahkeme usulünü görüşmenin de sırası gelir. Bu konu, kumandan tarafından açılmaz ya da yeterince ivedilikle açılmazsa, o zaman ben açılması için gerekeni yapacağım. Ayağa kalkacağım ve bugünkü infaz hakkında rapor vereceğim. Gayet kısa, sadece yapıldığı. Böyle bir bildirim gerçi orada alışılmış bir şey değildir, ama yine de yaparım. Kumandan bana teşekkür eder, her zamanki gibi, dostane bir gülümsemeyle, sonra da artık geri duramaz, bu güzel fırsatı yakalar. 'Az önce,' böyle ya da buna benzer konuşacaktır, 'infazın raporu verildi. Bu rapora sadece şunu eklemek istiyorum: Söz konusu infaza kolonimizi ziyaret ederek bize olağanüstü şeref vermekte olduğunu hepinizin bildiği büyük araştırmacı da katılmış bulunuyor. Bugünkü oturumumuz da kendisinin varlığıyla artan bir önem kazanmıştır. Bu büyük araştırmacıya şimdi, eski âdete göre yapılan infazı ve bunun öncesindeki usulü nasıl değerlendirdiği sorusunu yöneltmeyelim mi?' Tabii her taraftan alkışlar, herkesin onayı, en çok sesi çıkan da ben. Kumandan karşınızda eğiliyor ve diyor ki: 'O zaman, herkes adına soruyu soruyorum.' Ve şimdi siz korkuluğa yaklaşıyorsunuz. Ellerinizi herkesin göreceği şekilde korkuluğa koyun, yoksa hanımlar yakalayıp parmaklarınızla oynamaya başlar. – Ve şimdi nihayet sıra sizin sözünüzde. Bilmiyorum, o ana kadar geçecek saatlerin gerilimine katlanabilecek miyim. Konuşmanızda önünüze herhangi bir engel koymayın, gerçeğin gürültüsünü duyurun, korkuluğun üstünden eğilin, haykırın, evet ya, kumandana fikrinizi bağıra bağıra söyleyin, sarsılmaz fikrinizi. Ama belki de böylesini istemezsiniz, sizin kişiliğinize uymaz, sizin memleketinizde insan belki böyle durumlarda başka türlü davranır, o da doğru, o da tamamen yeter, hiç ayağa kalkmayın, sadece birkaç kelime söyleyin, fısıldar gibi, sadece altınızdaki memurların duyacağı kadar, yeter; sizin kendinizin bahsetmesi gerekmez, infaza katılımın yetersiz olmasından, gıcırdayan dişliden, kopan kayıştan, iğrenç keçeden, hayır, geri kalanın hepsini ben üzerime alırım, ve inanın, benim konuşmam, eğer onu salondan kovup kaçırmazsa, dizlerinin üstüne çökertecektir, şunu teslim etmek zorunda kalacaktır: Eski kumandan, senin önünde eğiliyorum. – Benim planım bu; uygulamasında bana yardım edecek misiniz? Ama tabii istersiniz, dahası var, yardım etmeden duramazsınız." Ve subay gezgini her iki kolundan tutup soluyarak yüzüne baktı. Son cümleleri öyle bağırarak söylemişti ki, askerle mahkûmun bile dikkati çekilmişti; hiçbir şey anlamasalar da yemek işini bir an bırakmış, ağızlarındakini geveleyerek gezgine bakıyorlardı.

Gezgin ne cevap vereceğinden baştan beri şüphe duymamıştı; bu noktada kararsızlık çekemeyecek kadar çok şey görüp geçirmişti hayatında; temelde dürüst bir insandı ve korkusu yoktu. Buna rağmen şimdi, askere ve mahkûma bakınca bir soluk boyu tereddüt etti. Ama sonunda, söylemeden edemeyeceği şeyi söyledi: "Hayır." Subay gözlerini kırpıştırdı, ama bakışlarını onun üstünden ayırmadı. "Bir açıklama mı istiyorsunuz?" diye sordu gezgin. Subay sessiz, başıyla onayladı. "Ben bu usule karşı biriyim," diyordu şimdi gezgin, "siz bana güvenip açılmadan önce de –bu güveni tabii her ne şart altında olursa olsun istismar etmeyeceğim– bu usule karşı harekete geçmeye hakkım olup olmadığını ve benim harekete geçmemin ufak da olsa bir başarı şansı olup olmadığını düşünüyordum. Bu arada önce kime yönelmem gerektiği apaçıktı: kumandana tabii. Siz benim bunu daha da açık görmemi sağladınız, ama bununla benim kararımı pekiştirmiş de olmadınız, tersine, içten inanmışlığınız beni çok etkiliyor, her ne kadar yanıltamıyorsa da." Subay ses çıkarmadı, makineye döndü, pirinç çubuklardan birini tuttu, sonra, biraz arkaya eğilerek, yukarıya, çiziciye baktı, her şeyin yolunda olup olmadığını denetlercesine. Askerle mahkûm arkadaşlık kurmuşa benziyordu; mahkûm, sıkı sıkıya bağlıyken ne kadar güç de olsa, askere bir işaret verdi; asker ona doğru eğildi; mahkûm kulağına bir şey fısıldadı, asker de onaylarcasına başını salladı.

Gezgin subayın arkasından gidip dedi ki: "Ne yapmak istediğimi daha bilmiyorsunuz. Usul üzerine görüşümü gerçi kumandana söyleyeceğim, fakat bir oturumda değil, onunla yalnızken; herhangi bir oturuma çağrılabilecek kadar da kalmayacağım burada; hemen yarın sabah ayrılıyorum ya da en azından, gemiye biniyorum."

Subay pek dinlemişe benzemiyordu. "Usul sizi ikna etmedi demek," dedi kendi kendine ve gülümsedi, yaşlı birinin bir çocuğun saçmalığına gülümseyişi ve bu gülümsemenin ardında kendi gerçek düşüncesinden ayrılmayışı gibi. "Öyleyse zamanıdır," dedi sonunda ve birden, herhangi bir çağrı, herhangi bir katılma isteği içeren, apaydınlık gözlerle gezginin yüzüne baktı. "Neyin zamanı?" dedi gezgin tedirgince, ama cevap alamadı.

"Serbestsin," dedi subay mahkûma adamın kendi dilinde. Beriki önce inanmadı. "Haydi, serbestsin," dedi subay. Mahkûmun yüzüne ilk defa gerçek bir canlılık geldi. Doğru muydu? Sadece subayın, geldiği gibi geçebilecek bir keyfi miydi? Yabancı gezgin affedilmesini mi sağlamıştı? Ne olmuştu? Yüzü böyle soruyor gibiydi? Ama uzun sürmedi. Ne olursa olsun, izin verilmişse, gerçekten serbest kalmak istiyordu, çırpınmaya başladı, kartuğun fırsat verdiği kadar.

"Kayışlarımı koparacaksın," diye bağırdı subay, "sakin ol! Biz açarız onları." Sonra, bir işaret verdiği askerle birlikte işe koyuldu. Mahkûm konuşmadan, kendi kendine, sessizce gülüyor, kâh yüzünü sola, subaya, kâh sağa, askere dönüyor, gezgini de unutmuyordu.

"Çek, çıkar onu," diye emretti subay askere. Bu arada kartuktan dolayı epey dikkat göstermek gerekiyordu. Mahkûmun, sabırsızlığı yüzünden, sırtında birkaç küçük sıyrık meydana gelmişti.

Ama subay bundan sonra artık onunla ilgilenmez oldu. Gezgine doğru yürüdü, yine o küçük deri portföyü çıkardı, içindeki kâğıtları karıştırdı, sonunda aradığını bulup gösterdi. "Okuyun," dedi. "Okuyamıyorum," dedi gezgin, "size söylemiştim, ben bu kâğıtları okuyamıyorum." "Kâğıda iyice baksanıza," dedi subay ve beraberce okumak için gezginin yanına yaklaştı. Bunun da faydası olmayınca, serçeparmağını kâğıdın –sanki asla dokunulmaması gerekirmiş gibi– bir hayli üstünden gezdirerek gezgine okuma işini kolaylaştırmaya çalıştı. Gezgin de, hiç değilse bu noktada subaya yardımcı olabilmek için, gayret etti, ama beceremedi. Derken subay yazıyı harf harf okumaya başladı, sonra da bir daha, hepsini birden okudu. "'Adil ol!' – deniyor," dedi, "artık okuyabiliyorsunuz işte." Gezgin yazının üstüne o kadar eğildi ki, dokunabileceği korkusuyla subay kâğıdı daha geriye çekti; gezgin gerçi bir şey demiyordu, fakat hâlâ okuyamamış olduğu aşikârdı. "'Adil ol!' – deniyor," dedi subay tekrar. "Olabilir," dedi gezgin, "inanırım, öyle yazılıdır." "Peki öyleyse," dedi subay, hiç değilse kısmen tatmin olmuştu, elinde kâğıtla merdiveni çıktı, kâğıdı büyük itinayla çizicinin içine yerleştirdi ve dişli mekanizmasının ayarını, göründüğü kadarıyla, tamamen değiştirdi; pek yorucu bir işti, küçük çarklar da söz konusu olsa gerekti, bazen subayın başı çizicinin içinde tamamen kayboluyordu; öylesine inceden inceye uğraşması gerekiyordu dişlilerle.

Gezgin aşağıdan bu işi kesintisiz takip ediyordu, boynu kasılmıştı, güneş ışığıyla gözleri kamaşmıştı. Askerle mahkûm artık sadece birbirleriyle meşguldü. Mahkûmun çoktan çukuru boylamış olan gömleğiyle pantolonunu asker süngünün ucuyla çekip çıkardı. Gömlek korkunç derecede kirliydi, mahkûm onu su fıçısında yıkadı. Sonra gömlekle pantolonu giyince, asker de, mahkûm da gülmeden edemediler, öyle ya elbiseler arkalarından kesilip ayrılmıştı. Mahkûm belki kendini askeri eğlendirmekle yükümlü sanıyordu, kesik elbiseleri içinde askerin önünde dönüp duruyor, askerse yere çömelmiş, gülerek dizlerine vuruyordu. Ne de olsa, beyefendilerin orada oluşuna hürmeten biraz kendilerini tutuyorlardı.

Subay yukarıda işini nihayet bitirdiğinde, cihazın tamamına bütün parçalarını gözden geçirerek bir kere daha baktı, çizicinin şimdiye kadar açık duran kapağını bu defa çarparak kapadı, aşağı indi, çukura, sonra mahkûma baktı, berikinin elbiselerini almış olmasından memnun kaldı, sonra ellerini yıkamaya su fıçısına gitti, içindeki iğrenç pisliği neden sonra fark etti, ellerini –bu durumda yıkayamayacağına üzüldü ve sonunda suyun yerini tutmuyordu, ama rıza göstermek zorundaydı– kuma soktu, sonra ayağa kalktı ve üniforma ceketinin düğmelerini açmaya başladı. Bu sırada önce, yakasının arkasına sıkıştırdığı iki hanım mendili ellerine düştü. "Al, mendillerin," deyip bunları mahkûma attı. Gezgine de, açıklama olarak, "Hanımların hediyeleri," dedi. Üniforma ceketini çıkarışında, sonra tamamen soyunuşunda acele ettiği besbelli de olsa, her bir elbisesini gayet özenle elden geçiriyordu, hatta merasim ceketinin simli kordonlarının üzerinden bir bir parmağıyla geçti ve püskülllerden birini sallayıp düzeltti. Ne var ki bu özene pek uymuyordu, bir parçayı böyle elden geçirdikten sonra hemen, hırçın bir hareketle çukura atması. Üstünde son kalan şey, bir kayışa asılı kısa kılıcı oldu. Kılıcı kınından çekti, kırdı, sonra hepsini topladı, kılıcın parçalarını, kını, kayışı ve öyle bir şiddetle attı ki, aşağıda, çukurda çarpışmalarının sesi duyuldu. Şimdi çıplak duruyordu orada. Gezgin dudaklarını ısırmış, bir şey söylemiyordu. Gerçi ne olacağını biliyordu, ama subayın herhangi bir şey yapmasına engel olmaya hakkı yoktu. Subayın öylesine bağlı olduğu mahkeme usulünün kaldırılması bu kadar yakındıysa –muhtemelen gezginin harekete geçmesi sonucu, ki o da kendi yönünden, harekete geçmeye yükümlü hissediyordu kendini– o zaman subay şimdi tamamen doğru davranmaktaydı; gezgin de onun yerinde olsa başka türlü davranmazdı.

Askerle mahkûm önce hiçbir şey anlamadılar, başlangıçta bakmıyorlardı bile. Mahkûm mendilleri geri aldığına çok sevinmişti, ama sevinci uzun sürmeyecekti, çünkü asker mendilleri çabuk, önceden kestirilemeyen bir hamleyle adamın elinden aldı. Şimdi mahkûm mendilleri askerin sakladığı yerden, pantolonunun belinden çekip almaya çalışıyordu, ama asker uyanıktı. Böylece yarı şaka kavga ediyorlardı. Ancak subay tamamen çıplak kaldığında dikkatleri çekildi. Özellikle mahkûm bir çeşit, büyük bir değişimin esintisini kapmış gibiydi. Kendisine olan, şimdi subaya oluyordu. Belki bu olan sonuna kadar gidecekti. Herhalde bu iş için emri yabancı gezgin vermişti. İntikamdı demek. Kendisi sonuna kadar acı çekmiş olmaksızın, intikamı sonuna kadar alınıyordu işte. Geniş, sessiz bir gülüş belirdi şimdi yüzünde ve bir daha kaybolmadı. Subay ise makineye dönmüştü. Makineyi iyi bildiği daha önce de nasıl gayet belli idiyse, onu nasıl çekip çevirdiği, makinenin de nasıl itaat ettiği, insanı şimdi neredeyse allak bullak edecek gibiydi. Elini kartuğa yaklaştırması yetti, kartuk birkaç kere yükseldi, alçaldı ve subayı kabul etmek için gereken yüksekliğe geldi; yatağın kenarından tutması yetti, yatak titremeye başlamıştı bile; keçe parça ağzına doğru geldi, subayın keçeyi ağzına almak istemediği görüldü, ama bu tereddüt sadece bir an sürdü, hemen uysallık gösterdi ve aldı. Her şey hazırdı, sadece kayışlar daha kenarlardan sarkıyordu, fakat anlaşılan gerekli değildi bunlar, subayın bağlanmış olması gerekmiyordu. Derken mahkûm sallanan kayışları fark etti, kanaatince infaz, kayışlar tokalanmamış olursa, mükemmel olmazdı, askere bir gayret, eliyle işaret etti, subayı bağlamaya koştular. Beriki bir ayağını uzatmıştı bile, çiziciyi harekete geçirecek kolu itmek için; o anda ikisinin gelmiş olduğunu gördü; ayağını çekip kayışları bağlattı. Fakat şimdi de kola yetişemiyordu; ne asker, ne mahkûm bulabileceklerdi bu kolu ve gezgin de kımıldamamaya kararlıydı. Lazım olmadı; kayışlar tam takılmıştı ki, makine de çalışmaya başladı; yatak titriyor, iğneler derinin üstünde dans ediyor, kartuk aşağı, yukarı salınıyordu. Gezgin çizicide bir çarkın gıcırdaması gerektiğini hatırlayana kadar epey bir süre bakakalmıştı; ama ses yoktu, en küçük bir zırıltı bile duyulmuyordu.

Bu sessiz çalışmasından ötürü makine tam anlamıyla herkesin dikkatinden kaçtı. Gezgin öteye, askerle mahkûma bakıyordu. Mahkûm daha canlı olanlarıydı, makinenin her tarafı onu ilgilendiriyordu, kâh eğiliyor, kâh uzanıyordu, işaretparmağı hep uzanmış haldeydi, askere bir şeyler göstermek için. Gezgini sıkıntı içinde bırakıyordu bu. Burada sonuna kadar kalmaya kararlıydı, fakat o ikisinin hallerine uzun zaman katlanamayacaktı.

"Evinize dönün," dedi. Asker gitmeye hazırdı belki, ama mahkûm bu emri düpedüz ceza olarak hissediyordu. Kendisini burada bırakması için ellerini kavuşturmuş, yalvarıyordu ve gezgin başını sallayarak olmazlandığında diz bile çöktü. Gezgin burada emirlerin işe yaramadığını gördü, öbür tarafa geçip iki adamı kovmak istedi. O sırada yukarıda, çizicide bir gürültü işitti. Yukarı baktı. Demek yine de terslik yapan bir dişli mi vardı? Fakat başka bir şeydi bu. Çizicinin kapağı yavaşça kalkıyordu; sonra da tamamen açıldı. Bir çarkın dişlileri belirdi, yükseldiler, derken bütün çark göründü, sanki herhangi büyük bir güç çiziciyi sıkıyormuş da bu çark için artık yer kalmamış gibiydi, çark dönerek çizicinin kenarına kadar geldi, aşağı düştü, kumda bir parça dik olarak yuvarlandı, sonra devrilip kaldı. Ama yukarıda bir dişli daha yükselmişti, arkasından birçok, büyüklü küçüklü, birbirinden ayrılması neredeyse imkânsız çark geldi, hepsine aynı şey oluyordu, her seferinde insan çizicinin artık çoktan boşalmış olacağını sanıyor, derken yeni, özellikle bol parçalı bir grup beliriyor, yükseliyor, aşağı düşüyor, kumda yuvarlanıyor, devriliyordu. Mahkûm bu olaya bakmaktan gezginin emrini tamamen unuttu, dişliler onu iyiden iyiye hayran bırakmıştı, hep içlerinden birini yakalamaya çalışıyor, aynı zamanda askeri kendisine yardım etmesi için harekete geçiriyor, ama ürküntüyle elini çekiyordu, çünkü hemen başka bir dişli gelmekte ve adamı, en azından ilk yuvarlanmaya başladığında, ürkütmekteydi.

Buna karşılık gezgin bir hayli tedirgindi; makine anlaşılan mahvolmaktaydı; sessiz çalışması yanıltıcı olmuştu; gezgin şimdi subayın yerini alması gerektiği duygusuna kapıldı, çünkü beriki artık kendi işini kendi göremiyordu. Fakat dişlilerin düşüşü bütün dikkatini seferber ettiğinden, makinenin geri kalanını gözaltında bulundurmayı ihmal etmişti; şimdi ise, son dişli çiziciden çıktıktan sonra, kartuğun üstüne eğildiğinde, yeni, daha da kötü bir sürprizle karşılaştı. Kartuk yazmıyor, sadece iğnelerini batırıyordu, yataksa vücudu çevirmiyor, sadece titreye titreye iğnelere doğru kaldırıyordu. Gezgin işe karışmak, olabilirse bütün olup biteni durdurmak istedi, öyle ya, bu, subayın erişmek istediği cinsten bir işkence değil, doğrudan doğruya cinayetti. Elini uzattı. Fakat o anda kartuk iğnelerine geçirdiği vücutla birlikte yana doğru yükselmişti bile, aynen daha önceleri hep on ikinci saatte yaptığı gibi. Kan yüzlerce koldan akıyordu (suyla karışmış olarak değil, bu defa su borucukları da çalışmaz olmuştu). Ve şimdi son iş de yürümez oldu; vücut uzun iğnelerden ayrılmadı, bütün kanını akıtmış, ama çukurun üzerinde düşmeden, asılı kalmıştı. Kartuk hemen eski konumuna dönecek gibi oldu, ama sanki yükünden henüz kurtulmamış olduğunu kendiliğinden fark etmiş gibi, çukurun üzerinde kaldı. "Yardım etsenize!" diye bağırdı gezgin karşı taraftaki askerle mahkûma ve kendisi subayın ayaklarından yapıştı. O bu taraftan subayın ayaklarına asılacak, öbür ikisi de karşı taraftan başından tutacaklar ve adam böylece yavaş yavaş iğnelerden çekilecekti. Fakat berikiler gelmeye karar veremiyorlardı şimdi; mahkûm basbayağı arkasını döndü; gezginin adamların yanına gidip onları zorla subayın başına doğru itelemesi gerekti. Bu arada, neredeyse istemeden, cesedin yüzüne baktı. Bu yüz, hayattayken nasılsa öyleydi (vaat edilen o kurtuluşun hiçbir belirtisi görülür gibi değildi); bütün ötekilerin makinenin içindeyken bulduğu şeyi subay bulamamıştı; dudakları sıkıca kenetlenmiş, gözleri açık, içlerinde hayatın ifadesi, bakışı sakin ve inançlı, alnından içeri büyük demir kancanın ucu girmiş halde.

* * *

Gezgin, arkasında asker ve mahkûmla koloninin ilk evlerine ulaştığında, asker bunlardan biri göstererek dedi ki: "İşte çayevi."

Evlerden birinin zemin katında içeriye doğru uzanan, alçak tavanlı, mağara benzeri, duvarları ve tavanı isli bir mekân vardı. Sokağa doğru bütün genişliği kadar açıktı. Çayevi koloninin öbür, kumandanlık sarayının binaları hariç, hepsi gayet harap olan evlerinden pek farklı olmadığı halde gezgin üzerinde tarihî bir hatıranın etkisini bıraktı ve ona eski çağların kudretini hissettirdi. Yaklaştı, arkasında iki refakatçisi, çayevinin önünde, sokakta duran ve kimsenin oturmadığı masaların arasından yürüdü, içeriden gelen serin, rutubetli havayı içine çekti. "İhtiyar burada gömülü," dedi asker, "rahip mezarlıkta bir yer verilmesine karşı çıktı. Bir süre kararsız kaldılar, nereye gömüleceği konusunda, sonunda buraya gömdüler. Subay size muhakkak anlatmamıştır, çünkü en çok utandığı şey buydu tabii. Hatta birkaç sefer geceleyin ihtiyarı topraktan çıkarmaya çalıştı, ama her seferinde kovaladılar." "Nerede mezar?" diye sordu, askerin söylediğine inanamayan gezgin. Hemen ikisi de, askerle mahkûm, önünden yürüyüp ellerini uzatarak mezarın olduğu yeri gösterdiler. Gezgini masalarda birkaç müşterinin oturduğu arka duvara kadar götürdüler. Herhalde liman işçisiydi bunlar, kısa, pırıl pırıl siyah sakallı, güçlü adamlar. Hepsi de ceketsizdi, gömlekleri yırtık yırtıktı, fakir, aşağılanmış bir halktı bu. Gezgin yaklaştığında birkaçı ayağa kalktı, duvara yapışıp kendisine doğru baktılar. "Yabancı bu," diye bir fısıltı dolaştı gezginin etrafında, "mezarı görmek istiyor." Masalardan birini kenara çektiler, altında gerçekten bir mezar taşı vardı. Basit bir taştı, bir masanın altında gizlenebilecek kadar alçak. Üzerinde iyice küçük harflerle yazılmış bir kitabe vardı, gezginin okuyabilmek için diz çökmesi gerekti. Şöyle diyordu: "Burada eski kumandan yatıyor. Şimdi isim sahibi olmalarına izin verilmeyen taraftarları çukurunu kazıp taşını dikti. Bir kehanete göre kumandan belli bir yıl sonra dirilecek ve bu evden, koloninin yeniden fethi için, taraftarlarını yönetecektir. İnanıla ve beklene!" Gezgin bunu okuyup kalktığında, adamların etrafını sarmış ve gülümsemekte olduklarını gördü, sanki yazıtı onunla beraber okumuşlar, gülünç bulmuşlar ve kendisini de görüşlerine katılmaya çağırıyorlardı. Gezgin bunu fark etmemiş gibi yaptı, adamlara biraz bozuk para dağıttı, masa mezarın üstüne itilene kadar bekledi, çayevinden çıkıp limana gitti.

Askerle mahkûm çayevinde tanıdıklara rastlamışlar, bunlar da kendilerini alıkoymuştu. Ama çok geçmeden ellerinden kurtulmuş olsalar gerekti, çünkü gezgin teknelere giden uzun merdivenin daha ancak ortasına gelmişti ki, arkasından koştular. Herhalde gezgini son anda kendilerini de yanına almaya zorlayacaklardı. Gezgin aşağıda gemicilerden biriyle açıktaki vapura geçişin pazarlığını yaparken, iki adam şimşek gibi merdiven aşağı geldi, susuyorlardı, çünkü bağırmaya cesaretleri yoktu. Fakat aşağıya ulaştıklarında gezgin sandala binmişti bile, gemici de tam rıhtıma bağlı halatı çözmekteydi. Daha sandala atlayabilirlerdi, fakat gezgin yerden ağır, düğümlü bir halat aldı, bununla iki adamı tehdit ederek atlamalarına engel oldu.

BİR TAŞRA HEKİMİ (1919)

Babama

Yeni avukat

Yeni bir avukatımız var, Dr. Bucephalus. Görünüşüne bakılırsa, kendisinin daha Makedonyalı İskender'in savaş atı olduğu zamanı hatırlatan pek az şey bulunur. Ne var ki, işleri yakından bilen birisi bazı şeyleri fark edecektir. Gene de geçenlerde, alabildiğine saf biri olan mübaşirin dış merdivende, yüzünde yarışların küçük müdavimi olan birinin uzman bakışıyla, avukata, beriki bacaklarını kaldıra kaldıra, mermeri çınlatan adımlarla, basamak basamak çıkarken hayranlıkla baktığını gördüm.

Baro genelde, Bucephalus'un avukatlar arasına alınmasını onaylıyor. Şaşılacak bir kavrayış göstererek diyorlar ki, Bucephalus bugünkü toplum düzeni içinde güç bir durumdadır ve bu yüzden, ayrıca dünya tarihine ilişkin önemi nedeniyle de, her halükârda kabulü hak etmiştir. Bugün – kimse inkâr edemez– Büyük İskender diye biri yok. Cinayet işlemekten anlayanlar var gerçi, mızrağı ziyafet masasının üstünden atıp karşıdaki arkadaşı vurma hüneri bakımından da eksik yok; ve birçoklarına Makedonya dar geliyor, öyle ki Philipp'i, babayı lanetliyorlar – ama kimse, hiç kimse Hindistan'a ordu götüremiyor. Daha o zamanlar bile Hindistan'ın kapıları erişilmezdi, ama ne yönde olduklarını kralın kılıcı belirliyordu. Bugün kapılar hepten başka yerlere, daha ötelere, daha yükseklere taşınmış; yönü gösteren kimse yok; birçokları elinde kılıç tutuyor, ama sadece haldır huldur sallamak için, takip etmeye çalışan göz şaşakalır.

Belki bunun için sahiden en iyisi, Bucephalus'un yaptığı gibi, kanun kitaplarına dalıp gitmek. Serbestçe, döşleri atlının uylukları altında ezilmeden, usulca yanan lambanın ışığında, İskender Muharebesi'nin patırtısından uzak, okuyor ve çeviriyor eski kitaplarımızın yapraklarını.

Bir taşra hekimi

Büyük bir zorluk içindeydim: Önümde acil bir yolculuk vardı; bir ağır hasta on mil uzakta bir köyde beni bekliyordu; şiddetli bir kar fırtınası doldurmaktaydı onunla aramdaki büyük mesafeyi; arabam vardı, hafif, büyük tekerlekli, tam bizim şoselere elverişli türden; kürküme bürünmüştüm, alet çantam elimde, yola çıkmaya hazır, avluya dikilmiştim bile; fakat at yoktu, at. Kendi atım bir önceki gece bu buz gibi kışın aşırı yorgunluğu yüzünden ölmüştü, hizmetçi kız şimdi köyü dolanıyordu, ödünç bir at bulabilmek için, ama ümit yoktu, biliyordum ve üstümde biriken kar gittikçe çoğalır, ben canlılığımı gittikçe kaybederken, hiçbir işe yaramaz bir şekilde ortada dikiliyordum. Kız avlu kapısında belirdi, yalnız, fenerini salladı, tabii, kim şimdi atını verir böyle bir yolculuğa? Bir kere daha avluyu arşınladım, bir çare bulamadım, aklım dağınık, can sıkıntısı içinde, yıllardır kullanılmayan domuz ahırının köhne kapısına bir tekme attım. Kapı açıldı, menteşeleri üzerinde gitti, geldi. Atların yaydığına benzeyen bir sıcaklık ve koku çıktı dışarı. Kör bir ahır feneri sallanıyordu içeride, bir urganın ucunda. Bir adam, alçak tahta bölmenin içine kıvrılıp oturmuştu, açık, mavi gözlü yüzünü gösterdi. "Arabayı koşayım mı?" diye sordu, emekleye emekleye yerinden çıkarken. Söyleyecek söz bulamayıp ahırda daha neler olduğunu görmek için eğilmekle yetindim. Hizmetçi kız yanımda duruyordu. "İnsan bilmiyor, evde yedek neler neler olduğunu," dedi, ikimiz de güldük.

"Deh oğlum, deh kızım!" diye bağırdı seyis, iki at, iri yapılı, sağrıları kuvvetli iki at birbiri ardınca, bacaklarını iyice karınlarına çekip biçimli başlarını develer gibi eğerek, sadece gövdelerinin kıvrılmalarıyla ilerler gibi, kapının açıklığını tamamen doldurarak, itiş kakış çıktı dışarıya. Ama hemen dikildiler, uzun bacaklarının üstünde, vücutlarından yoğun bir buğu çıkararak. "Ona yardım et," dedim, kız da bir gayret, seyise arabanın koşumlarını uzatmak için seğirtti. Fakat uşak, kız henüz yanına varmışken, sarıldığı gibi yüzünü yüzüne yapıştırıyor. Kız bir çığlık atıyor, kaçıp yanıma geliyor; yanağında iki sıra dişin bıraktığı kırmızı iz. "Seni hayvan!" diye bağırıyorum öfkeyle. "Kamçı yemek mi istiyorsun?" Fakat hemen de, adamın yabancı olduğunu hatırlıyorum, nereden geldiğini bilmediğimi ve bana, başka herkesin yaramaz çıktığı bir anda, gönüllü olarak yardım ettiğini. Adam sanki düşündüklerimi biliyormuş gibi, tehdidimi mesele yapmayıp hep atlarla uğraşırken, bir kerecik benden yana dönüyor. "Binin," diyor sonra ve hakikaten: Her şey hazır. Böyle güzel bir çift atla, bunu fark ediyorum, daha önce hiç yola çıkmamışım ve keyifle biniyorum. "Ama arabayı ben süreceğim, sen yolu bilmiyorsun," diyorum. "Elbette," diyor, "ben zaten gelmiyorum, ben Rosa'nın yanında kalıyorum." "Hayır," diye bağırıyor Rosa ve kaderinin karşı konulmazlığını isabetle sezerek eve koşuyor; taktığı kapı zincirinin şakırtısını duyuyorum, kilidin dilinin yerine oturuşunu duyuyorum; üstelik sofada ve birbirini kovalarcasına odalarda bütün ışıkları söndürdüğünü görüyorum, kendini bulunmaz kılmak için. "Sen benimle geliyorsun," diyorum seyise, "yoksa çıkmam bu yola, ne kadar acil de olsa. Sana bu seferin bedeli olarak kızı vermeye hiç niyetim yok." O, "Hayde!" diyor, ellerini çırpıyor; araba yola koyuluyor sürüklenircesine, odunun sele gidişi gibi; daha kulaklarımda evimin kapısının seyisin abanmasıyla çatırdayıp dağılışı, sonra gözlerim, kulaklarım bütün duyuları aynı ölçüde saran bir uğultuyla dopdolu. Fakat bu da sadece bir an, çünkü, sanki benim avlu kapımın hemen önünde hastamın avlusu açılırmış gibi, hemen oraya gelmişim, atlar sakin sakin duruyor; kar dinmiş; çepçevre ay ışığı; hastanın annesi babası evden dışarı uğruyor; arkalarından kız kardeşi; beni neredeyse arabadan kucaklarında indiriyorlar; karmakarışık laflarından hiçbir şey anlamıyorum; hasta odasında hava solunacak gibi değil; kimsenin bakmadığı kuzine soba tütüyor; pencereyi açacağım; ama önce hastayı görmek istiyorum. Sıska, ateşi yok, soğuk değil, sıcak değil, boş gözlerle, gömleksiz doğruluyor delikanlı yorganın altından, boynuma sarılıyor, kulağıma fısıldıyor: "Doktor, bırak öleyim." Etrafıma bakıyorum, işiten olmadı; anne baba sessizce öne eğilmiş, kararımı bekliyor; kız kardeş el çantam için bir sandalye getirdi. Çantayı açıyorum, aletlerimin içinde aranıyorum; delikanlı habire yataktan elini uzatıp bana ulaşmaya çalışıyor, ricasını hatırlatmak için; elime bir cımbız alıyorum, mum ışığında inceliyor, sonra yine yerine koyuyorum. "Evet," diye düşünüyorum şeytanca, "böyle durumlarda tanrılar yardım eder, olmayan atı gönderirler, acele diye yanına bir at daha katarlar, gönüllerinden kopar, fazladan bir de seyis verirler." Ancak şimdi, Rosa aklıma geliyor; ne yapayım, onu nasıl kurtarayım, onu o seyisin altından nasıl çekeyim, buradan on mil uzakta, arabamın önünde hükmümün geçmediği atlar? Bu atlar, kayışlarını her nasılsa gevşetmiş atlar; pencereler, nasıl bilmiyorum, dışarıdan açılır? Her biri bir pencereden başını sokup ailenin yaygarasına aldırmadan, hastayı seyreden atlar. "Hemen döneceğim," diye düşünüyorum, sanki atlar beni yola çıkmaya çağırıyormuş gibi, ama benim sıcaktan bunaldığımı sanıp kürkümü sırtımdan alan kız kardeşe de engel olmuyorum. Bana bir bardak rom hazırlanıyor, yaşlı adam omzuma vuruyor, hazinesini bağışlayışı bu samimiyete gerekçe olmakta. "Hayır" diye başımı sallıyorum, yaşlı adamın düşünce çevresinin darlığında midem bulanıyor; sadece bu sebepten içmeyi reddediyorum. Anne yatağın kenarında duruyor ve beni oraya çağırıyor, gidiyorum ve atlardan biri yüksek sesle odanın tavanına doğru kişnerken, başımı delikanlının göğsüne yaslıyorum, ıslak sakalımın altında ürperiyor. Bildiğim şey doğru çıkıyor: Delikanlının sağlığı yerinde, biraz dolaşım yetersizliği, annenin ihtimamıyla içi dışı kahve olmuş, ama sağlığı yerinde ve en iyisi, bir tekmeyle yataktan kovmalı. Dünyayı düzeltmek bana kalmamış, bırakıyorum yatsın. Vilayet hizmetinde vazifeliyim, işimi de dolu dolu yapıyorum, neredeyse aşırı kaçacağı noktaya kadar. Maaşım az da olsa cömertim ve fakirlere yardıma hazırım. Daha Rosa'ya göz kulak olmam lazım, sonra delikanlı isterse haklı çıksın, hem zaten ben de ölmek istiyorum. Ne yapıyorum burada bu sonsuz kışta! Atım ölmüş, köyde de bana atını ödünç veren kimse yok. Domuz ahırından çekmem gerekiyor çifte atımı; ola ki at değilse bunlar, domuzları koşup gitmem gerekiyor. Bu böyle. Ve aileye "evet" der gibi baş sallıyorum. Hiç haberleri yok, olsa da inanmazlar. Reçete yazmak kolay, ama bunun dışında, insanlarla anlaşmak zor. Evet, burada bitiyor demek ziyaretim, bir kere daha boş yere çağırdılar, buna alışığım, evdeki gece çıngırağı yardımıyla bütün vilayet eziyet etmekte bana, ama bu sefer Rosa'yı da elden çıkarmak zorunda kalışım, bu güzel, yıllardır benden pek ilgi görmeden evimde yaşayan kızı – bu kurban fazla büyük, ben de bahaneler uydurmalıyım kafamda bir şekilde, bu ailenin üstüne saldırmamak için, ne kadar istese de bana Rosa'mı geri veremeyecek olan bu ailenin. Fakat el çantamı kapatır, kürkümün getirilmesi için el ederken, aile bir arada dikilmekte, baba elindeki rom bardağının üzerine tuttuğu burnunu çekiyor, anne, herhalde benden hayal kırıklığına uğramış, ne bekler ki halk? – gözleri yaş içinde dudaklarını ısırır ve kız kardeş kandan ağırlaşmış bir mendil sallarken, ben bir şekilde, icabında, hazırım, delikanlının belki de sahiden hasta olduğunu itiraf etmeye. Ona doğru gidiyorum, beni gülümseyerek karşılıyor, sanki kendisine en kuvvetli çorbayı getiriyormuşum gibi – ah, şimdi iki at da kişniyor; gürültü herhalde yüksek bir merci talimatıyla yapılıyor ve muayeneyi kolaylaştırma amacıyla – derken keşfediyorum: Evet, delikanlı hasta. Sağ tarafında, kalça bölgesinde avuç içi kadar bir yara açılmış. Pembe, birçok tonu var, derinleri koyu renk, kenarlara doğru açılıyor, ince pütürlü, kan yer yer toplanıyor, bir topraküstü madeni gibi açık. Uzaktan böyle. Yakından bakınca durumu ağırlaştıran bir şey daha var. Kim buna bakabilir hafifçe ıslık çalmadan? Kurtlar, kalınlığı, uzunluğu benim serçeparmağıma denk, kendiliğinden pembe, üstelik kana bulaşmış, yaranın içine tutunmuş, küçük beyaz başlarıyla, bir sürü ayaklarıyla ışığa doğru kıvraşıyorlar. Zavallı çocuk, sana yardım edilesi değil. Büyük yaranı buldum; döşündeki bu çiçek seni mahvedecek.

Aile mutlu, beni iş başında görüyor; kız kardeş anneye söylüyor, anne babaya, baba parmak uçlarına basa basa, uzattıkları kollarıyla terazilenerek açık kapıdaki ay ışığından içeri giren birkaç misafire. "Beni kurtaracak mısın?" diye fısıldıyor delikanlı hıçkırarak, yarasındaki canlılıktan iyice gözleri kamaşmış bir halde. Böyledir benim yöremin insanları. Hep olmayacak şeyi isterler hekimden. Eski inançlarını kaybetmişlerdir; papaz evinde oturup ayin elbiselerini lime lime eder, birbiri ardınca; ama hekim her şeyin üstesinden gelmelidir o narin cerrah eliyle. Pekâlâ, nasıl isterseniz: Ben hizmetimi sunmuş değilim; beni kutsal amaçlarla kullanırsanız, bunu yapmanıza da ses çıkarmam; daha ne isterim ki ben, ihtiyar taşra hekimi, hizmetçi kızı elinden kapılmış! Ve geliyorlar, aile ve köy ihtiyar heyeti ve soyuyorlar beni; evin önünde başında öğretmenle bir okul korosu duruyor ve alabildiğine basit bir melodi söylüyor, sözleri şöyle olan:

"Çıkarın elbiselerini, o zaman iyileştirir,
İyileştirmezse de öldürün onu!
Alt tarafı bir hekim, alt tarafı bir hekim."

Sonra soyunmuşum ve parmaklarım sakalıma dolanık, başımı eğmiş, sakin sakin insanlara bakıyorum. Gayet soğukkanlıyım ve hepsinden üstünüm ve bu durumda bir değişiklik olmuyor, oysa hiç faydası yok, çünkü şimdi tutuyorlar beni başımdan, ayaklarımdan, yatağa taşıyorlar. Duvar kenarına, yaranın olduğu tarafa yatırıyorlar beni. Sonra hepsi odadan çıkıyor; kapı kapatılıyor; şarkı susuyor; bulutlar geliyor ayın önüne; sıcacık, etrafımda yatak yorgan, at başları pencere yuvalarında birer gölge gibi sallanıyor. "Biliyor musun," dendiğini duyuyorum, kulağıma, "sana güvenim pek az. Zaten birileri atıvermiş seni ortaya, kendi ayağınla gelmiş değilsin. Yardım edeceğine, bana ölüm döşeğimi dar ediyorsun. Öyle isterim ki gözlerini oymayı." "Doğru," diyorum, "bu bir zül. Ne var ki ben hekimim. Ne yapayım? İnan bana, benim için de kolay olmuyor." "Bu af dileyişle yetineyim mi yani? Ah, başka çare yok galiba. Hep yetinmem gerekir. Güzel bir yarayla geldim dünyaya, varım yoğum buydu." "Genç arkadaş," diyorum, "senin hatan: Her şeyi topluca göremiyorsun. Ben, ki bu diyardaki bütün hasta odalarında bulunmuşum, sana şunu derim: Yaran o kadar fena değil. Baltanın dar açıyla iki vuruşu yaratmış. Birçoğu döşünü açar da koruda baltayı pek işitmez, hele kendilerine yaklaştığını, hiç." "Sahiden öyle mi, yoksa şu ateşli halimde beni aldatıyor musun?" "Sahiden öyle, al bir hekimin şeref sözünü, öbür tarafa götür." Ve aldı ve sustu. Fakat şimdi kendi kurtuluşumu düşünmenin zamanıydı. Henüz duruyordu atlar yerlerinde, sadık sadık. Elbiseler, kürk, çanta hemen toplanıverdi, giyinmekle oyalanmak istemiyordum; atlar gelirken olduğu gibi acele etti, hani neredeyse o yataktan kendi yatağıma atladım. Atlardan biri emrime uydu, pencereden çekildi; tomarı arabaya attım; kürk fazla uzağa uçtu, sadece bir koluyla bir kancaya takıldı. Yeter. Ata atladım. Kayışları gevşek bırakıp sürüyerek, bir atı öbürüne neredeyse hiç bağlamadan, araba sallana bulana arkadan, en sonda da kürk, karın üstünde. "Hayde!" dedim, ama "hayde" demekle olmadı; ihtiyar adamlar gibi yavaş yavaş ilerledik kar çölünden; uzun zaman arkamızdan çocukların yeni, ama yanlış şarkısı çınladı geldi: "Sevinin, ey hastalar, hekim yatağınıza yattı!"

Asla varamam eve böyle; işleri açılmakta olan muayenehanem elden gitti; yerimi alan biri hırsız çıktı, ama bir faydasını görmüyor, çünkü benim yerimi tutamaz; evimde o iğrenç seyis asıp kesmekte; Rosa onun elinde; gözümün önüne getirmek istemiyorum. Çıplak, bu en talihsiz çağın dondurucu soğuğuna maruz, dünya malı arabayla, dünya dışı atlarla ortalıkta dolanıp duruyorum ben ihtiyar. Kürküm arabanın arkasında asılı, ama ona uzanamıyorum ve dolaşıp duran o hasta güruhundan kimse de parmağını bile oynatmıyor. İhanet! İhanet! İnsan gece çanı yanlışlıkla çalınca harekete geçmeyegörsün – olanı bir daha asla düzeltemez.

Galeride

Öyle düşkün, akciğer hastası herhangi bir binici kadın manejde yalpalayan atın üstünde yorulmak bilmez bir seyirci topluluğunun karşısında kırbacını savurup duran, merhametsiz bir patron tarafından aylarca, kesintisiz, bir daire üstünde döndürülüp dursa, atın üstünde fırdolayı, öpücükler dağıtarak, belini kıvırarak ve bu oyun orkestranın ve vantilatörlerin durmak bilmeyen uğultusu altında sonsuza kadar açılıp duran geleceğin alacakaranlığı çökesiye devam etse, avuçların dinip dinip yeniden kabaran ve aslında buharlı şahmerdanlar olan alkışları eşliğinde – belki o zaman genç bir galeri seyircisi bir koşu, bütün sıraları geçip aşağı uzanan merdivenden gelir, maneje fırlar ve "Dur," diye bağırırdı, her duruma uymasını bilen orkestranın fanfarları arasından.

Ama öyle olmadığı için; güzel bir hanım, beyazlı kırmızılı, üniformalı mağrur uşakların kendisine açtığı perdelerin arasından uçar gibi içeri girdiği; müdür gözleriyle tapınırcasına onun bakışlarını aradığı; bir hayvan duruşuyla soluğunu ona yönelttiği; onu demirkırı atın sırtına itinayla, tehlikeli yolculuğa çıkan, her şeyin üstünde sevdiği torunuymuşçasına kaldırdığı; kırbaçla işareti vermeye bir türlü davranamadığı; sonunda kendini yenerek bir şaklamayla verdiği; atın yanı başında ağzı açık koşup durduğu; binicinin sıçrayışlarını keskin bakışlarla takip ettiği; onun hünerini bir türlü aklına sığdıramadığı; onu İngilizce tabirlerle uyarmaya çalıştığı; çember tutan seyisleri öfkeyle, alabildiğine dikkatli olmaları yolunda haşladığı; o büyük ölüm taklasından önce ellerini kaldırıp orkestraya susması için yalvardığı; nihayet küçüğünü titremeler içindeki attan indirdiği, iki yanağından öptüğü ve seyircilerin hayranlık gösterilerini yeterli bulduğu için; binicinin kendisiyse, müdüre yaslanmış halde, ayakuçlarında yükselerek, etrafında toz bulutları, kollarını açarak, narin başını arkaya atıp mutluluğunu bütün sirkle paylaşmak istediği için – işte bu böyle olduğundan, galerideki seyirci yüzünü korkuluğa dayıyor ve kapanış marşı sırasında, ağır bir rüyaya gömülür gibi, ağlıyor, ağladığını bilmeden.

Eski bir varak

Vatanımızın savunmasında pek çok şey ihmal edilmişe benzer. Şimdiye kadar bu konuyla uğraşmadık ve işimize gücümüze baktık; ne var ki son zamanların olayları bize endişe vermekte.

Benim, imparatorluk sarayının önündeki meydanda bir kunduracı atölyem var. Sabah alacasında dükkânımı açar açmaz, buraya açılan bütün sokak başlarının silahlı adamlarca çoktan tutulmuş olduğunu görüyorum. Ama bunlar bizim askerler değil, anlaşılan Kuzey'den gelen göçebeler. Anlayamadığım bir şekilde, sınırdan çok da uzak olan başşehre kadar ulaşmışlar. Her neyse, gelmişler işte; öyle görünüyor ki, her sabah daha çoğalıyorlar.

Tabiatlarına uygun olarak açık havada konaklıyorlar, çünkü evlerden nefret ederler. Kılıçların bileylenmesiyle, okların sivriltilmesiyle, at üstünde temrinlerle uğraşıyorlar. Bu sessiz, hep endişeyle temiz tutulmuş meydanı gerçek bir ahıra çevirdiler. Biz gerçi bazen işyerlerimizden koşup geliyor, pisliğin en kabasını ortadan kaldırmaya çalışıyoruz, ama bu gittikçe daha seyrek oluyor, çünkü zahmetin faydası yok, üstelik bizi vahşi atların altında kalma ya da kamçılarla yaralanma tehlikesine atıyor.

Konuşmak mümkün değil göçebelerle. Dilimizi bilmiyorlar, hatta pek kendi dilleri bile yok. Kendi aralarında kargalar gibi anlaşıyorlar. İkide birde bu karga bağrışı duyuluyor. Bizim yaşayışımız, bizim kurumlarımız onlar için kavranacak türden şeyler olmadığı gibi, umursanacak gibi de değil. Bunun sonucu olarak, her çeşit işaret diline de uzak duruyorlar. Sen istediğin kadar çeneni oynat, ellerini bileklerinden kıvır, seni anlamamışlardır ve asla anlamayacaklardır. Sık sık yüzlerini çarpıttıkları oluyor, o zaman gözlerinin beyazı belirip ağızlarından köpük taşıyor, ama bununla bir şey demek, hatta korkutmak istemekte bile değildirler; sadece kendi tarzları böyle olduğundan yapıyorlar. Kendilerine ne lazımsa alıyorlar. Kuvvet kullandıkları söylenemez. İnsan onlar ellerini uzatmadan önce yana çekiliyor, her şeyi onlara bırakıyor.

Benim erzakımdan da nice güzel parçayı aldılar. Ama şikâyet edemem, mesela karşıdaki kasabın ne halde olduğunu görünce. Malını dükkâna getirir getirmez hepsi elinden kapılıveriyor bile, göçebelerce gövdeye indiriliyor. Onların atları da et yiyor; çoğu zaman bir atlı atının yanına uzanıyor, ikisi de aynı et parçasını yemeye koyuluyorlar, her biri bir ucundan. Kasap korku içinde, et getirmekten vazgeçmeye de cesaret edemiyor. Fakat biz anlayış gösteriyoruz, aramızda para toplayıp ona destek oluyoruz. Göçebeler etsiz kalırsa, kim bilir, akıllarına neler yapmak gelir, öte yandan kim bilir, her gün et bulurlarsa akıllarına neler gelecek.

Geçende kasap en azından hayvan kesme zahmetinden kurtulabileceğini düşündü ve sabahleyin canlı bir öküz getirdi. Bunu bir daha yapmamalı. Ben herhalde bir saat atölyemin en arkasında yere uzanıp yattım ve bütün elbiselerimi, örtüleri, minderleri üstüme yığdım, sırf öküzün böğürtüsünü duymamak için: Hayvanın üstüne dört bir yandan göçebeler atlıyor, sıcak etini dişleriyle koparmaya çalışıyorlardı. Dışarı çıkmaya cesaret bulduğumda ortalık epey bir zamandır durulmuştu; şarap fıçısının başındaki ayyaşlar gibi yorgun argın yatıyorlardı öküzün kalıntıları etrafında.

Tam o zamandı, imparatoru bizzat sarayın pencerelerinden birinde gördüğümü sanmıştım; yoksa hiçbir zaman bu dış odalara gelmez, hep en iç bahçede yaşar; ama bu defa, en azından bana öyle geldi, pencerelerden birinde dikilmiş, başı eğik, sarayının önünde olup bitene bakıyordu.

"Arkası nasıl gelecek?" diye soruyoruz hep birbirimize. "Bu yükü, eziyeti ne kadar çekeceğiz? İmparator sarayı göçebeleri çekti, ama onları def etmeyi beceremiyor. Cümle kapısı kapalı duruyor; eskiden hep merasimli bir şekilde bir içeri, bir dışarı yürüyen nöbetçiler parmaklıklı pencerelerin arkasından çıkmıyor. Vatanın kurtuluşu biz zanaatçılara ve tacirlere emanet edilmiş, ama biz böyle bir vazifeyle başa çıkacak halde değiliz; zaten hiç de biz bunu başarırız diye övünmemişizdir. Bir yanlış anlama bu ve bizi mahvetmekte."

Yasa önünde

Yasanın önündeki kapıda bir bekçi durmaktadır. Bu bekçiye taşradan bir adam gelir ve yasanın içine girmeyi diler. Ama bekçi onu şimdi içeri bırakamayacağını söyler. Adam düşünür, girmesine öyleyse daha sonra mı izin verileceğini sorar. "Mümkündür," der bekçi, "ama şimdi değil." Yasanın kapısı her zaman olduğu gibi açık durduğundan, bekçi de yana çekildiğinden, adam kapıdan içeri bakmak için eğilir. Bekçi bunu fark edince gülüp der ki: "Seni o kadar çekiyorsa, benim yasağıma rağmen girmeyi denesene. Ama şunu bil: Ben güçlüyüm. Ve ben sadece en alt kademedeki kapı bekçisiyim. Oysa salondan salona geçtikçe, hep bekçiler dikili, biri öbüründen daha güçlü. Daha üçüncüsünün görünüşüne ben bile dayanamıyorum." Taşralı adam böyle zorluklar çıkacağını beklememiştir; yasa herkese ve her zaman erişilir olacaktır, diye düşünmektedir, ama şimdi bekçiye kürkü içinde daha bir alıcı gözüyle bakınca, büyük sivri burnuna, uzun, ince, siyah Tatar sakalına, yine de, girme iznini alana kadar beklemenin daha iyi olacağına karar verir. Bekçi bir iskemle verir ve adamı kapının yanında bir yere oturtur. Adam orada günlerce, yıllarca oturur. İçeriye alınmak için birçok çabalar gösterir ve ricalarıyla bekçiyi yorar. Bekçi sık sık küçük sorgulara çeker onu, memleketini ve birçok başka şeyi sorar, ama bunlar büyük efendilerin sorduğu cinsten, mesafeli sorulardır ve ona her defasında son olarak, kendisini henüz içeri alamayacağını söyler. Yola bol tedarikle çıkmış olan adam, ne kadar değerli de olsa, her şeyini kullanır, bekçiyi rüşvetle elde etmek için. Beriki gerçi hepsini alır, ama bu arada der ki: "Bunu sadece, bir şeyleri ihmal etmiş olduğunu sanmayasın diye alıyorum." O kadar yıl boyunca adam bekçiyi neredeyse hiç ara vermeden gözler. Öbür bekçileri unutur ve gözüne bu birincisi, yasaya girebilmesi için tek engel gibi görünür. Bu talihsiz tesadüfü lanetler, ilk yıllarda çekintisizce ve bağıra bağıra, sonraları, yaşlandıkça, artık sadece kendi kendine homurdanır. Çocuklaşır ve bekçiyi yıllar boyunca inceledikçe kürkünün yakasındaki pireleri de gördüğünden, bu pirelerden kendisine yardım etmelerini, bekçinin tutumunu değiştirmelerini rica eder. Sonunda gözünün feri zayıflar ve artık bilmez olur, etrafı sahiden mi karanlıklaştı, yoksa sırf gözleri mi kendisini yanıltıyor. Ama şimdi karanlıkta bir pırıltı seçer, sönmek bilmez bir şekilde kanunun kapısından fışkıran. Artık yaşayacak pek ömrü kalmamıştır. Ölümünden önce, kafasında bütün bu zaman görüp geçirdikleri toplaşıp şimdiye kadar bekçiye sormadığı bir soru olur. Ona eliyle işaret eder, katılaşmakta olan gövdesini artık doğrultamadığı için. Bekçinin iyice eğilmesi gerekir, çünkü boy farkı adamın gayet aleyhine olmak üzere değişmiştir. "Hâlâ daha ne öğrenmek istiyorsun?" diye sorar bekçi, "Ne doymaz şeysin." "Herkes yasaya erişmeye çalışıyor ya," der adam, "nasıl oluyor da bunca yıldır benden başka kimse girmek istemedi?" Bekçi adamın sonuna gelmiş olduğunu anlar ve sönüp gitmekte olan işitme duyusuna erişebilmek için haykırır: "Başka kimse buradan içeri bırakılamazdı, çünkü bu kapı sadece senin içindi. Ben şimdi gidiyorum, kapıyı da kapıyorum."

Çakallar ile araplar

Vahada konaklıyorduk. Yol arkadaşlarım uykudaydı. Bir Arap, uzun boylu ve beyaz, yanımdan geçti; develerin ihtiyacına bakmıştı, uyuyacağı yere gidiyordu.

Kendimi sırtüstü otun içine attım; uyumak istiyordum; uyuyamıyordum; uzakta bir çakalın yakaran uluması; yerime dimdik oturdum. Ve o kadar uzak olan ne varsa birden yakına geldi. Etrafımda kımıl kımıl bir sürü çakal; mat altın pırıltılı, sönmeye yüz tutmuş; sırma gibi vücutlar, hareketleri bir kamçı altındaymışçasına kurallı ve kıvrak.

Biri arka taraftan geldi, sokulup kolumun altından geçti, iyice yanaştı, sanki sıcaklığıma ihtiyacı varmış gibi, sonra karşıma durdu ve neredeyse göz göze benimle konuşmaya başladı:

"Ben en yaşlı çakalım, bütün bu diyarda. Ne mutlu bana ki, sana burada hoş geldin diyebiliyorum daha. Artık neredeyse ümidi kesmiştim, çünkü sonsuz bir zamandır bekliyoruz seni, annem de bekledi, onun annesi de, onun bütün anneleri de, ta bütün çakalların annesine kadar. İnan!"

"Hayret!" dedim ve hazır duran, dumanı çakalları uzak tutacak olan odun yığınını tutuşturmayı unuttum. "Bu işittiğimden, çok hayrete düştüm. Ben tesadüfen geliyorum ta Kuzey'in bir köşesinden, kısa sürecek bir yolculuk yapmaktayım. İstediğiniz ne ki sizin, çakallar?"

Bu kısa ve belki fazlasıyla dostane konuşmadan cesarete gelmiş gibi, çemberlerini etrafımda daralttılar; hepsi kısa kısa, pıhlaya pıhlaya soluyordu.

"Biliyoruz," diye başladı en yaşlıları, "senin Kuzey'den geldiğini, bizim ümidimiz de buna dayanıyor zaten. Orada akıl var, burada, Araplar arasında bulunmayan akıl. Bu soğuk kibirden, biliyor musun, bir kıvılcım akıl fışkıracak gibi değil. Hayvanları öldürüyorlar, yemek için, leşi ise hor görüyorlar."

"O kadar bağırma," dedim, "yakında uyuyan Araplar var."

"Sen sahiden yabancıymışsın," dedi çakal, "yoksa bilirdin, dünya tarihinde hiçbir zaman bir çakalın bir Arap'tan korkmamış olduğunu. Korkacak mıydık? Böyle bir halkın arasına itilmiş olmamız yeterince bahtsızlık değil mi?"

"Olabilir, olabilir," dedim, "bu kadar uzağımda olan işler için hüküm vermek bana düşmez; çok eski bir kavgaya benziyor bu; yani kana işlemiş; o zaman da herhalde ancak kanla bitecek."

"Sen çok akıllısın," dedi yaşlı çakal ve hepsi birden daha da çabuk solumaya başladılar. "Demek onların kanını alacağız, kavga da bitecek."

"Oo!" dedim, istediğimden daha atılganca. "Onlar da kendilerini savunur, filintalarıyla sürünüzü vurur geçerler."

"Bizi yanlış anlıyorsun," dedi, "insan usulünce anlıyorsun, bu anlayış demek Kuzey'de de eksik olmuyor. Biz onları öldürmeyeceğiz ki. Yıkanıp arınmamıza Nil'in suyu bile yetmez. Biz daha onların canlı vücutlarını görünce kaçacağız, havanın daha temiz olduğu yerlere, çöle, bunun için vatanımız olan çöle."

Ve çevredeki bütün çakallar, ki bu arada yanlarına uzaktan başkaları da gelmişti, ön bacaklarının arasına eğdikleri başlarını patileriyle temizlemeye koyuldular, sanki bir iğrentiyi gizlemek isterlermişçesine: Öyle korkunç bir iğrenti ki, elimden gelse kocaman bir sıçramayla ortalarından kaçardım.

"Niyetiniz nedir öyleyse?" diye sordum ve kalkmaya davrandım; ama kalkamadım; iki genç hayvan dişlerini arkadan ceketimle gömleğime geçirmişti; oturduğum yerde kalmak zorundaydım. "Elbisenin kuyruğunu tutuyorlar," diye açıkladı yaşlı çakal, ciddiyetle, "bir saygı gösterisidir." "Bıraksınlar beni!" diye bağırdım, bir ihtiyara, bir gençlere dönerek. "Bırakırlar tabii," dedi ihtiyar, "sen istersen. Ama azıcık sürer, çünkü âdete uyarak derin ısırmışlardır ve önce yavaş yavaş, kenetlenmiş dişlerini çözmeleri gerekir. Sen bu arada bizim ricamızı dinle." "Davranışınız beni buna hiç de yatkın kılmıyor," dedim. "Gel, bizden beceriksizliğimizin kefaretini isteme," dedi ve şimdi ilk defa, tabii sesinin üstüne yardımcı olarak bir de yakınma tonu ekledi, "biz zavallı hayvanlarız, sadece dişlerimiz var; yapmak istediğimiz her bir şey için, iyi için de, kötü için de bize sade şu dişler kalıyor." "Ne istiyorsun öyleyse?" diye sordum, sadece pek az yumuşamış olarak.

"Efendimiz," diye seslendi ve bütün çakalların uluması yükseldi, ta en uzaklardan bir melodi gibi geldi bu bana. "Efendimiz, sen dünyayı ikiye ayıran kavgayı bitirmelisin. Sen nasılsan aynı öyle, bize eskiler anlattı, öyle biri yapacak bu işi. Barışımızı elde etmeliyiz şu Araplardan; solunabilir hava, çepeçevre ufukta onların görüntülerinden arınmış bir manzara; Arap'ın boğazladığı bir koyunun yakaran çığlığı olmasın; sakin sakin gebersin bütün hayvanat; rahat rahat kanı içilsin bizlerce ve kemiklerine kadar temizlensin. Temizlik, bizim istediğimiz temizlikten başka bir şey değil," –şimdi hepsi ağlıyor, hıçkırıyordu– "nasıl da katlanıyorsun bu dünyaya, sen soylu yürek ve tatlı sakatat? Pisliktir onların beyazı, pisliktir onların siyahı, bir dehşettir onların sakalı; gözlerinin ucunu görenin içinden kusmak gelir; bir de kollarını kaldırdılar mı, koltuk altlarında cehennemin ağzı açılır. Bunun için, ey Efendimiz, bunun için, ey kıymetli Efendimiz, senin her şeye kadir ellerin sayesinde, sen o her şeye gücü yeten ellerinle bu makası al, boğazlarını kes onların!" Ve başının bir işaretiyle bir çakal geldi, köpekdişlerinin birinde küçük, üzerinde eskiliğinin pası görülen bir dikiş makası getirdi.

"Evet, nihayet makas da geldi, tamam artık!" diye bağırdı Arap kervanbaşımız, rüzgâra karşı yavaşça ilerleyerek yanımıza gelmişti, şimdi de upuzun kırbacını sallıyordu.

Hepsi bir acele sıvıştı, ama belli bir uzaklıkta kaldılar yine de, sıkıca birbirine yanaşmış olarak, böyle sıkış sıkış, çömelmiş, kaskatı oturan bunca hayvan üstlerinden atlanacak daracık bir engel gibi duruyordu, etraflarında aldatıcı ışıklar uçuşurken.

"Evet Beyim, şimdi sen de bu tiyatroyu görüp dinledin," dedi Arap ve soyundan gelen ketumiyetinin elverdiği kadar bir neşeyle güldü. "Sen biliyorsun demek, hayvanların ne istediğini?" diye sordum. "Tabii, Beyim," dedi, "bu hep bilinen bir şeydir, Arapların var olduğu sürece bu makas da çölü dolaşıp durur, bizimle beraber dünyanın sonuna kadar da dolaşacak. Her Avrupalıya sunulur, o büyük eseri ortaya koyması için; her Avrupalı tam bu görevle gönderilenmiş gibi görünür gözlerine. Saçma bir ümit besler bu hayvanlar; deli, sahiden deli bunlar. Onun için severiz onları; bizim köpeğimizdirler; sizinkilerden güzel. Bak hele, geceleyin bir deve öldü, ben de buraya getirttim."

Dört kişi taşıdıkları ağır leşi önümüze attı. Leş, yere düşer düşmez de çakallar seslerini yükseltti. Karşı konulmaz biçimde, her biri bir ipin ucunda çekiliyormuş gibi yaklaşıyorlardı, duraklaya duraklaya, karınları yere sürünerek. Arapları unutmuş, nefreti unutmuşlardı, buğularını şiddetle yayan cesedin her şeyi silip süpüren varlığı büyülemişti onları. Biri devenin boynuna asılmıştı bile, ilk ısırışıyla şahdamarını bulmuştu. Hızla çalışan küçük bir pompa, olağanüstü büyük bir yangını ümitsizce olduğu kadar da kayıtsız şartsız bir çabayla söndürmek isteyen bir pompaymış gibi, vücudunun her bir kası olduğu yerde geriliyor, zonkluyordu. Çok geçmeden de, hepsi aynı işin peşinde, cenazenin üstüne tepe gibi yığılmıştı.

Derken kervanbaşı keskin kamçısını bir o tarafa, bir bu tarafa, üstlerinde salladı. Başlarını kaldırdılar; yarı sarhoşluk ve halsizlik içinde; karşılarında Arapların dikildiğini gördüler; derken kırbacı burunlarının ucunda hissettiler; bir sıçramayla geri çekildiler ve bir miktar geri geri kaçtılar. Fakat devenin kanı gölleşmiş duruyor, dumanı tütüyordu, gövde birçok yerinden kocaman açılmıştı bile. Karşı duramadılar; yine geldiler; kervanbaşı yine kırbacını kaldırdı; adamın kolunu tuttum. "Haklısın, Beyim," dedi, "bırakalım mesleklerini icra etsinler, zaten yola çıkma zamanı. Gördün onları. Harika hayvanlar, değil mi? Hele bizden nefret edişleri!"

Bir maden gezmesi

Bugün en üst mühendisler aşağıya, yanımıza geldi. Müdüriyetin bilmemnasıl bir emri çıkmış, yeni galeriler açılacakmış, onun için de ilk ölçümleri yapmak için mühendisler geldi. Ne kadar da genç bu insanlar ve yine de şimdiden bu kadar değişik! Hepsi serbestçe gelişmiş, açık seçik belirlenmiş kişilikleri de daha genç yaşlarında bile bağımsız bir şekilde gösteriyor kendini.

Biri, siyah saçlı, hareketli, gözlerini her tarafta gezdiriyor.

Bir ikincisi, elinde not defteri, yürürken çizimler yapıyor, etrafına bakıyor, karşılaştırıyor, not alıyor.

Bir üçüncüsü, elleri ceket ceplerinde, öyle ki üstünde ne varsa gergin, dimdik yürüyor; saygınlığını koruyor; sadece habire dudaklarını ısırmasında beliriyor sabırsız, bastırılmak bilmez gençliği.

Bir dördüncüsü üçüncüye berikinin istemediği açıklamalar yapıyor; ondan kısa boylu, bir ayartıcı gibi yanında koşup duruyor, insana öyle geliyor ki, işaretparmağı hep havada, burada görülebilen ne varsa hepsi üzerine, bir teranedir tutturmuş, adama anlatıp duruyor.

Bir beşincisi, belki rütbece en üstteki, kendisine eşlik edilmesine müsamaha etmiyor, kâh önde, kâh arkada; topluluk adımlarını ona uyduruyor, solgun yüzlü, cılız; sorumluluk gözlerini derin çukurlara gömmüş; düşünürken, sık sık elini alnına bastırıyor.

Altıncıyla yedinci biraz kambur yürüyorlar, baş başa, kol kola, samimice sohbet ederek; burası besbelli bizim kömür madeni ve bizim en derin galeride çalıştığımız yer olmasa, insan bu kemikli, sakalsız, hokka burunlu beylerin genç rahipler olduğunu sanabilir. Biri çoğu zaman, kedi gırıldamasına benzer bir gülüşle kendi kendine gülüyor; öbürü, yine gülümseyerek, konuşmayı sürdürüyor ve serbest kalan eliyle söylediklerine her neyse bir tempo tutuyor. Ne de güvenli olmalı bu iki bey kendi konumlarında, ya, genç yaşlarına rağmen bizim madene hangi hizmetlerde bulunmuş olmalılar, ki burada, o kadar önemli bir keşif gezisinde, üstlerinin gözü önünde sadece kendi meseleleriyle ya da en azından, şu anki ödevle ilintisi olmayan meselelerle böylesine derin derin uğraşabiliyorlar. Yoksa mümkün müdür, bütün gülmelerine ve bütün dikkatsizliklerine rağmen, neyin gerekli olduğunun pekâlâ farkında olmaları? İnsan böyle beyler üzerine belli bir hükme varmaya pek cesaret edemiyor.

Öte yandan, yine şu da şüphesiz ki, mesela sekizinci bey bu ikisinden, hatta bütün ötekilerden daha çok işin içinde. Her şeye dokunmadan, durup durup cebinden çıkarıp sonra yine hep yerine koyduğu küçük bir çekiçle vurmadan edemiyor. Bazen, şık giyimine rağmen kirin içine diz çöküp yere vuruyor, sonra da, sadece yürürken, duvarlara ya da başının üstündeki tavana. Bir kere upuzun uzandı, yattığı yerde öyle kaldı; biz bir kaza oldu diye düşünmeye başlamıştık bile; ama sonra zayıf vücudunun küçük bir kasılmasıyla fırlayıp kalkıverdi. Demek ki yine sadece bir inceleme yapmıştı. Biz madenimizi ve taşlarını bildiğimizi sanırız, ama bu mühendisin bu şekilde burada durmadan neyi incelediği, bizim için anlaşılır şey değil.

Bir dokuzuncusu önünde bir çeşit çocuk arabası itiyor, içinde ölçme cihazları var. Alabildiğine değerli cihazlar, kat kat narin pamuklara yerleştirilmiş. Bu arabayı aslında odacı itmeliydi tabii, ama ona emanet edilmiyor, bir mühendisin işe koşulması gerekmiş, o da severek yapıyor, görüldüğü gibi. Herhalde en gençleri, belki henüz bütün cihazları anlıyor bile değil, ama bakışları durmadan onların üstünde, bu yüzden bazen arabayı neredeyse bir duvara çarpma tehlikesi geçiriyor.

Ama başka bir mühendis daha var, arabanın yanında yürüyüp buna engel olan. Bu anlaşılan cihazları temelden anlıyor ve onların asıl saklayıcısı gibi görünüyor. Zaman zaman, arabayı durdurmadan, cihazların bir parçasını alıyor, içine bakıyor, çevirerek açıyor ya da kapatıyor, sallayıp üzerine vuruyor, kulağına tutup dinliyor ve sonunda, arabayı iten çoğu zaman yerinde dururken, küçük, uzaktan görülmesi bile zor olan o nesneyi olanca dikkatiyle tekrar arabaya koyuyor. Biraz hükmetme düşkünü bu mühendis, ama sadece cihazlar namına. Arabanın on adım ilerisinde bile olsak, tek kelime edilmeden, parmakla verilen bir işaret üzerine, kenara çekilmemiz isteniyor, çekilecek yerin olmadığı yerde bile.

Bu iki beyin ardından, işi olmayan odacı yürüyor. Beyler, o büyük bilgilerinden dolayı gayet tabii, her türlü kibri bir kenara atmış, odacı ise hepsini kendi içinde toplamışa benziyor. Bir eli sırtında, öbürüyle altın kaplamalı düğmelerini ya da hizmetli ceketinin has kumaşını okşayarak sık sık sağa sola baş sallıyor, sanki biz kendisini selamlamışız da o karşılık veriyormuş gibi, ya da, selam verdiğimizi tahmin edermiş de bulunduğu yüksek mevkiden verip vermediğimize bakamazmış gibi. Tabii ki selamladığımız yok, ama ona bakınca insanın inanacağı geliyor, maden müdürlüğünün odacısı olmanın dehşet bir şey olduğuna. Arkasından gülüyoruz elbet, ama gök gürlese bile onu arkasına döndüremeyeceğinden, adam yine de indimizde anlaşılmaz bir şey olarak kalmaya devam ediyor.

Bugün biraz daha çok çalışılıyor; kesinti fazlasıyla uzun oldu; böyle bir ziyaret işle ilgili bütün düşünceleri alıp gidiyor. Beylerin ardından deneme galerisinin karanlığına, hepsinin kaybolduğu yere bakmak fazlasıyla çekici bir şey. Bizim vardiya da yakında bitiyor; beylerin dönüşünü seyredemeyeceğiz artık.

Komşu köy

Dedem derdi ki: "Hayat şaşılacak kadar kısa. Şimdi, hatırlarken bana o kadar sıkışık geliyor ki, mesela hiç anlayamıyorum, genç bir insan atına binip komşu köye gitmeye –talihsiz tesadüfler şöyle dursun– olağan, mutlu mu?"

İmparatorun bir mesajı

Bu münasebeti iyi dile getiren bir efsane vardır. İmparator, öyle denmiştir, sana, bireye, zavallı uyruğa, imparatorluk güneşi karşısında ufacık kalıp en uzak uzaklara kaçan gölgeye, işte imparator tam da sana ölüm döşeğinden bir mesaj gönderdi. Ulağa yatağının yanında diz çöktürdü ve mesajı onun kulağına fısıldadı; imparator için o kadar önemliydi ki bu, ulaktan kulağına tekrar söylemesini istedi. Başını sallayarak berikinin söylediğinin doğruluğunu onayladı. Ve ölümüne seyirci olan bütün herkesin önünde –engel olan bütün duvarlar yıkılmıştı, ta uzaklara yükselen basamaklarda çepeçevre imparatorluğun büyükleri oturuyordu–, herkesin önünde ulağı uğurladı. Ulak hemen yola koyuldu; güçlü, yorulmak bilmez bir adam; kâh bir kolunu, kâh öbür kolunu öne uzatarak kalabalığın içinde yolunu açıyor; dirençle mi karşılaşıyor, üzerinde güneş işareti olan göğsünü gösteriyor; kolay da ilerliyor, başka kimsenin beceremediği kadar kolay. Fakat kalabalık büyük; evleri bitmek bilmiyor. Önünde serbest kırlar açılsa uçardı, sen de çok geçmeden kapında yumruklarının o şahane vuruşunu duyardın. Ama bunun yerine, nasıl da faydasızca didiniyor; hâlâ sarayın en iç kısmının odalarını geçmeye çabalamakta; hiç aşamayacak oraları; bunu başarsa bile hiçbir şey kazanılmış olmayacak; büyük zahmetle merdivenleri çıkması gerekecek; bunu başarsa bile hiçbir şey kazanılmış olmayacak; avlular var geçilecek; avlulardan sonra da çepçevre ikinci saray; sonra gene merdivenler, avlular; sonra gene bir saray; ve binyıllar geçilecek böyle; ve nihayet en dış kapıdan kendini dışarı atabilse –ama hiç, hiçbir zaman olamaz bu–, önünde daha başşehir var, dünyanın ortası, yığılmış tortusuyla tepeleme dolu. Buradan kimse geçemez, hele bir ölünün mesajıyla asla. – Sen ise pencerende oturmuş, akşam olurken bunun rüyasını kuruyorsun.

Aile babasının endişesi

Kimileri *odradek* kelimesinin Slavcadan geldiğini söyler ve kelimenin türeyişini bu temelde ispatlamaya çalışır. Başkaları ise Almanca'dan geldiği, Slavca'dan ise sadece etkilenmiş olduğu görüşündedir. Fakat her iki yorumun da güvenilir olmayışı, hele ikisiyle de kelimeye bir anlam verilemediğine göre, herhalde hiçbirinin doğru olmadığı sonucuna varmayı haklı kılmaktadır.

Tabii, adı Odradek olan bir varlık eğer gerçekten olmasaydı kimse de böyle incelemelerle uğraşmazdı. Bu, ilk bakışta, yassı ve yıldız biçimli bir dikiş ipliği masurasına benzer, gerçekten de üstüne iplik sarılmış gibidir; ne var ki iplikler sadece eski, birbirine düğümlenmiş, ama aynı zamanda dolaşıp keçeleşmiş, alabildiğine çeşitli cinste ve renkte olabilir. Ama bir masuradan ibaret de değildir, yıldızın ortasından, diklemesine, küçük bir çubuk çıkar ve bu çubuğa dik açıyla biri daha eklenir. Bütün bu nesne, bir uçta son çubuğun, öbür uçta da yıldızın köşeleri sayesinde, iki ayak üstündeymiş gibi dik durabilir.

İnsan eskiden herhangi bir işe yarar bir biçimi olduğunu ve kırılıp bu şimdiki halini aldığını sanmaya yatkındır. Fakat bu doğru olmasa gerektir; en azından, hiçbir tarafında böyle bir şeye işaret edecek ek yerleri ya da kırıkları yoktur; nesnenin tamamı gerçi anlamsız, fakat kendi haliyle tamam görünmektedir. Hem, daha ayrıntılı bir şey de söylenemez, çünkü odradek olağanüstü hareketli ve yakalanmaz bir şeydir.

Kâh tavan arasında, kâh merdivenlikte, koridorlarda, sofada bulunur. Bazen aylarca görülmez, çünkü herhalde başka evlere göçmüştür; ama sonra şaşmaz bir şekilde yine bizim eve döner. İnsan bazen kapıdan çıktığında, o aşağıda, merdiven korkuluğuna yaslanmış durmaktadır, içinden ona bir şey söylemek gelir. Tabii zor sorular sorulmaz, ona –minicik oluşu da insanı buna ayartmaktadır– bir çocuk gibi davranılır. "Adın ne bakayım?" diye sorulur. "Odradek," der. "Peki, nerede oturuyorsun?" "İkametgâhı belirsiz," der ve güler, ama bu sadece, akciğer olmadan çıkarılabilecek bir gülüştür. Aşağı yukarı, dökülmüş yapraklardan çıkan hışırtı gibidir. Böylece biter konuşma çoğu zaman. Ayrıca, bu cevaplar bile her seferinde elde edilemez; çoğu zaman uzun uzun susar, yapılmış göründüğü tahtanın susuşu gibi.

Boşu boşuna sorarım kendime, ona ne olacağını. Ölebilir mi acaba? Ölen her şeyin daha önce bir tür hedefi, bir faaliyeti olmuştur, buna sürtüne sürtüne aşınmıştır; böylesi odradek için geçerli değildir. Yani günün birinde çocuklarımın ve onların çocuklarının ayakları dibinde de, arkasından dikiş ipliğini sürükleye sürükleye, merdiven aşağı tıngır mıngır inecek midir? Evet, görüldüğü kadarıyla kimseye zararı yoktur; fakat benden bile çok yaşayacağı düşüncesi bana neredeyse acı veriyor.

On bir oğul

On bir oğlum var. Birincisi, dışarıdan, yüzüne bakılır gibi değildir, ama ciddi ve akıllıdır; yine de onu, her ne kadar çocuk olarak bütün ötekiler kadar seversem de, takdirde pek ileri gitmem. Düşünüşü bana fazla basit gelir. Ne sağına bakar, ne soluna, ne de uzağa; kendi küçük düşünce çevresi içinde habire koşar ya da döner durur daha doğrusu.

İkincisi güzeldir, dal gibi, hoş yapılı; insanın içi açılır, onu eskrimci pozunda görünce. O da akıllıdır, ama ayrıca dünya tecrübesi vardır; çok görmüştür ve bunun için memleketinin tabiatı bile, hep burada kalmışlardan daha çok, onunla içli dışlı konuşuyor gibidir. Gene de bu meziyetini elbet sadece gezmeye borçlu değil, hele başlıca gezmeye borçlu kesinlikle değildir, bu meziyet daha çok bu çocuğun taklit edilmez taraflarından, mesela suya o defalarca perende atarak, ama yine de neredeyse vahşice bir hünerle hâkim olduğu atlayışını tekrarlamaya yeltenen herkesin takdir ettiği taraflarından biridir. Tramplenin ucuna gelene kadar yeter cesareti ve isteği, orada ise, atlayacağı yerde, taklitçi oturuverir aşağı ve kusura bakmayın der gibi, ellerini havaya kaldırır. – Ve her şeye rağmen (böyle bir çocuktan dolayı aslında mutlu olmam gerekirdi) onunla olan ilişkim gölgesiz değil. Sol gözü sağ gözünden biraz daha küçüktür ve sık sık kırpışır; küçük bir hatadır sadece, giderek elbet, yüzünü bu hata olmasa olabileceğinden daha bile cüretkâr kılan bir şeydir, kimse de onun karakterinin yanına yaklaşılmaz bütünlüğü karşısında bu küçük, kırpışan gözü kusur olarak görmeyecektir. Ben, babası, görürüm. Tabii, bu beden hatası değildir de benim içimi acıtan, oğlumun zihninin bu hataya bir şekilde uyan küçük bir düzensizliğidir, kanında şaşkın şaşkın gezen herhangi bir zehir, hayatının sadece benim görebileceğim binasını eksiksizce tamamlamasına engel olan herhangi bir yetersizlik. Ama tam da bu tarafı onu yine benim gerçek oğlum kılıyor, çünkü bu hatası, aynı zamanda bütün ailemizin hatasıdır ve bu oğulda sadece alabildiğine belirginleşmiş haldedir.

Üçüncü oğlum da aynı şekilde güzeldir, ama güzelliği değildir benim hoşuma giden. Bu, şarkıcı güzelliğidir: yay gibi kıvrılmış ağız; hülyalı gözler; etkilemek için ardında bir perde isteyen baş; ölçüsüzce kabaran göğüs; kolayca yükseliveren ve haddinden fazla kolayca aşağı düşen eller; taşıyamadıkları için nazlanan bacaklar. Üstüne üstlük: Sesinin tonu dolu değildir; bir an için yanıltır; erbabının kulak kesilmesini sağlar; fakat çok geçmeden soluğu kesilir. – İnsanı bu oğlanı herkesin içine çıkarmaya ayartan her türlü neden olsa bile, ben onu en iyisi gizli tutarım; kendisi benim diye ortaya çıkmaz, kusurlarını bildiği için değil, masumiyetinden. Zamanımızda yabancı da hisseder kendini; sanki gerçi benim aileme, ama ayrıca kendisinin ilelebet kaybettiği başka bir aileye de ait biriymiş gibi, sık sık keyifsizdir ve hiçbir şey neşesini yerine getiremez.

Dördüncü oğlum, belki hepsinin içinde en geçimli olanıdır. Tam kendi zamanının çocuğudur, herkesçe anlaşılır, ayakları herkesle aynı zemine basar ve herkes onun dediğine baş sallamaya teşnedir. Belki bu genel takdirden dolayı karakteri bir hafiflik, hareketleri bir serbestlik, hükümleri bir tasasızlık kazanmıştır. Ettiği laflardan bazılarını sık sık tekrarlamak ister insanlar, ne var ki sadece bazılarını, çünkü bütün olarak alındığında kusuru, yine bu hafifliğin fazlalığıdır. Hayran olunacak bir sıçrayışla yükselen biri gibidir, kırlangıç misali havayı bölen, fakat sonra da bedbahtça, tozun toprağın içinde son bulan, bir hiç. Böyle düşünceler benim bu çocuğa bakışımı zehir eder.

Beşinci oğlum, cana yakındır, iyidir; vaat ettiği, yerine getirdiğinden çok daha azdır; eskiden öyle silikti ki, insan kendini onun yanında basbayağı yalnız hissederdi; fakat yine de epey bir saygınlık kazandı. Bana bunun nasıl olduğu sorulsa, verecek cevap pek bulamam. Masumiyet belki yine de en rahat, bu dünyanın unsurlarının kavgası içinden süzülüp geliyor, o ise masum. Belki fazlasıyla masum. Herkese dostça yaklaşır. Belki fazlasıyla dostça. İtiraf edeyim: Başkaları karşımda onu övünce hoş bir hisse kapılmıyorum. Bu biraz övgünün kolayına kaçmak oluyor, birisi övgüye layık olduğu benim oğlum kadar besbelli birini övdüğünde.

Altıncı oğlum, en azından ilk bakışta, hepsinin en derin fikirlisi gibi görünür. Başını eğen biri, yine de geveze biri. Bu yüzden onunla baş etmek kolay değildir. Yenik düşmekteyse alt edilmez bir üzüntüye kapılır; üste çıkmaktaysa bu durumunu gevezelikle ayakta tutar. Yine de onun belli bir hülyalı tutku sahibi olduğunu inkâr etmem; düşünmenin ortasından yolunu çoğu zaman, gündüz ortası, rüyadaymış gibi bir mücadeleyle açar. Hasta değilse de –aksine, sağlığı gayet iyidir– sendeler bazen, özellikle alacakaranlıkta, ama yardıma ihtiyacı yoktur, düşmez. Belki bunun kabahati vücut gelişmesindedir, boyu fazla uzundur yaşına göre. Bu onu bütün olarak bakıldığında güzel olmaktan çıkarır, dikkati çekecek güzellikte ayrıntılara, mesela elleriyle ayaklarına rağmen. Güzel olmayan bir tarafı da alnıdır; hem cildi, hem kemik oluşumu bir şekilde büzüşmüş gibidir.

Yedinci oğlum belki bütün ötekilerden çok benim olandır. Dünya onun kıymetini bilmeyi beceremez; onun kendine özgü esprisini anlamaz. Onu takdirde aşırıya kaçmıyorum; yeterince önemsiz olduğunu biliyorum; dünyanın onun değerini bilememekten başka bir hatası olmasaydı yine de kusursuz bir dünya olurdu. Fakat aile içinde bu oğul eksik olsun istemem. Hem huzursuzluğu vardır, hem gelenek karşısında saygısı ve bu ikisini, en azından ben öyle hissederim, karşı konulmaz bir bütün halinde birleştirir. Bu bütünü ne yapacağını ise en az kendi bilir; geleceğin çarkını o çevirecek değildir, fakat bu özelliği o kadar iç açıcıdır, o kadar ümit vericidir ki, isterdim ki çocukları olsun ve bu çocukların da çocukları. Maalesef bu istek gerçekleşeceğe benzemiyor. Gerçi bana anlaşılır gelen, ama bir o kadar da gönlümün istemediği ve çevresinin yargısıyla taban tabana zıt bir kendinden hoşnutluk içinde, yalnız başına dolaşır durur, kızlarla ilgilenmez ve buna rağmen hiç keyfi bozulacak gibi değildir.

Sekizinci oğlum, benim ıstırap çocuğumdur ve bu niçin böyle, aslında bilmiyorum. Bana yabancı yabancı bakar, oysa ben kendimi ona baba olarak sıkı sıkıya bağlı hissederim. Zaman birçok şeyi düzeltti; ama eskiden bazen, sırf onu düşününce, üstüme bir titremedir gelirdi. O kendi yoluna gidiyor; benimle bütün bağlarını kopardı ve o dik kafasıyla, ufak tefek, atletik vücuduyla –sadece bacakları oldukça zayıftı çocukken, ama bu arada o da düzelmiş olsa gerektir– nereye istiyorsa oraya ulaşacaktır. Sık sık içimden onu geri çağırmak, ona ne halde olduğunu, niçin babasına karşı böyle kapandığını ve asıl niyetinin ne olduğunu bir iyice sormak gelmiştir, ama artık o kadar uzakta ki ve aradan o kadar çok zaman geçti ki, artık nasılsa öyle kalsın. Duydum ki, oğullarım içinde bir tek onun sakalı varmış; güzel bir şey değil tabii bu, bir erkek bu kadar kısa boylu olunca.

Dokuzuncu oğlum çok şıktır ve kadınlar için olan o tatlı bakışa sahiptir. Öyle tatlı ki, sırasında beni bile ayartabilir, oysa ben bilirim, ıslak bir sünger bile yetecektir, bütün o dünyevi pırıltıyı silip götürmeye. Bu çocuğun kendine has tarafı ise, hiç mi hiç ayartma niyetlerinde olmamasıdır; hayatı boyunca kanepede yatıp bakışlarını odanın tavanına harcamak, hatta daha iyisi, bu bakışları gözkapaklarının altında dinlendirmek ona yetecektir. Bu en sevdiği duruşunu almışsa bol bol, hem de gayet iyi konuşur; özlü ve canlandırmasını bilerek konuşur; ama yine de hep dar sınırlar içinde kalır; bu sınırları aşarsa, ki darlıklarından ötürü kaçınılacak gibi değildir bu, konuşması koflaşır. İnsanın sıkıntıyla elini sallayası gelir, o uyku dolu bakışlarının fark edeceğinden ümidi olsa.

Onuncu oğlumun dürüst olmayan bir karakter olduğu söylenir. Bu kusuru tamamen inkâr edecek değilim, tamamen doğrulayacak değilim. Kesin olan şudur ki, onu yaşını bir hayli aşan merasimsi havası içinde yaklaşırken gören, ceketinin düğmeleri hep sıkı sıkı kapalı, başında eski, ama aşırı bir titizlikle temizlenmiş siyah şapka, yüzü biraz hareketsiz, çenesi biraz ileri çıkık, gözkapakları gözlerinin üstünde hantalca şişmiş, iki parmağı bazen ağzının kenarında– onu böyle gören düşünür ki: Uçsuz bucaksız bir riyakâr bu. Ama bir kulak verilsin o konuşurken! Anlaşılır bir şekilde; düşünüp taşınarak; hazırcevaplıkla; sorulan soruları kötücül bir canlılıkla boşa çıkararak; dünya bütünüyle şaşılası, gayet tabii ve keyifli bir uyum içinde; ister istemez başını dikleştiren, vücudunu kabartan bir uyum. Kendilerinin çok akıllı olduğunu sanan ve bu sebepten, onu dış görünüşünden ötürü itici bulduklarını düşünen birçoğunu konuşması sayesinde kuvvetle yanına çekmiştir. Ama öte yandan öyleleri de var ki, onun dış görünüşü karşısında kayıtsız kalır, ama konuşmasını riyakârca bulurlar. Ben, baba olarak, bu hususta kararı vermek istemem, ama itiraf etmeliyim ki, bu sonuncuların hükmü her halükârda öncekilerinkinden daha dikkate değer.

On birinci oğlum narindir, herhalde en zayıf olandır oğullarım arasında; ama zayıflığı yanıltıcıdır; çünkü zaman zaman kuvvetli ve kararlı olabilir, ne var ki o zaman bile bu zayıflık bir şekilde onun temel niteliğidir. Ama bu utanç verici bir zayıflık değil, sadece bu bizim yeryüzümüzde zayıflık olarak görünen bir şeydir. Mesela uçuşa hazır olma hali de zayıflık değil midir ki, bir sallanma, belirsizlik, çırpınma olduğuna göre? Böyle bir şeydir, oğlumun gösterdiği. Babayı sevindiren özellikler değildir tabii böyleleri; öyle ya, besbelli ailenin mahvına yöneliktirler. Bazen yüzüme, şunu demek istercesine bakar: "Seni yanıma alacağım, baba." O zaman düşünürüm: 'Benim en son güveneceğim, sen olursun." Ve onun bakışı yine şöyle der gibidir: "Öyleyse en azından en son olayım."

Bunlardır, on bir oğlum.

Bir kardeş katli

Cinayetin şu şekilde meydana geldiği anlaşılmış bulunuyor:

Schmar, katil, mehtaplı bir gece, saat dokuza doğru, Wese, kurbanın, bürosunun olduğu sokaktan çıkıp oturduğu sokağa sapacak olduğu köşeye dikildi.

Soğuk, herkesin iliklerini titreten gece havası. Fakat Schmar'ın üstünde sadece ince, mavi bir elbise vardı; üstelik kısa ceketinin düğmeleri açıktı. Soğuğu hissetmiyordu; ayrıca sürekli olarak da hareket halindeydi. Cinayet aletini, yarı süngü, yarı mutfak bıçağı, apaçık bir halde, sıkı sıkı hep elinde tutuyordu. Ay ışığında bıçağı seyrediyordu; bıçağın ağzı parlamaktaydı, Schmar'a yetmiyordu parıltı; bıçakla kaldırımın tuğlalarına vuruyordu, kıvılcımlar çıkmacasına; belki pişman oluyordu; sonra zararı gidermek için bıçağın ağzını keman yayıymış gibi çizmesinin tabanına sürüyor, bu arada, tek bacağı üstünde, öne eğilmiş halde, aynı zamanda bıçağın çizmede çıkardığı sese, aynı zamanda kaderin sokağı olan yan sokağa kulak kabartıyordu.

Niçin göz yumuyordu buna sade vatandaş Pallas, yakında bir yerde, ikinci kattaki penceresinden her şeyi gözlerken? Gel de insan tabiatının sırrına var! Yakasını kaldırmış, sabahlığını şişman vücuduna dolamış, başını sallayarak bakıyordu aşağıya.

Ve beş ev ileride, berikinin çaprazında, Bayan Wese geceliğinin üstüne tilki kürkünü almış, bugün alışılmışın dışında geciken kocasına bakıyordu.

Nihayet Wese büro kapısının üzerindeki çıngırak ötüyor, bir kapı çıngırağı için fazla yüksek bir sesle, şehre doğru, göklere doğru ve Wese, bu çalışkan gece işçisi oradan, bu sokakta henüz görülmez bir şekilde, sadece kapı çıngırağının işaret ettiği üzere, binadan çıkıyor; çok geçmeden kaldırım onun sakin ayak seslerini saymakta.

Pallas iyice öne eğiliyor; hiçbir şeyi kaçırmamalı. Bayan Wese, çıngırağın verdiği iç rahatlığıyla, şangır şungur penceresini kapatıyor. Schmar ise diz çöküyor; o an başka bir yerleri çıplak olmadığından, sadece yüzüyle ellerini taşlara bastırıyor; her taraf buza keserken Schmar kor gibi.

Tam sokakları ayıran sınırda durakalıyor Wese, sadece bastonuyla öbür sokağa geçip dayanmış. Öylesine. Gecenin göğü ayarttı onu, lacivert ve altın rengi. Bilmeden bakıyor buna, bilmeden saçını sıvazlıyor hafifçe kaldırdığı şapkanın altında; orada, yukarıda toplaşan hiçbir şey yok, ona burnunun dibindeki geleceği gösterecek; her şey kendi anlamsız, sırrına varılmaz yerinde kalıyor. Aslında gayet mantıklı bir şey, Wese yoluna gitmesi; ama doğruca Schmar'ın bıçağının üstüne gitmekte.

"Wese!" diye bağırıyor Schmar, ayakuçlarına dikilmiş, kolunu uzatmış, bıçağı iyice eğmiş halde. "Wese! Boşuna bekliyor Julia!" Sonra sağdan boynuna, soldan boynuna, üçüncü olarak da derinlemesine karnına indiriyor Schmar bıçağı. Susıçanları, karınları yarıldığında, Wese çıkana benzer bir ses çıkarır.

"Tamamdır," diyor Schmar ve bıçağı, bu lüzumsuz kanlı yükü en yakındaki evin cephesine doğru fırlatıyor.

"Cinayetin selameti! Rahatlayış, yabancı kanın akışının verdiği hafifleme! Wese, senelerin gece yoldaşı, dost, bira masası arkadaşı, sokağın karanlık zeminine sızıp gidiyorsun. Niçin basbayağı kanla dolu bir tulum değilsin ki, üstüne oturayım da hepten kaybolasın. Her şey yerine gelmiyor, bütün bahar rüyaları olgunlaşıp meyve vermiyor, senden kalan ağır artık yatıyor burada, şimdiden her tekme için erişilmez olmuş halde. Bununla sorduğun dilsizce soru da neyin nesi?"

Pallas, bütün zehri karnında döndürüp dolaştırarak, evinin iki kanadıyla birden açılıveren sokak kapısında durmakta. "Schmar! Schmar! Her şey görüldü, hiçbir şey gözden kaçmadı." Pallas'la Schmar birbirlerini süzüyor. Pallas'a yeter, Schmar bir yere varamayacak.

Bayan Wese iki yanında bir kalabalıkla beraber, dehşetten iyice yaşlanmış bir yüzle koşup geliyor. Kürkü açılıyor, kadın Wese'nin üstüne atılıyor, gecelik giymiş vücudu kocasına ait, karı kocanın üzerini bir mezarın çimi gibi kaplayan kürk kalabalığa.

Schmar, ağzı polis memurunun omzuna dayalı, ısırarak son mide bulantısını güçbela bastırırken, memur kendisini hafifçecik adımlarla oradan götürüyor.

Bir rüya

Josef K. rüya görüyordu:

Güzel bir gündü ve K. yürüyüşe çıkmak istiyordu. Ama iki adım atmış atmamıştı ki, kendini mezarlıkta buluverdi. Burada çok suni, eğri büğrü biçimleriyle kullanışsız yollar vardı, ama o böyle bir yolun üzerinden, her şeyi sürükleyen bir suyun üstündeymişçesine, sarsılmadan salınan bir duruş içinde kayıp gidiyordu. Daha uzaktan, gözüne yeni yığılmış bir mezar tümseği kestirdi, orada duracaktı.

Bu mezar tümseği onu sanki ayartıyor gibiydi ve K. oraya ulaşmak için ne kadar acele etse yerinde olacağını düşündü. Fakat bazen de tümseği hemen hiç göremez oluyordu, bezleri kâh bu, kâh öbür yana dönen ve kuvvetle birbirine çarpan bayraklar giriyordu araya; bayraktarlar görülmüyordu, ama sanki orada büyük bir coşkunluk hüküm sürmekte gibiydi.

Bakışları hâlâ uzağa çevrilmiş haldeydi ki, birden aynı mezar tümseğini yolun kenarında, kendi hizasında, hatta neredeyse biraz gerisinde kalmış olarak gördü. Aceleyle otlara sıçradı. Yol sıçradığı ayağının altında hızla ilerlemeye devam ettiğinden sendeledi ve tam mezar tümseğinin önünde dizlerinin üstüne düştü. İki adam duruyordu mezarın arkasında, aralarında, havada bir mezar taşı tutuyorlardı; K. belirir belirmez taşı toprağa sapladılar, taş da yerine duvar gibi sapasağlam çakıldı. Bir çalılıktan hemen üçüncü bir adam çıktı, K. adamın sanatçı olduğunu anlayıverdi. Sadece pantolon ve üstünkörü iliklenmiş bir gömlek giymişti; başında kadifeden bir bere vardı; elinde alelade bir kurşunkalem tutuyor, bununla daha yaklaşırken havaya şekiller çiziyordu.

Derken bu kalemle taşa yazmaya başladı; taş çok yüksekti, hiç çömelmesi gerekmiyordu, ama öne doğru eğilmeden olmuyordu, çünkü mezar tümseği, ki üzerine basmak istemiyordu, kendisini taştan ayırmaktaydı. Yani ayakuçlarına dikilmiş, sol elinin avcuyla taşın yüzeyine dayanmıştı. Özellikle iyi kullanması sayesinde, o alelade kurşunkalemle altın harfler elde etmeyi beceriyordu; yazdığı şuydu: "Burada yatan..." Her bir harf temiz ve güzel görünüyordu, derince kazınmış, altınla kusursuzca yazılmıştı. İki kelimeyi yazdıktan sonra dönüp K.'ya baktı; yazıtın nasıl devam edeceğini büyük merakla görmek isteyen K. onunla ilgilenmiyor, sadece taşa bakıyordu. Adam sonra gerçekten yazmaya devam edecek oldu, ama başaramadı, her neyse bir engel vardı, kalemi indirip yine K.'ya döndü. Şimdi K. da sanatçıya baktı ve onun ne yapacağını bilmez bir halde olduğunu, ama bunun nedenini de söyleyemediğini fark etti. Bütün o eski canlılığı yok olmuştu. K. da bu yüzden ne yapacağını şaşırdı; birbirlerine çaresiz bakışlar fırlattılar; ortada pis bir yanlış anlama vardı, kimsenin çözemediği. Derken, bu ters zamanda mezarlık şapelinden küçük bir çanın sesi de gelmeye başladı, ama sanatçı elini kaldırıp tehditkâr işaretler yaptı ve çan sustu. Kısa bir süre sonra yine çalmaya başladı; bu sefer sesi iyice alçak çıkıyordu ve ayrıca bir uyaran olmadan, hemen durdu; sanki sadece tınısına bir bakmak istemiş gibiydi. K. sanatçının içinde bulunduğu duruma pek yanıyordu, ağlamaya başladı ve uzun uzun, yüzüne kapattığı ellerinin ardında hıçkırdı. Sanatçı K. sakinleşene kadar bekledi, sonra da, başka bir çıkış bulamadığına göre, ne olursa olsun yazmaya karar verdi. Çizdiği ilk çizgi K. için bir kurtuluş oldu, oysa sanatçı bu çizgiyi görüldüğü kadarıyla, ancak aşırı bir ayak diremeyle ortaya koyabilmişti; yazı da artık o kadar güzel değildi, her şeyden önce, altın eksik geliyor gibiydi, sönük ve titrek bir biçimde uzayıp gidiyordu çizgi, düpedüz fazla büyük kaçtı bu harf. Bir "J"ydi bu, neredeyse tam bitmişti ki, sanatçı bir ayağını öfkeyle mezar tümseğine indirdi, tümseğe giren ayak etrafa toprak savurdu. Sonunda anlıyordu onu K.; yalvarıp vazgeçirmek için zaman kalmamıştı; on parmağıyla, karşısında neredeyse hiç direnç göstermeyen toprağı eşeliyordu; her şey hazırlanmış görünüyordu; sadece görünüş olarak ince bir toprak tabakası tümsek gibi yığılmıştı; bunun hemen arkasında, duvarları eğimli, büyük bir kovuk açılıyordu; hafif bir akıntının sırtüstü çevirdiği K. da bu kovuğa gömüldü. Fakat aşağıda, başı boynunun üstünde henüz dimdik, o aşılmaz derinlik kendisini kabul ederken, yukarıda adı muhteşem süslemelerle bir çabuk taşa geçmekteydi. Bu gördüğüne hayran, uyandı.

Akademi için bir rapor

Akademi üyesi Beyefendiler!

Hayatımın maymun olarak geçirdiğim ilk safhası hakkında bir rapor sunmak üzere akademiye davet etmekle bana şeref verdiniz.

Davetinize bu anlamda maalesef uyamayacağım. Beni maymunluktan neredeyse beş yıl ayırıyor, bu belki takvimle ölçüldüğünde kısa bir zaman, oysa eğer benim yaptığım gibi, dörtnala koşulup zaman zaman dört dörtlük insanların, öğütlerin, alkışların ve orkestra müziğinin eşliğinde, fakat temelde yalnız olarak aşılması söz konusu olduğunda, uzun mu uzun, çünkü bu kişiye eşlik eden ne varsa, teşbihimizden ayrılmayalım, engelin çok uzağında durmayı tercih ediyor. Ortaya koyduğum başarı, inatla kökenime, gençlik hatıralarıma bağlı kalmak isteseydim, olacak şey değildi. Tam da inattan vazgeçmek olmuştur, kendi kendime getirdiğim en üst buyruk; ben, hür maymun, işte bu boyunduruğa boyun eğdim. Ne var ki böylece hatıralar da bana karşı, kendi taraflarından, kapandıkça kapandı. Benim için başlangıçta, insanlar istemiş olsaydı, gökyüzünün yer üzerinde kurduğu o kapının genişliği kadar serbest olacak geri dönüş, kırbaçlanarak ileriye doğru itilen gelişmemle beraber alçalıp daraldı; insan dünyasında kendimi daha memnun, daha sarılıp sarmalanmış hisseder oldum; kendi geçmişimden gelip üstüme üstüme esen fırtına yumuşadı; bugün artık sadece, topuklarımı serinleten bir esintidir bu ve bu esintinin geldiği, bir zamanlar benim de geldiğim, uzaklardaki o gedik o kadar küçüldü ki, oraya kadar koşmaya ola ki güç ve irade yetecek bile olsa, sığıp da geçebilmem ancak üstümdeki postu yüzdüre yüzdüre mümkün olur. Açık konuşayım, her ne kadar bu konular için teşbihler kullanmayı seviyorsam da, açık konuşayım: Sizin maymunluğunuz, Beyler, eğer arkanızda bıraktığınız böyle bir şey varsa, size benimkinin bana uzak olduğundan daha uzak olamaz. Ne de olsa burada, yeryüzünde yürüyen herkesin topuğu gıdıklanır: küçük şempanzenin de, büyük Achilleus'un da.

Sorunuzu en kısıtlı anlamıyla belki yine de cevaplandırabilirim, hatta bundan büyük memnuniyet de duyarım. İlk öğrendiğim, şu olmuştu: tokalaşmak; tokalaşma açıklık gösterir; öyleyse, kariyerimin doruğunda bulunduğum şu günde de, o ilk tokalaşmanın yanına açıkça söylenen söz eklenmeli. Bu, akademi için temelde yeni bir şey getirmeyecektir ve benden istenen şeyin de, ne kadar istesem söyleyemeyecek olduğum şeyin de çok çok gerisinde kalacaktır – yine de, eskiden maymun olan birinin insan dünyasına sızıp orada iyice yerleşmesinde takip ettiği rotayı gösterir. Buna rağmen, söyleyeceklerim içinde en önemsiz olanını bile söyleyemezdim, eğer kendimden tamamen emin olmasaydım ve uygar dünyanın bütün büyük varyete sahnelerindeki konumum sarsılmaz biçimde pekişmiş olmasaydı.

Altın Sahili'nden geliyorum. Nasıl yakalandığım konusunda başkalarının anlattıklarına dayanmak ihtiyacındayım. Hagenbeck şirketinin bir avcı kolu –şunu da belirteyim, bu arada şirketin patronuyla beraber bir nice şişe kırmızı şarabı devirmiş bulunuyorum– ben bir akşam bir sürünün ortasında su içmeye inerken, kıyıdaki çalıların içinde pusudaymış. Ateş etmişler; isabet kaydettikleri sadece ben olmuşum; iki yerimden.

Biri yanağımdan; hafif bir yara; fakat büyük, kırmızı, tıraş edilmiş bir iz bıraktı ki bu yara izi bana o iğrenç, tamamıyla yanlış, aynen bir maymunun icadı olan o "Kızıl

Peter" adını kazandırdı, sanki beni bir süre önce ölen, tanınmış o terbiye edilmiş maymun Peter'dan ayıran şey sadece yanağımdaki kırmızı lekeymiş gibi. Bu ayrı bir konu.

İkinci atış beni kalçamın alt tarafından vurmuş. Ağır bir yaraydı, bugün de biraz aksaklık çekmem bu yüzdendir. Geçenlerde, gazetelerde benim hakkımda şunu bunu yazan o on bin tazıdan birinin bir makalesinde şunu okudum: Benim maymun tabiatım henüz tamamen bastırılmış değilmiş; bunun ispatı benim, ziyaretçiler geldiğinde pantolonumu çıkarıp o merminin girdiği yeri göstermeye bayılıyor olmammış. Bu herifin yazı yazdığı elin her bir parmacığını ayrı ayrı birer kurşun atıp koparmalı. Ben, ben pantolonumu canım kimin karşısında isterse onun karşısında çıkarabilirim; görülecek olan, itinayla bakılmış bir kürk ve –burada belli bir niyetle öyle bir kelime seçelim ki, yanlış anlaşılması mümkün olmasın– cürümkâr bir atışın bıraktığı yara izidir. Her şey apaçık ortada; saklanacak bir şey yok; gerçek söz konusu oldu mu, her cömert ruh kibarlığın en incesini bir kenara bırakır. Buna karşılık, ziyaretçi geldiğinde o yazıcı pantolonunu çıkaracak olsaydı, ortaya elbet başka bir manzara çıkardı; bunu yapmayışını ben yine aklıselimin işareti olarak kabul edeyim. Ama kendisi de o incelik duygusuyla bana saraka olmaktan vazgeçsin.

O atışlardan sonra uyandım –işte burada yavaş yavaş benim kendi hatıralarım başlıyor– Hagenbeck vapurunun ara güvertesinde bir kafesin içinde. Dört duvarlı, parmaklıklı bir kafes değildi; daha çok, bir sandığa çakılmış üç duvardan ibaretti; yani sandık dördüncü duvar oluyordu. Bütün olarak, ayakta durulmayacak kadar alçak, oturulamayacak kadar dardı. Bu yüzden, kıvırdığım dizlerim habire titreye titreye, çömelmiş duruyordum, üstelik başlangıçta herhalde hiç kimseyi görmemek ve hep karanlıkta kalmak istediğimden, sandığa dönük duruyordum ve arkamda parmaklığın çubukları etimi kesiyordu. Yabani hayvanların en başta böyle muhafaza edilmesinin daha iyi olduğuna inanılır, ben de bugün tecrübelerime dayanarak, bunun insan bakımından gerçekten doğru olduğunu inkâr edemem.

Ama o zaman böyle düşünmüyordum. Hayatımda ilk defa olarak bir çıkış yolum yoktu; hiç değilse, doğruca ileriye gidilemiyordu; ileride sandık vardı, her bir tahtanın yanında biri daha, sapasağlam. Gerçi tahtaların arasında boydan boya bir boşluk vardı ve ben bunu, ilk defa keşfettiğimde, akıl eksikliğinin verdiği o mutluluk ulumasıyla karşılamıştım, fakat bu aralık kuyruğumu sokmaya yetecek kadar bile değil, bütün maymun gücümle genişletebileceğim gibi de değildi.

Ben, sonraları bana söylediklerine göre, alışılmıştan az gürültü yapmışım, bundan da, ya çok geçmeden ölüp gideceğim, ya da, müşkül olan ilk zamanı atlatabilirsem, terbiye edilmeye gayet elverişli olacağım sonucunu çıkarmışlar. Ben o zamanı atlattım. Boğuk boğuk iç çekişler, pire aramanın acı vermesi, miskin miskin bir hindistancevizini yalamak, sandık tahtalarına kafa atmalar, birisi yanıma yaklaşırsa dil çıkarma – yeni hayattaki ilk meşguliyetler bunlar oldu. Ama hepsinin içinde de o bir tek duygu: Çıkış yolu yok. Tabii ben o zamanlar maymunca hissedilenlerin bugün ancak insan kelimeleriyle izini sürebiliyor, bunun sonucu olarak da hepsini çarpıtıyorum, fakat o eski maymun hakikati, artık her ne kadar ulaşamıyorsam da, en azından benim anlattığım yönde bulunmaktadır, bundan şüphe yok.

Şimdiye kadar sürüyle çok çıkış yolum olmuştu, şimdiyse artık bir teki bile yoktu. Kalakalmıştım. Beni çivileyip bir yere çaksalar, serbestliğim bundan çok daralmazdı. Niçin mi? İstersen ayak parmaklarının etini aşındır, nedenini bulamayacaksın. Parmaklık demirine yaslan, bastır, sırtın ikiye bölünsün, nedenini bulamayacaksın. Çıkış yolum yoktu, ama bu yolu bulmak zorundaydım, çünkü onsuz yaşayamazdım. Hep o sandık duvarına bitişik – yolu yok, geberirdim. Değil mi ki maymunların yeri Hagenbeck'te sandık duvarıdır – ben de maymun olmayı bıraktım. Açık seçik, güzel bir düşünce, bir şekilde karnımı kullanarak varmış olmalıyım, maymunlar karınlarıyla düşündüğüne göre.

Çıkış yolu derken neyi anladığımın tam anlaşılmamasından korkarım. Bu sözü en alelade ve en tam anlamıyla kullanıyorum. Özellikle, hürriyet demiyorum. Ben o her tarafa doğru yönelen, büyük hürriyet duygusunu kastetmiyorum. Hürriyet maymun olarak belki bildiğim bir şeydi, onu özleyen insanlar da tanımışımdır. Ama kendi hesabıma, ne o zaman hürriyet istedim, ne şimdi istiyorum. Şunu da belirteyim: İnsanlar arasında hürriyet diye fazlasıyla aldatmaca yapılıyor. Ve nasıl ki hürriyet en yüce duygular arasındaysa, ona ilişkin yanıltmaca da en yücelerinden biri. Varyetelerde sık sık, sahneye çıkmamdan önce, şu sanatçı çiftlerinden birinin ta yukarıda trapezlerle uğraştığını görmüşümdür. Uçarlar, sallanırlar, atlarlar, birbirlerinin kollarına doğru salınırlar, biri ötekini çenesiyle saçlarından tutup taşırdı. "Bu da insan hürriyeti," diye düşünürdüm, "ihtişamı kendinden menkul hareket." Kutsal tabiatla alay etmek! Maymun âlemi bu manzarayı görse, kahkahasına dayanıp yıkılmayacak bina bulunmaz.

Hayır, özgürlük istemiyordum. Sadece bir çıkış yolu; sağdan, soldan, nereye olursa olsun; başka hiçbir talepte bulunmuyordum; çıkış yolu bir yanıltmacaysa varsın olsundu; istek küçüktü, yanılış daha büyük olamazdı. İlerlemeli, ilerlemeli! Sadece, kollarını kaldırıp durmamalıydı, bir sandık duvarına bastırılmış halde.

Bugün açıkça görüyorum: İçimde sükûnetin en büyüğü olmasaymış, asla kaçamazmışım. Gerçekten de, belki her ne oldumsa hepsini orada, gemideki o ilk günlerden sonra üzerime gelen sükûnete borçluyum. Sükûneti ise herhalde gemideki insanlara borçluydum.

İyi insanlardır, her şeye rağmen. Bugün bile, o zamanlar yarı uykum içinde çınlayan ağır ayak seslerinin tınısını hatırlamak hoşuma gidiyor. Her işe alabildiğine yavaş girişme alışkanlıkları vardı. İçlerinden biri gözlerini ovuşturmak mı istiyordu, elini askıda bir yükmüş gibi kaldırıyordu. Şakaları kabaydı, ama candandı. Gülmeleri hep, tehlikeli bir ses veren, ama hiçbir anlamı olmayan bir öksürükle karışıktı. Ağızlarında hep tükürecek bir şey olurdu ve nereye tükürdükleri umurlarında değildi. Hep, pirelerimin üstlerine sıçradığından şikâyet ederlerdi; ama yine de bana bu yüzden hiç ciddi ciddi kızmadılar; benim postumda pirelerin serpildiğini, pirelerin de sıçrayan yaratıklar olduğunu biliyorlardı, o kadar; bununla yetinirlerdi. Nöbette olmadıkları zamanlar, bazen birkaçı yarım daire olup etrafımda otururdu; pek konuşmazlar, sadece birbirlerine guruldarlardı; sandıkların üstüne uzanıp pipo içerlerdi; ben en küçük bir harekette bulunsam dizlerine vururlardı; ara sıra da birisi eline bir sopa alır, hoşlandığım yerlerimi gıdıklardı. Bugün bu gemide bir yolculuğa davet edilecek olsam, daveti elbet geri çeviririm, fakat bir o kadar emin olduğum bir şey varsa o da, hatıralarımın, o ara güvertede dalıp peşlerinden gidecek olsam, sadece kötü hatıralar olmadığıdır.

Bu insanların arasında edindiğim sükûnet beni en başta her türlü kaçma girişiminden alıkoydu. Bugün bakınca bana öyle geliyor ki, yaşamak istiyorsam bir çıkış yolu bulmak zorunda olduğumu, fakat bu çıkış yoluna kaçışla ulaşılamayacağını en azından sezmiştim. Kaçış mümkün müydü, bilmiyorum, fakat sanırım bir maymun için kaçış hep mümkün olsa gerektir. Bugünkü dişlerimle alelade cevizleri kırarken bile dikkatli olmam gerekiyor, ama o sıralar kapının kilidini ısıra ısıra koparmayı herhalde zaman içinde başarabilirdim. Yapmadım. Bununla ne kazanılırdı ki zaten? Ben daha dışarıya başımı uzatır uzatmaz tekrar yakalarlar, daha da beter bir kafese kapatırlardı; ya da kimse fark etmeden öbür hayvanların, diyelim karşımdaki dev yılanların yanına kaçabilir, sonra da son nefesimi onların kucaklamaları içinde verirdim; ya da güverteye kadar sıvışmayı ve küpeşteden atlamayı başarırdım, o zaman bir sürecik okyanusta sallanır, sonra boğulurdum. Yeisle yapılacak işler. O kadar insanca hesap kitap yapıyor değildim, ama etrafımın etkisi altında, sanki hesaplıyormuş gibi davranıyordum.

Hesaplamıyordum, ama sakin sakin gözlüyordum. Gidip gelen bu insanları görüyordum, hep aynı yüzler, aynı hareketler: Çoğu zaman sanki sadece bir kişiymiş gibi gelirdi bana. İnsan ya da bu insanlar demek ki rahatsız edilmeden dolaşıyordu. Büyük bir hedef belirdi kafamda yavaş yavaş. Kimse bana, eğer onlar gibi olursam, parmaklığın açılacağı vaadini vermedi. Gerçekleşeceği imkânsız görünen vaatler verilmez. Ama bir şeyler gerçekleşmişse, sonradan vaatler de tam orada, daha önce boşu boşuna arandıkları yerde beliriverir. Ne var ki bu insanlarda aslında, beni çok çeken hiçbir şey yoktu. O sözü edilen özgürlüğün taraftarı biri olsaydım kesinlikle okyanusu bana kendini bu insanların donuk bakışlarında gösteren çıkış yoluna tercih ederdim. Ama ne olursa olsun, ben onları gözlemeye böyle şeyleri düşünmeden çok önce başlamıştım, hatta diyebilirim ki, biriken gözlemler olmuştur beni o belirli yöne doğru iten.

Bu insanları taklit etmek o kadar kolaydı ki. Tükürmeyi hemen ilk günlerde becerir olmuştum. Birbirimizin yüzüne tükürüyorduk; sadece şu farkla ki, ben sonra kendi yüzümü yalayıp temizliyordum, onlar temizlemiyordu. Çok geçmeden ihtiyarın teki gibi pipo içer oldum; başparmağımı da piponun kovuğuna bastırıyordum, çınlamalarım bütün ara güverteyi tutuyordu; sadece, boş pipoyla dolu pipo arasındaki farkı uzun zaman anlayamadım.

Bana en çok zahmet çektiren şey, içki şişesi oldu. Kokusu bana eziyetti; bütün gücümle kendimi zorluyordum; ama direncimi yenene kadar haftalar geçti. İnsanlar bu kendi içimde verdiğim mücadeleleri gariptir ki başka herhangi bir yönümden çok ciddiye alıyordu. Gerçi bu insanları hatırlarken de birbirinden ayırt ediyor değilim, ama öyle biri vardı ki, durup durup hep geliyordu, kâh yalnız, kâh arkadaşlarıyla, gündüzün, geceleyin, farklı farklı saatlerde; şişeyi önüme dikip bana ders veriyordu. Beni anlamıyor, varlığımın bilmecesini çözmek istiyordu. Yavaş yavaş şişenin mantarını çıkarır, sonra yüzüme bakardı, anlayıp anlamadığımı görebilmek için; itiraf edeyim, ona hep vahşice, heyecanı durulmayan bir dikkatle bakardım; hiçbir insan öğretmen böyle bir insan öğrenciyi bütün yer yuvarlağında arasa bulamaz; mantarı çıkardıktan sonra şişeyi ağzına dayardı; benim bakışlarım ardı sıra gırtlağına kayardı; o başını sallıyor, benden memnun, şişeyi dudaklarına götürüyor; ben, yavaş yavaş gelen kavrayışın mutluluğuyla çığlıklar ata ata boydan boya kaşınıyorum, elime nerem gelirse; o seviniyor, şişeyi ağzına götürüyor, bir yudum alıyor; ben, onun yaptığını yapmak yolunda sabırsız ve ümitsiz, kafesimi pisletiyorum, ki bu da ona yine büyük bir hoşnutluk veriyor; şimdi de şişeyi kolunun yettiği kadar uzatıp sonra bir hamlede tekrar ağzına götürerek içiyor, abartılı bir öğretmen olma kaygısıyla arkasına yaslanarak bir seferde bitiriyor. Ben, alabildiğine büyük bir iştahtan yorgun düşmüş halde, onu takip edemiyorum artık ve mecalsizce parmaklığa asılmış kalıyorum, o ise teorik dersini karnını sıvazlayıp sırıtarak bitirmiş oluyor.

Asıl şimdi başlıyor pratik alıştırma. Teorik kısımdan fazlasıyla yorulmuş değil miyim şimdiden? Elbet, fazlasıyla yorulmuşum. Bu da benim kaderimin bir parçası. Gene de, elimden geldiğince, bana uzatılan şişeyi kavrıyorum; titreye titreye mantarını açıyorum; bunu başarmakla içimde yavaş yavaş yeni kuvvetler uyanıyor; şişeyi kaldırıyorum, aslından hiç de farkı yok gibi; ağzıma dayıyorum ve – iğrenerek fırlatıp atıyorum, iğrenerek, boş olduğu halde ve içini dolduran şey artık sadece koku olduğu halde, şişeyi iğrenerek yere atıyorum. Üzülüyor buna öğretmenim, ben kendim daha da çok üzülüyorum; şişeyi attıktan sonra unutmayıp karnımı bir güzel sıvazlayışım ve bu arada sırıtışım da ne onu teselli ediyor ne kendimi.

Bu ders böyle alabildiğine sık tekrarlandı. Neme lazım, öğretmenim her hürmeti hak eden biriydi: Bana kızmadı; gerçi bazen yanan piposunu kürküme dayadığı oldu, ta bir yerlerim, ulaşamayacağım bir yerim, içten içe yanmaya başlayana kadar, ama sonra kendisi o kocaman, iyi eliyle söndürdü yanığı; bana küsmedi, ikimizin de maymun tabiatına karşı aynı safta savaştığımızı ve işin zorunun benim üstümde olduğunu anladı.

Tabii buna karşılık onun için de, benim için de ne büyük bir zafer oldu o akşam: Büyük bir seyirci topluluğu karşısında –belki bir eğlenti vardı, bir gramofon çalıyordu, bir zabit insanların arasında dolaşıyordu– o akşam, dikkatlerin üstümde olmadığı bir ara, kafesimin önüne yanlışlıkla bırakılmış bir şınaps şişesini yakaladım, topluluğun dikkati gittikçe artarken, mantarını raconuna uygun biçimde çıkardım, şişeyi ağzıma dayadım ve çekinmeden, ağzımı buruşturmadan, uzman bir ayyaş gibi, gözlerimi döndüre döndüre, gırtlağımı doldura doldura, gerçekten ve esaslı bir şekilde boşalttım; şişeyi çaresizin biri olarak değil, sanatçı olarak fırlattım; gerçi karnımı sıvazlamayı unuttum; ama buna karşılık, başka türlüsü elimden gelmediği için, böylesi beni zorladığı için, duyularım coşup taştığı için, kısaca ve güzelce, insan dilinde, "Merhaba!" diye haykırdım, bu seslenişle insan topluluğunun orta yerine atladım ve onların yankısını – "Dinleyin hele, konuşuyor!"– tere batmış olan vücudumun her yerinde bir öpüş gibi hissettim.

Tekrar ediyorum: Beni çeken şey insanları taklit etmek olmadı; taklit ettim, çünkü bir çıkış yolu arıyordum, başka bir sebepten değil. Bu zaferle de henüz pek az bir şey elde edilmiş oluyordu. Sesim hemen yine gidiverdi; bir daha ta aylar sonra çıkabildi; şınaps şişesine karşı olan iğrentiyse eskisinden de kuvvetli olarak geldi. Ne var ki yönüm de artık şaşmaz bir biçimde çizilmişti.

Hamburg'da terbiyeciye teslim edildiğimde, çok geçmeden, önümde iki imkân olduğunu gördüm: hayvanat bahçesi ya da varyete. Tereddüt etmedim. Kendime dedim ki: "Olan gücünü varyeteye girmek için kullan; çıkış yolu budur; hayvanat bahçesi yeni bir parmaklıklı kafesten ibaret; bir girdin mi, işin bitti."

Ve öğrendim, beyler. Ah, mecbur kalınınca öğreniliyor; çıkış yolu istenince öğreniliyor; hiçbir şeye aldırılmaksızın öğreniliyor. Elde kamçı, insan kendi gözcüsü oluyor; en küçük bir direnişte veryansın ediyor. Maymun tabiatı rüzgâr hızıyla, taklalar ata ata çıkıp gitti içimden, öyle ki bunun sonucu olarak ilk öğretmenim neredeyse maymuna döndü, dersi bırakmak zorunda kaldı ve tımarhaneye yatırıldı. Ne mutlu ki çok geçmeden yine çıktı.

Ama ben çok öğretmen tükettim, hatta birkaç öğretmeni aynı zamanda tükettim. Artık yeteneklerimden daha emin olmuştum, halk ilerlemelerimi takip ediyordu, geleceğim parlamaya başlamıştı ki, ben kendim öğretmenlerimi seçer oldum, onları yan yana beş odaya oturttum ve hepsinden aynı zamanda ders almaya başladım: Durmadan bir odadan ötekine atlıyordum.

O ilerlemeler! Bilgi ışınlarının uyanmakta olan beyne her taraftan girişi! İnkâr etmiyorum: Beni mutlu ediyordu. Ama şunu da itiraf edeyim: Buna hak ettiğinden fazla değer biçmiyordum, o zaman da biçmiyordum, hele bugün o kadar bile değil. Yeryüzünde bugüne kadar tekrarlanmamış bir gayretle bir Avrupalının ortalama kültürünü edindim. Bu aslında belki hiçbir şey ifade etmez, fakat benim kafesten çıkmama yardım ettiği ve bu özel çıkış yolunu, bu insan çıkış yolunu sağladığı ölçüde, yine de bir şeydir. Almancada gayet güzel bir deyim vardır: "Ver elini fundalık"; ben de öyle yaptım, "ver elini fundalık," dedim. Başka yolum yoktu, tabii hep ön şart olarak, özgürlüğün seçilir bir şey olmadığı kabul edilirse.

Gelişmeme ve bu gelişmenin şimdiye kadarki hedefine baktığımda ne şikâyet ediyorum ne de memnunum. Ellerim pantolon ceplerinde, şarap şişesi masanın üstünde, salıncaklı sandalyede yarı yatıyor, yarı oturuyorum ve pencereden dışarı bakıyorum. Misafir gelirse, gerektiği gibi karşılıyorum. Menajerim ön odada oturuyor; ben çıngırağı çalınca gelip ne diyeceğime kulak veriyor. Akşamleyin hemen her zaman gösteri var, benim başarılarımsa artık pek ilerletilecek gibi değil. Geceleyin geç vakit ziyafetlerden, bilim çevrelerinin konferanslarından, sohbet toplantılarından eve geldiğimde yarı terbiye görmüş küçük bir dişi şempanze beni bekler oluyor ve onunla maymun usulünce keyfimi buluyorum. Gündüz görmek istemiyorum onu; bakışlarında terbiye altındaki, aklı karışmış hayvanın çılgınlığı var da ondan, bense buna katlanamıyorum.

Bütün olarak bakıldığında, evet, ulaşmak istediğime ulaştım. Zahmete değmezdi, denmesin. Ayrıca hiçbir insanın hüküm bildirmesini istemiyorum, sadece bilgi aktarmak istiyorum, sadece rapor veriyorum, size de, akademili Beyefendiler, sadece rapor vermiş oldum.

BİR AÇLIK SANATÇISI (1924)

İlk ıstırap

Bir trapez sanatçısı –bilindiği gibi, yüksekte, büyük varyete sahnelerinin kubbeleri içinde icra edilen bu sanat, insan için erişilebilir olan bütün sanatların en zorlarından biridir– önce mükemmele ulaşma gayretiyle, sonra buna ek olarak, despotlaşan alışkanlığından ötürü, hayatını öyle düzenlemişti ki, aynı işletmede çalıştığı sürece, gece gündüz trapezde kalıyordu. Bütün, zaten pek de az olan, ihtiyaçları nöbetleşe değişen hizmetçiler tarafından karşılanıyor, bunlar aşağıda bekliyor ve yukarıda gereken her şeyi özel olarak yapılmış kaplarda, çeke çeke çıkarıp indiriyorlardı. Bu yaşama biçiminden çevresi için ayrıca bir mesele çıkmıyordu; sadece kendisinin, gizlenmesi mümkün olmadığı üzere, yukarıda kalmış olması ve –böyle zamanlarda çoğunlukla sessiz durduğu halde– seyircilerden ara sıra bir bakışın yolunu şaşırıp ona yönelmesi programdaki diğer numaralar sırasında biraz rahatsızlık veriyordu. Gene de müdürlükler onun bu kusuruna bakmıyordu, çünkü olağanüstü, yeri doldurulmaz bir sanatçıydı. Tabii ayrıca, onun kasıt güderek böyle yaşamadığını ve aslında hünerini ancak bu şekilde sürgit koruyabildiğini, sanatını mükemmelliği içinde ancak bu şekilde saklayabildiğini anlıyorlardı.

Ama yukarısı bunun dışında da sağlıklı bir yerdi, hele yılın daha sıcak aylarında kubbeyi çevreleyen pencereler açılıp taze havayla birlikte güneş de bütün haşmetiyle loş salona girdiğinde, güzeldi bile. Elbet, insanlarla olan alışverişi kısıtlıydı, sadece, bazen, bir jimnastikçi meslektaşı ip merdivenden yukarı, yanına çıkardı, o zaman ikisi de trapezin üstünde oturur, sağdaki, soldaki tutunma iplerine dayanır, gevezelik ederlerdi, ya da inşaat işçileri çatıyı tamir ediyor olurlar, açık bir pencereden kendisiyle iki çift laf ederlerdi, ya da itfaiyeci en üst galerideki acil durum lambalarını kontrol etmekte olur, ona seslenip hürmet dolu, ama pek azı anlaşılan bir şeyler söylerdi. Bunun dışında, çevresinde sessizlik hüküm sürerdi; sadece bazen çalışanlardan herhangi biri, ola ki öğleden sonra yanılıp da boş tiyatro salonuna girerse, trapez sanatçısının, birinin kendisini gözetlediğini bilemeden hünerlerini yaptığı ya da dinlendiği, neredeyse bakışlardan kaçan o yükseklere düşünceli düşünceli bakardı.

Böylece, rahatsız edilmeden yaşayabiliyordu trapez sanatçısı, eğer bir yerden bir yere, onu son kertede rahatsız eden o kaçınılmaz yolculuklar olmasaydı. Gerçi menajer, trapez sanatçısının acılarının gereksiz yere uzamasını önleme işini üstlenmişti: Şehirlerden geçerken yarış otomobili kullanılırdı, bunlarla mümkünse geceleyin ya da sabahın en erken saatlerinde, tenha caddelerden son hızla uçup giderlerdi, ama tabii bu bile, trapez sanatçısının hasreti göz önüne alınınca, fazlasıyla yavaştı, trende bütün bir kompartıman ayırtılır, o da bu mekânda yolculuğu, her zamanki yaşayış biçiminin yerini pek zavallıca da olsa yine bir miktar tutacak bir şekilde, yukarıda, bavul rafında geçirirdi; misafir olarak temsil verecekleri yerde trapezi sanatçının gelmesinden çok daha önce hazırlanmış olurdu, tiyatro salonuna açılan bütün kapılar ardına kadar açık, bütün koridorlar da serbest tutulurdu – ama hep de menajerin hayatındaki en güzel anlar olurdu, trapez sanatçısının ayağını ip merdivene basıp bir anda, nihayet, yukarıda trapezine tekrar ulaşıp sallandığı anlar.

Menajer şimdiye kadar o kadar çok yolculuğu başarmış da olsa, yeni her yolculuk kendisi için baştan bir dertti, çünkü yolculuklar, başka her şey bir yana, trapez sanatçısının sinirleri için ne olursa olsun mahvedici bir şeydi.

Yine böyle, beraberce yolculuk yapıyorlardı, trapez sanatçısı bavul rafında yatıp hayal kuruyor, menajer karşı köşede, pencere kenarında oturmuş, kitap okuyordu ki, trapez sanatçısı alçak sesle sözü kendisine yöneltti. Menajer emre amadeydi. Trapez sanatçısı, dudaklarını ısırarak, artık alıştırmaları için, şimdiye kadar olduğu gibi bir değil, hep iki trapezi olması gerekeceğini söylüyordu, karşılıklı iki trapez. Menajer bunu hemen kabul etti. Trapez sanatçısı ise, sanki burada menajerin onayının, tıpkı itiraz etseydi itirazının da olacağı ölçüde önemsiz olduğunu göstermek istercesine, bundan sonra artık asla bir daha, şartlar ne olursa olsun, tek trapez üstünde çalışmayacağını söylüyordu. Bunun ola ki bir kere daha başına gelebileceği tasavvuruyla tüyleri diken diken oluyor gibiydi. Menajer, tereddütle ve berikini dikkatle gözleyerek, bunu tamamen kabul ettiğini bir kere daha söyledi, iki trapez bir taneden iyiydi, hem bu yeni düzen başka bakımlardan da daha avantajlıydı, prodüksiyona daha bir çeşitlilik katacaktı. Derken, trapez sanatçısı birden ağlamaya başladı. Menajer derin bir korkuya kapılarak yerinden fırladı ve ne olduğunu sordu, bir cevap alamayınca da koltuğun üstüne çıktı, sanatçıyı okşadı, yüzünü kendi yüzüne bastırdı, öyle ki onun yüzü de trapez sanatçısının gözyaşlarıyla yıkandı. Fakat trapez sanatçısı ancak bir nice sorudan ve iltifattan sonra, hıçkırarak şöyle dedi: "Sadece o bir tek sırık ellerimde – nasıl yaşayabilirim ki!" Böyle olunca, trapez sanatçısını teselli etmek menajer için daha kolay oluyordu; hemen bir sonraki istasyondan ilk sahneye çıkacakları yere ikinci trapez için telgraf çekecekti; trapez sanatçısını o kadar uzun bir zaman tek trapez üzerinde çalıştırdığı için kendini bir hayli suçladı ve bu hataya nihayet dikkatini çektiği için trapez sanatçısına teşekkür edip onu övdü. Menajer böylece trapez sanatçısını yavaş yavaş yatıştırmayı başardı, artık yine köşesine dönebilirdi. Fakat kendi içi rahat etmiş değildi, kitabının üzerinden büyük endişeyle, gizli gizli trapez sanatçısını gözlüyordu. Böyle düşünceler ona eziyet etmeye başlamışsa, tamamen ortadan kalkabilirler miydi hiç? Devamlı ilerlemeyecekler miydi? Varlığı tehdit eden bir şey değil miydiler? Ve menajer gerçekten, şimdi ağlamanın sona erişiyle başlayan, görünüşte sakin sakin uyurken, trapez sanatçısının pürüzsüz çocuk alnında ilk kırışıkların çizilmeye başlamış olduğunu görür gibi oldu.

Küçümen bir kadın

O, küçümen bir kadın; kordonlarla sıkı sıkı sarılmış da olsa, doğuştan oldukça ince yapılı; onu hep aynı elbiseyle görüyorum, sarımsı gri, bir bakıma ahşap rengi kumaştan, biraz da aynı renkte püsküllerle ya da düğmeye benzer sorguçlarla bezenmiş; hep şapkasız oluyor, donuk sarı saçı düz, düzensiz değil, ama gayet gevşek bırakılmış. Kordonlarla sarılı olduğu halde hareketleri bol ve rahat, tabii o bu hareketliliği abartıyor, ellerini kalçalarına bitişik tutmayı ve vücudunun üst kısmını bir çırpıda, şaşılacak bir hızla yana çevirmeyi seviyor. Elinin benim üzerimde yaptığı etkiyi ancak şöyle dersem aktarabilirim: Daha hiç, tek tek parmakların birbirinden onda olduğu kadar kesin çizgilerle ayrıldığı bir başka el görmemişimdir; yine de elinin kesinlikle herhangi bir anatomik garabeti yok, tamamen normal bir el.

Bu küçümen kadın benden hiç mi hiç memnun değil, hep bir eksiğimi buluyor, benden hep haksızlık görüyor, ben onu adım başı kızdırıyorum; insan hayatı en küçük parçalara bölebilse ve her parçacığı kendi başına değerlendirebilseydi, benim hayatımın her bir parçacığı onu kesinlikle sinirlendirirdi. Onu niçin bu kadar kızdırdığım üzerine sık sık, derin derin düşünmüşümdür; olabilir, bende ne varsa, onun güzellik anlayışına, adalet duygusuna, alışkanlıklarına, göreneklerine, ümitlerine aykırı düşüyordur, böyle birbirine zıt tabiatlar vardır, ama o bunun niçin o kadar acısını çekiyor? Aramızda hiçbir ilişki yok ki, onu benim yüzümden acı çekmek zorunda bıraksın. Karar vermesi yeter, beni hepten yabancı biri olarak görmeye, ki öyleyim de zaten; böyle bir karara karşı savunmaya geçmez, bunu gayet hoş karşılardım; karar vermesi yeter, benim varlığımı unutmak için, ki bu varlığı ona zaten hiçbir zaman zorla dayatmış ya da dayatacak değilimdir – işte o zaman besbelli, bütün acılar geçip giderdi. Bu arada ben kendimi tamamen bir kenara bırakıyor, ayrıca onun davranışının tabii benim için de sıkıntı verici olduğunu bir kenara bırakıyorum, çünkü pekâlâ görüyorum ki, bütün bu sıkıntı onun acısıyla karşılaştırıldığında hiçbir şey değil. Bu arada elbet tamamen, bunun seven bir acı olmadığının da bilincindeyim; onun beni gerçekten daha iyiye yöneltmek gibi bir derdi hiç yok, üstelik bende eksik gördüğü her şey de benim ilerlememi sekteye uğratacak çeşitten şeyler değil. Fakat işte, benim ilerlemem de onun umurunda değil, kendi davasından başka hiçbir şey umurunda değil onun, yani benim verdiğim eziyetin öcünü alma ve gelecekte benden gelmesi tehdidiyle karşı karşıya bulunduğu eziyeti önleme davasından. Dikkatini bu sürüp giden kızgınlığın en iyi nasıl bitirilebileceği konusuna çekmeyi denedim bir kere, ama tam da bununla hıncını öyle bir kabarttım ki, bu denemeyi bir daha tekrarlamayacağım.

Belli bir sorumluluk, isteyen bu adı versin, bende de yok değil, çünkü küçümen kadın ne kadar yabancım da olsa ve aramızda bulunan tek ilişki benim ona verdiğim, daha doğrusu, onun bana verdirip kendi aldığı kızgınlık bile olsa, bu kızgınlıktan nasıl, bedenen de, gözle görülür bir acı çektiğine aldırmazlık edemem herhalde. Bana şuradan buradan, son zamanlarda artan biçimde, haberler geliyor, sabahleyin yine benzi atık, geceyi uykusuz geçirmiş, baş ağrılarından eziyet çekmiş ve neredeyse çalışamayacak halde olduğunu duyuyorum; böyle oluşu yakınlarını endişelendiriyor, durumunun nedenleri hakkında bir ona, bir buna akıl danışıyorlar ve şimdiye kadar da bir şey bulabilmiş değiller. Sadece ben biliyorum, sebep, o eski ve hep yeni kızgınlık. Tabii ne var ki, ben o yakınlarının endişelerini paylaşmıyorum; kadın güçlü, dirençli; böylesine kızmayı başaran, herhalde kızgınlığının sonuçlarının üstesinden gelmeyi de başarır; hatta içimdeki şüphe onun –en azından kısmen– acı çekiyor gibi göründüğünü, böylece dünyanın şüphesini benim üstüme çevirmek istediğini söylüyor. Açık konuşayım, o benim kendisine varlığımla eziyet edişimden gurur duyuyor; beni başkalarına şikâyet etmeyi kendi haysiyetinin zedelenmesi olarak hissedecektir; sadece nefret, bitmek bilmeyen, onu ilelebet kamçılayan bir nefret yüzünden benimle uğraşıyor; böyle bulanık bir konuyu kamuoyunun önünde konuşmak ise utancının kaldıramayacağı bir şey olur. Fakat sürekli baskısı altında bulunduğu bu konuyu tamamen es geçmek de ona fazla geliyor. Bunun için de, kendi kadın kurnazlığıyla bir orta yolu deniyor;

susarak, sadece gizli bir acının dış işaretleri yoluyla meseleyi kamuoyunun mahkemesine çıkarmak istiyor. Hatta belki de ümit ediyor ki, herkesin bakışı bir kere iyice benim üstüme yöneldi mi, bana karşı genel bir kızgınlık ortaya çıkacak ve elinde büyük iktidar araçları bulunan bu tepki benim hakkımdaki hükmü, onun kendi görece daha zayıf olan özel kızgınlığından çok daha güçlü ve çabuk olarak, eksiksiz bir kesinlik içinde verecektir; o zaman da kendisi geri çekilecek, derin bir nefes alacak ve bana sırtını dönecektir. Ne var ki, eğer ümitleri gerçekten böyleyse, yanılıyor. Kamuoyu onun rolünü üstlenmeyecektir; kamuoyu bende hiçbir zaman böylesine sonsuz kusur görmeyecektir, ola da beni en kuvvetli büyütecinin altına yatırsa bile. Ben onun sandığı kadar faydasız bir insan değilim; kendimi övmek istemem, hele bu çerçeve içinde hiç istemem; ama özel bir yararlığa sahip olmak gibi bir meziyetim yoksa da, bunun tersi yönde göze batacak biri de hiç değilim; sadece onun için, onun neredeyse beyaz beyaz ışıyan gözlerinde öyleyim; başka kimseyi buna ikna edemeyecek. Öyleyse içim bu bakımdan tamamen rahat edebilir mi? Hayır, yine de edemez; çünkü benim onu davranışımla basbayağı hasta ettiğim gerçekten yayılırsa, ki birkaç gardiyan, işte o haber taşıyıcıların en gayretlileri, bunun farkına varmak üzereler, ya da en azından farkına varıyormuş gibi yapıyorlar, sonra da bütün dünya gelip bana zavallı küçümen kadına o ıslah olmaz halimle ne diye eziyet ettiğimi, yoksa niyetimin onu ölüme sürüklemek mi olduğunu ve ne zaman akıllanıp, ne zaman o yalın insan merhametine kavuşup da bundan vazgeçeceğimi soracaktır – dünya bana bu soruyu sorduğu zaman ona cevap vermek zor olacak. O zaman, benim o hastalık belirtilerine pek inanmadığımı itiraf edeyim de böylece, suçtan kurtulmak için başkalarını suçladığım, üstelik o kadar incelikten uzak bir şekilde suçladığım yolunda, hiç de hoş olmayan bir hava mı yaratayım? Hem, öyle apaçık söyleyebilir miyim bakalım, ortada gerçek bir hastalık olduğuna inansam bile, kadın benim tamamen yabancım ve aramızdaki ilişki sadece onun tarafından kurulmuş ve sadece onun yönünden mevcut olduğundan, benim en küçük bir acıma duymadığımı. Bununla insanların bana inanmayacağını söylemek istemiyorum; daha çok, bana ne inanacak, ne inanmayacaklardır; iş bunun söz konusu olacağı noktaya kadar hiç gelmeyecektir; sadece, zayıf, hasta bir kadın hakkında verdiğim cevabı kaydedeceklerdir, ki o da benim için pek elverişli olmayacaktır. Bu noktada dünya, cevap başka ne olursa olsun fark etmez, bütün basiretsizliğiyle yolumu keserek bunun gibi bir işin içinde bir aşk ilişkisi olduğu şüphesinin belirmesine kesinlikle fırsat vermeyecektir, oysa böyle bir ilişkinin mevcut olmadığı son derecede büyük bir açık seçiklikle ortadadır ve eğer olsa bile, daha çok benden kaynaklanırdı, ki ben sahiden, bu küçümen kadına yargısının vurucu gücü ve çıkarımlarındaki yorulmak bilmezliği nedeniyle yine de hayranlık duyabilecek biri olurdum, tabii eğer onun tam da bu meziyetleriyle habire cezalandırılıyor olmasam. Ama her neyse, onda bana karşı dostane bir tutumdan eser bile yok; kadın bu noktada dürüst ve samimi; son ümidim buna dayanıyor; benimle böyle bir ilişkisi olduğu sanısını uyandırmak kendi savaş planına uyuyor bile olsa, böyle bir şey yapacak kadar unutmayacaktır kendini. Fakat bu yönde tamamen duyarsız olan kamuoyu, görüşünü değiştirmeyecek ve kararını hep bana karşı verecektir.

Böylece elimde aslında son çare olarak, vaktinde davranıp dünya işe el koymadan, kendimi küçümen kadının kızgınlığını ortadan kaldıracak kadar filan olmasa bile, ki düşünülür şey değil, yine de biraz yumuşatacak kadar değiştirmek kalır. Zaten ben de kendi kendime sık sık, bugünkü halimin beni hiç değiştirmek istemeyeceğim kadar tatmin mi ettiği, yoksa kendimde, zorunlu oldukları kanısında olduğum için değilse bile, sadece kadını yumuşatmak için belli değişiklikler yapmanın imkânsız mı olduğu sorusunu sormuşumdur. Gerçekten denedim de bunu, zahmetten ve itinadan kaçınmadan; hatta bu bana uyan bir şey oldu, neredeyse eğlendirdi beni; tek tek değişiklikler ortaya çıktı, uzaktan bile görülebilen şeyler, kadının dikkatini bunlara çekmem gerekmedi, o bu çeşit her şeyi benden önce fark eder, o daha benim özümdeki niyet ifadesini fark eder; ama bir başarıya ulaşamadım. Nasıl ulaşabilirdim ki zaten? Onun benden hoşnutsuzluğu, şimdiden görmüş, anlamışım bunu, temel nitelikte bir hoşnutsuzluk; hiçbir şey bunu ortadan kaldıramaz, benim kendimin ortadan kalkması bile; diyelim benim intihar haberim gelse, onun kapılacağı öfke krizleri uçsuz bucaksız olacaktır. Ne var ki tasavvur edemediğim bir şey, bu zeki kadının bunu, yani hem kendi çabalarının ümitsizliğini, hem de benim masumiyetimi, bütün irademi kullansam bile onun isteklerine uyma yeterliğini gösteremeyeceğimi aynı benim gibi görüp anlamıyor olduğu. Anlamasına elbet anlıyor, fakat ondaki savaşçı tabiatı bunu içine düştüğü savaş tutkusu içinde unutuyor ve benim talihsiz üslubum, ki başka türlü olması elimde değil, çünkü bu üslup bana öylece verilmiş bir şey, zıvanadan çıkmış birine alçak sesle bir uyarı fısıldamaya yeltenmeyi gerektiriyor. Böylece tabii asla anlaşamayacağız. Ben tekrar tekrar, diyelim sabahın ilk saatlerinin mutluluğu içinde evden çıkacağım ve benim yüzümden keder içindeki o yüzü göreceğim, hoşnutsuzlukla bükülmüş dudakları, sınayan ve sınamasından önce sonucu bilen, beni süzen ve ne kadar üstünkörü olarak süzse bile hiçbir şeyi kaçırmayan bakışları, o acı ve genç kız yanaklarına derinlemesine kazılan gülümsemeyi, yakınarak gökyüzüne yönelen gözleri, ellerini beline dayayışı, kendini sağlam hissetmek için, sonra da öfkesi içinde renginin atışı, titreyişi.

Geçende iyi bir dostuma bu konudan ima yoluyla şöyle bir bahsedecek oldum – bu vesileyle de, daha önce hiç kimseye açmadığımı anlayarak şaştım – sırf laf olsun diye, bir iki kelimeyle, bütün meselenin önemini, benim için dışadönük olarak ne kadar küçükse de, gerçekte olduğundan biraz daha da aşağı çekerek. Gariptir ki, dostum yine de dinleyip geçmedi, hatta konuya kendiliğinden önem kattı, lafı dağıtmaya yanaşmadı ve üstüne üstüne gitti. Tabii daha da garip olanı, buna rağmen işin can alıcı noktasını takdir edemeyişi oldu, çünkü bana ciddi ciddi, biraz yolculuğa çıkmamı tavsiye etti. Bundan anlayışsızca bir tavsiye olamaz; konu gerçi gayet basit, herkes, yeterince yaklaştı mı, olduğu gibi görebilir, ama yine de, benim çekip gitmemle her şeyin ya da sadece en önemli noktanın bile düzeleceği kadar basit de değil. Aksine, benim daha çok, bir yerlere gitmekten kaçınmam lazım; eğer herhangi bir plan izleyeceksem, o da işi şimdiye kadarki, dış dünyayı henüz içine almayan kendi sınırları içinde tutmak olabilir, yani sakin sakin olduğum yerde kalmak ve bu meselenin yol açacağı büyük, dikkat çekici değişikliklere meydan vermemek, ki bunun bir parçası da kimseye bahsetmemektir, fakat bütün bu tedbirlerin nedeni, konunun öyle tehlikeli bir sır olması filan değil, küçük, tamamen kişisel ve bu haliyle yine de kolay katlanılır bir mesele olması ve böyle olmaya da devam etmesi gerektiğidir. Bu bakımdan, dostumun söyledikleri yine de faydasız olmadı, bana yeni bir şey öğretmediler, ama temel görüşümü pekiştirdiler.

Zaten iyice düşününce şu kendini gösteriyor: Konunun zaman boyunca geçirmiş göründüğü değişiklikler, kendi içinde olmuş değişiklikler değil, sadece benim onu görüşümün gelişip kısmen daha sakin, daha erkeksi bir nitelik kazanmasından, öze yaklaşmasından, fakat kısmen de, sürekli gelip duran sarsıntıların, ne kadar hafif olsalar da aşılamayan etkisi altında, belli bir sinirlilik kazanmasından ibaret.

Gittikçe, konuya karşı tutumum sakinlik kazanıyor, çünkü bu arada, bir kararın, bazen ne kadar yakınlaşmış görünse de, herhalde daha gelmeyeceğini kavradığımı sanıyorum; insan özellikle gençlik yıllarında kararların ne hızla geleceği konusunda aşırı iyimserliğe pek yatkın olur; benim o küçümen yargıcım, beni görür görmez eli ayağı kesilerek yanlamasına koltuğa çöküp bir eliyle sırtlığı tutar, öbürüyle korsesinin bağlarını gevşetmeye çalışırken, gözlerinden dökülen öfke ve yeis yaşları yanaklarından aşağı süzülürken hep düşünmüşümdür: İşte karar anı geldi, hemen çağrılacağım, hesap vereceğim. Fakat karara, sorumluluğa benzer bir şey yok, kadınların pek çabuk içi kalkıyor, dünyanın bütün durumlara göz kulak olacak zamanı yok. Peki, bütün bu yıllar boyunca aslında ne oldu ki? Böyle durumların kâh daha kuvvetli, kâh daha zayıf olarak tekrar etmesinden başka olan bir şey yok, öyle ki toplam sayıları şimdi daha büyük. Ve insanların yakında dolanıp durması, bir fırsatını bulsalar işe karışmaya istekli olmaları var; ama bulamıyorlar, şimdiye kadar sadece burunlarının havadan kaptığı kokuya güvendiler ve bu koku da kendi başına gerçi koklayanı bol bol meşgul etmek için yeterli, ama başka bir işe yaradığı yok. Bu aslında hep de böyle olmuştur, hep olagelmiştir o lüzumsuz köşe tutucular, hava soluyucular, yakında oluşlarını hep kurnaz mı kurnaz bir bahanelerle, en iyisi akrabalıklarıyla mazur gösterenler, hep dikkat kesilmişlerdir, hep burunları kokladıkları havayla dolmuştur, ama bütün hepsinin sonucu sadece, hepsinin hâlâ oldukları yerde dikiliyor olmalarıdır. Bütün fark şu ki, ben onları yavaş yavaş tanımış bulunuyorum, yüzlerini ayırt edebiliyorum; eskiden sanırdım ki, bunlar yavaş yavaş her taraftan geliyor, işin boyutları büyüyor, büyüdükçe de kendiliğinden kararı dayatacak hale geliyor; bugün hepsinin ta eskiden beri ortada olduğunu ve onların yaklaşmasıyla karar arasında çok az ya da hiç mi hiç bağlantı olmadığını bildiğimi sanıyorum. Ve asıl o karar, ona niçin bu kadar büyük bir isim takıyorum? Eğer günün birinde –kesinlikle yarın değil, öbür gün değil ve herhalde hiçbir zaman– kamuoyu bu konuyla uğraşırsa, ki hep tekrarlayacağım gibi buna yetkili değildir, gerçi ben bu davadan zarar görmeden çıkamam, ama herhalde şurası göz önüne alınacaktır ki, ben kamuoyunun tanımadığı bir kimse değilim ve oldum olası tamamen onun gözleri önünde, güven duyarak ve güveni hak ederek yaşamaktayım ve bunun için de bu sonradan ortaya çıkan, ıstırap içindeki küçümen kadın, ki laf arasında söyleyeyim, benden başka biri olsa çoktan pıtrağın teki olduğunu anlamış ve kamuoyunun hiç dikkatini çekmeyecek bir sessizlik içinde, çizmesinin altında ezmişti, bu kadın en kötü ihtimalle, kamuoyunun beni çoktan saygıdeğer üyesi olarak ilan ettiği diplomanın üstüne çirkin bir süsten başka bir şey ekleyemeyecektir. İşlerin bugünkü durumu böyle, yani beni huzursuz etmeye pek elverişli değil.

Yıllar geçtikçe yine de biraz huzursuzlanmış olmamın durumun asıl önemiyle hiç mi hiç ilgisi yok; insan birisini sürekli olarak kızdırdığına, bu kızgınlığın nedensizliğini pekâlâ anlasa da katlanamıyor, o kadar; huzuru kaçıyor, bir bakıma sırf bedenen, sinip kararlar beklemeye başlıyor, geleceklerine aklıyla pek inanmasa bile. Ama bu da kısmen sadece yaşlılığın bir görünüşü; gençlik her şeye güzel bir kılıf geçirir; güzel olmayan ayrıntılar gençliğin tükenmez güç kaynağında kaybolup gider; bir adamın delikanlıyken biraz sinip bekleyen bir bakışı olabilir, onun ayıbına bakılmaz, farkına bile varılmaz, hatta kendi de varmaz, fakat yaşlanınca geriye kalan, artıklardır; her biri gereklidir, hiçbiri yenilenmez, her biri gözlem altındadır, yaşlanmakta olan bir adamın sinsice bekleyen bakışı da, ne yapalım, düpedüz sinsice bekleyen bir bakıştır ve bunu saptamak güç olmaz. Ne var ki bu noktada da gerçek, nesnel bir kötüye gidiş söz konusu değil.

Ne taraftan bakarsam bakayım, hep bu görülüyor ve bu arada ben, elimle bu küçük meselenin üstünü örtük tutarak daha uzun zaman, dünya beni rahatsız etmeden, şimdiye kadarki hayatımı sakin sakin devam ettirebileceğim, kadın istediği kadar tepinsin.

Bir açlık sanatçısı

Son yıllarda açlık sanatçılarına duyulan ilgi çok azaldı. Eskiden kendi başına böyle büyük gösteriler düzenlemek epey kâr getirirken, bugün tamamen imkânsız. O zamanlar başkaydı. O zamanlar bütün şehir açlık sanatçısıyla meşgul olurdu; açlıkla geçen her gün katılım biraz daha artardı; herkes açlık sanatçısını hiç değilse günde bir kere görmek isterdi; daha sonraki günlerde, küçük kafesin önünde günlerden beri oturan aboneler olurdu; geceleyin de ziyaretler yapılırdı, etkiyi yükseltmek için meşale ışığında; güzel günlerde kafes açık havaya taşınırdı ve kendilerine açlık sanatçısının özellikle gösterildiği kimseler çocuklar olurdu; yetişkinler için modaya uyup katılmak çoğu zaman sadece bir eğlenceyken, çocuklar şaşarak bakardı, ağızları açık, emin olmak için el ele tutuşarak, sanatçının, benzi atmış halde, siyah forma giymiş olarak, heybetli bir şekilde dışarı fırlayan kaburgalarıyla, hatta bir koltuğu hor görerek, yere serpilmiş olan samanın üstünde oturuşuna, nazikçe başını eğerek, güçlükle gülümseyerek soruları cevaplandırışına, sıskalığına elleriyle dokunabilmeleri için parmaklığın arasından kolunu da uzatışına, ama sonra yine tamamen kendi içine gömülüşüne, hiç kimseyle, kafesin tek mobilyası saatin kendisi için o kadar önemli olan vuruşuyla bile ilgilenmeyişine, sadece neredeyse kapalı gözleriyle önüne bakışına ve zaman zaman, dudaklarını nemlendirmek için minicik bir kadehten bir yudum su alışına.

Değişen seyircilerden başka sürekli orada olan, izleyiciler tarafından seçilmiş bekçiler de olurdu, gariptir ki genellikle kasaptı bunlar, görevleri, hep üçü bir arada, açlık sanatçısını gece gündüz gözleyip herhangi, gizli bir şekilde besin alıp almadığına bakmaktı. Ama bu sadece bir formaliteydi, kitleleri yatıştırmak için getirilmiş bir âdet, çünkü konunun içindekiler açlık sanatçısının açlık zamanı boyunca asla, ne olursa olsun, zora koşulacak bile olsa, en ufak bir şey yemeyeceğini bilirdi; sanatının şerefi yasaklardı bunu. Tabii, her bekçi bunu kavrayamazdı, bazen geceleri bekçi grupları belirirdi, bunlar gözetleme işini çok gevşek tutar, bile bile uzak bir köşeye oturup orada kâğıt oyununa dalardı, amaçları besbelli, açlık sanatçısının birtakım gizli depolardan çıkaracağını sandıkları şeylerle küçük bir rahatlamaya kavuşmasını sağlamaktı. Açlık sanatçısı için böyle bekçilerden daha eziyet verici bir şey yoktu; böyleleri onun içini karartır, ona aç kalmayı korkunç güçleştirirdi; sanatçı bazen güçsüzlüğünü yenip bütün bu nöbet boyunca şarkı söylerdi, takatı yettiği sürece, insanlara kendisinden şüphelenmekle ne büyük bir haksızlık ettiklerini göstermek için. Fakat bu pek işe yaramazdı; onlar da o zaman sadece, adamda şarkı söylerken bile yemek yiyebilme mahareti olduğuna şaşarlardı. Sanatçının çok daha tercih ettiği bekçiler, parmaklığın hemen dibine oturan, salonun kör gece ışığıyla yetinmeyip kendisini, menajerden aldıkları elektrikli cep lambalarıyla aydınlatanlar olurdu. Parlak ışık onu rahatsız etmezdi, uyuması zaten hiç mümkün değildi, bir parça dalıp gitmeyi ise her zaman başarıyordu, her ışıkta ve her saatte, tıka basa dolu, gürültülü salonda bile. Böyle bekçilerle geceyi tamamen uykusuz geçirmeye seve seve hazırdı; onlarla şakalaşmaya, onlara gezgin hayatından hikâyeler anlatmaya, sonra yine onların hikâyelerini dinlemeye sırf onları uyanık tutabilmek, onlara hep tekrar tekrar, kafeste yiyecek bir şeyi olmadığını ve açlığı onlardan hiçbirinin çekemeyeceği gibi çektiğini gösterebilmek için hazırdı. Ama en mutlu olduğu zaman, sabah olup da bekçilere onun hesabına mükellef bir kahvaltının getirilip onların da sağlığı yerinde erkeklerin zahmet içinde uykusuz geçirilmiş bir gecenin ardından duydukları iştahla yumulduğu zaman olurdu. Hatta bu kahvaltının bekçileri etkilemek için verildiğini düşünmeye yeltenip ayıplayanlar çıkardı, ama bu kadarı da fazlaydı, zaten böyleleri, kendilerine sadece görev aşkına, kahvaltı olmasa da gece nöbetini üstlenip üstlenmeyecekleri sorulduğunda çekip giderler, öte yandan şüphelerinden de vazgeçmezlerdi.

Bu zaten, açlıktan ayrı tutulması hiç mümkün olmayan şüpheler arasındaydı. Kimse elbet onca geceyi ve gündüzü durmadan açlık sanatçısının başında bekçilik yaparak geçirebilecek halde değildi, yani kimse açlığın gerçekten kesintisiz olarak, hatasızca çekilmiş olup olmadığını kendi görüp yaşadığına dayanarak bilemezdi; bunu sadece açlık sanatçısının kendisi bilebilirdi, yani sadece o kendisi, aynı zamanda, çektiği açlığın tamamen tatmin ettiği seyircisi olabilirdi. Ama o da işte başka bir sebepten hiçbir zaman tatmin olamıyordu; belki o kadar sıska düşmesinin, kimi insanların görmeye katlanamadıkları için gösterilerden üzülerek uzak durmak zorunda kaldıkları ölçüde sıska düşmesinin nedeni hiç de öyle açlık değildi de, sırf kendisinden duyduğu hoşnutsuzluktu. Dünyanın en kolay şeyiydi. Gerçi bunu saklamıyordu da, ama insanlar ona inanmıyordu, en iyi ihtimalle mütevazı oluşuna yoruyorlardı, ama çoğunlukla reklam düşkünü, hatta dolandırıcı, açlığı kolayca kaldıran, çünkü onu kendisi için kolay kılmayı bilen, üstelik bunu yarı yarıya açığa vuracak kadar da ar damarı kırık biri sayıyorlardı. O bütün bunlara katlanmak zorundaydı, yıllar boyunca alışmıştı da, ama bu hoşnutsuzluk hep içini kemiriyordu ve hiçbir zaman, hiçbir açlık döneminin ardından –bunu kendisine teslim edebilirlerdi– gönüllü olarak kafesten çıkmamıştı. Açlığın üst sınırını menajer kırk gün olarak belirlemişti, bundan fazlasına asla izin vermiyordu, dünyaca büyük şehirlerde bile bunun için de yerinde nedenleri vardı. Tecrübe göstermişti ki, yaklaşık kırk gün boyunca, reklamı yavaş yavaş artırarak, bir şehrin ilgisi hep kamçılanabiliyordu, ama izleyiciler daha fazlasını kaldıramıyor, katılımın büyük ölçüde azaldığı görülüyordu; tabii bu bakımdan şehirler, ülkeler arasında küçük farklar vardı, ama kural olarak, kırk günün en üst sınır olduğu geçerliydi. İşte o zaman, kırkıncı gün, çepeçevre çiçeklerle süslü kafesin kapısı açılıyordu, amfiteatrı coşkulu bir seyirci kitlesi doldurmuş oluyor, bir askerî bando çalıyordu, iki hekim açlık sanatçısı üzerinde gereken ölçümleri yapmak üzere kafese giriyor, sonuçlar bir megafonla salona bildiriliyor ve nihayet iki genç hanım, kura tam da kendilerine çıktığı için mutlu, gelip açlık sanatçısına özenle hazırlanmış bir hasta sofrasının kurulu olduğu küçük masaya oturmak üzere kafesten aşağı ineceği birkaç basamakta eşlik etmeye geliyordu. İşte bu anda hep ayak direrdi açlık sanatçısı. Gerçi bir deri bir kemik kollarını üzerine eğilmiş hanımların yardım için uzattığı ellerine gönüllü gönüllü bırakırdı, ama ayağa kalkmak istemezdi. Niçin tam şimdi, kırk gün sonra bıraksındı?

Çok daha uzun, sınırsız uzun zaman katlanırdı; niçin tam şimdi, açlıkta en iyi olduğu, hatta üstelik henüz en iyi bile olmadığı bir sıra bıraksındı? Niçin onu daha fazla aç kalıp sadece bütün zamanların en büyük açlık sanatçısı olmak ününden değil, çünkü en büyük herhalde zaten oydu, kendi büyüklüğünün de üstüne çıkıp kavranılmaz olana kadar varabilmek ününden mahrum etmek isterlerdi, öyle ya, o kendi aç kalma yeteneği bakımından hiç sınır tanımıyordu. Niçin kendisine bu kadar hayran olduğunu belirten bu kalabalık bu kadar sabırsızlık gösterirdi; kendisi daha da aç kalmaya katlanacak idiyse, kalabalık niçin katlanmak istemezdi? Hem yorgundu da, samanların içinde oturuşu iyiydi, oysa şimdi kalkması, boylu boyunca uzanıp yemeğe, daha düşündüğü zaman bile içini bulandıran, içini bulandırdığını açık etmeyi sadece hanımlara ayıp olmasın diye zahmetle bastırdığı o yemeğe doğru yürümesi gerekiyordu. Ve yukarıya, görünüşte o kadar dost, aslında o kadar gaddar hanımların gözlerine bakar, zayıf boynunun üstünde alabildiğine ağır çeken başını sallardı. Ama sonra, hep ne oluyorsa o olurdu. Menajer gelirdi, açlık sanatçısının tepesinde sessizce –müzik konuşmayı mümkün kılmıyordu– kollarını havaya kaldırırdı, sanki gökyüzünü burada, samanın üstündeki eserini, bu acınası çilekeşi seyretmeye çağırırmış gibi, ki açlık sanatçısı da o çilekeşti zaten, fakat tamamen başka bir anlamda; açlık sanatçısını ince belinden kavrar, bu arada abartılı bir dikkat göstererek herkesi nasıl da kırılgan bir nesneyle uğraştığına inandırmak isterdi; ve sanatçıyı –gizlice biraz sarsalamayı ihmal etmeksizin, öyle ki açlık sanatçısının bacakları ve göğsü ister istemez biraz o yana bu yana sallanırdı– bu arada ölesiye beti benzi atmış hanımlara teslim ederdi. Artık her şeye katlanırdı açlık sanatçısı; başı göğsüne devrilirdi, sanki bu baş oraya yuvarlanıp gitmiş de açıklanmaz biçimde tutunurmuş gibiydi; vücudu oyulmuştu; bacaklar varlığı sürdürme güdüsüyle dizlerinden sıkı sıkı birbirine yapışırdı, ama yine de yeri eşelerlerdi, sanki asıl zemin orası değilmiş, asıl zemini arıyorlarmış gibi; gövdenin bütün yükü de, tabii çok küçük bir yüktü bu, hanımlardan birinin üstüne yığılırdı ve kadın, yardım dileyerek, nefes nefese –bu şerefli vazifeyi böyle tasarlamamıştı– önce en azından yüzünü açlık sanatçısına değmekten koruyabilmek için boynunu iyice uzatır, ama sonra, bunu başaramayınca, daha talihli olan öbür hanım da yardımına koşmayıp açlık sanatçısının elini, o ufacık kemik çıkınını, titreye titreye önü sıra taşımakla yetindiğinden, salonun hayran gülüşleriyle beraber bir ağlamadır tutturur ve nöbetini çoktan hazır bekleyen bir hizmetçiye devretmek zorunda kalırdı. Derken sıra yemeğe gelir, menajer açlık sanatçısının ağzına, beriki baygınlığa benzer bir yarı uyku halindeyken, yemekten biraz verir, bu arada keyifli bir gevezelikle, dikkatleri açlık sanatçısının durumundan başka tarafa çekmeye çalışırdı; sonra seyircilerin şerefine, sözümona açlık sanatçısının menajerinin kulağına fısıldadığı, bir kadeh kaldırma lafı yükselirdi; orkestra bütün olan biteni büyük bir tuş ile vurgular, herkes dağılırdı, artık kimsenin olan bitenden memnun kalmamaya hakkı olmazdı, hiç kimsenin, buna sadece açlık sanatçısının hakkı vardı, hep sadece onun.

Böylece, düzenli, küçük dinlenme aralarıyla bir nice yıl yaşadı, ilk bakışta parlak bir hayat sürerek, dünyanın saygı duyduğu biri olarak, ama hepsi bir yana, çoğu zaman canı sıkkındı ve bu sıkıntı kimsenin ciddiye almayı bilemeyişiyle, koyulaştı da koyulaştı. Neyle teselli etmeliydi ki onu? Dileyeceği ne kalıyordu geriye? Hem, günün birinde iyi niyetli biri bulunsa, bu da onun haline üzülse ve açlık sanatçısının üzgünlüğünün herhalde açlıktan ileri geldiğini açıklamaya kalksa, o zaman, hele açlık süresinin ilerlediği sıralar, adama bir öfke patlamasıyla cevap verdiği ve herkesi dehşete salacak şekilde, bir hayvan gibi parmaklıkları sarsalamaya başladığı görülebilirdi. Ama böyle durumlar için, menajerin kullanmayı sevdiği bir cezası vardı. Açlık sanatçısı hesabına bütün seyirciler önünde af diler, açlık sanatçısının bu davranışının sadece açlığın yol açtığı, tok insanlar için öyle kolay kolay tasavvur edilemeyecek bir sinirlilik dolayısıyla mazur görülebileceğini itiraf ederdi; bu bağlamda lafı açlık sanatçısının aç kaldığından daha da uzun bir zaman kalabileceği iddiasının yine aynı yoldan açıklanabileceğine getirirdi; bu iddianın içinde elbette var olan mükemmele erişme arzusunu, irade gücünü, büyük fedakârlığı över, fakat sonra da onu sadece fotoğraflar göstererek çürütmeye çalışırdı: Aynı zamanda satışı yapılan bu resimlerin üstünde açlık sanatçısı kırkıncı açlık gününde, yatakta, mecalsizlikten neredeyse sönüp gitmiş bir halde görülüyordu. Gerçeğin gerçi çok yakından bildiği, ama her seferinde baştan sinirini bozan bu biçimde çarpıtılması açlık sanatçısına fazla geliyordu. Açlığın fazla erken bitirilmesinin sonucu olan bir şeyi çevirip neden olarak gösteriyorlardı! Bu kavrayış eksikliğine, bütün bir dünya demek olan bu akılsızlığa karşı mücadele etmek imkânsızdı. O ana kadar, her seferinde ümit içinde, parmaklığın yanı başında heyecanla menajere kulak vermiş olurdu, ama fotoğraflar ortaya çıkar çıkmaz, her seferinde parmaklığı bırakır, iç çekerek gerisingeri samanların üstüne düşer, yüreğine su serpilmiş seyirciler de yine yaklaşabilir, onu seyredebilirdi.

Böyle sahnelere şahit olanlar birkaç yıl sonra hatırlayınca, çoğu zaman kendi kendilerini anlamazdı. Çünkü bu arada, sözü edilen o değişiklik olmuştu; neredeyse aniden gelmişti bu; derinlerde yatan nedenleri olabilirdi, ama kimin derdiydi onları bulup çıkarmak; her neyse, günün birinde o şımarık açlık sanatçısı eğlence delisi kalabalığın kendisini terk etmiş, başka seyirliklere koşmayı tercih etmekte olduğunu gördü. Menajer onunla bir kere daha Avrupa'nın yarısını boydan boya dolaştı, belki şurada ya da burada o eski ilginin yeniden bulunabileceğini görmek için; hepsi boşunaydı; gizli bir karar verilmiş gibi, seyirlik açlığa karşı her yerde neredeyse bir tepki meydana gelmişti. Tabii ki, bu aslında öyle birdenbire ortaya çıkmış olamazdı, şimdi, iş işten geçtikten sonra, bu gelişmenin o başarılar döneminin sarhoşluğu içinde yeterince dikkate alınmayan, yeterince bastırılmayan habercileri hatırlanıyordu, ama şimdi buna karşı bir şey yapmanın zamanı geçmişti artık. Gerçi kesindi, bir kere daha açlığın saati çalacaktı, ama hayattakiler için teselli değildi bu. Açlık sanatçısı şimdi ne yapsındı? Binlerce kişinin coşku gösterdiği adam kendini küçük panayır çadırlarında gösteremezdi, başka bir meslek tutmak içinse, sadece fazla yaşlı değil, her şeyden önce açlığa fazlasıyla fanatikçe bağlı biriydi. O da o zaman, eşsiz kariyerindeki yoldaşına, menajerine yol verdi ve büyük bir sirke kapılandı; hassas ruhunu zora koşmamak için, sözleşme şartlarına hiç bakmadı bile.

Sayısız, birbirini hep yeni baştan dengeleyen, tamamlayan insanlar, hayvanlar ve cihazlardan meydana gelen büyük bir sirkin herkese, her zaman ihtiyacı vardır, bir açlık sanatçısına da, tabii eğer berikinin talepleri ona göre mütevazı ise; hem ayrıca bu özel durumda işe alınmakta olan, sadece açlık sanatçısının kendisi değil, aynı zamanda o eski, ünlü adıydı, tabii sanatın bu, yaşın ilerlemesine rağmen eksilmeme özelliği karşısında, işi bitmiş, artık becerisinin doruğunu terk etmiş bir sanatçının rahat bir sirk işine kaçmakta olduğu söylenemezdi, aksine, açlık sanatçısı temin ediyordu ki, aynı eskiden olduğu gibi aç kalabilirdi, hatta ayrıca kendi iradesine göre davranmasına izin verilirse, ki bu sözü kayıtsız şartsız verdiler, aslında dünyayı asıl şimdi hak ettiği hayretlere düşürecekti, bu iddia da pekâlâ inanılır bir şeydi, ne var ki zamanın havası göz önüne alındığında, ki açlık sanatçısı heyecanı içinde kolayca unutuyordu bunu, uzmanların yüzünde sadece bir gülümsemeye yol açtı.

Aslında, açlık sanatçısı da gerçek şartları görme yeteneğini kaybetmiş değildi; sirkin kendisini kafesiyle en parlak numara olarak maneje koymayıp dışarıda, ahırların yakınında, gerçi pek de iyi ulaşılır bir yere yerleştirmesini tabii bir şey olarak kabulleniyordu. Kafesi büyük, rengârenk boyalı yazılar çevreliyor, içinde görülecek ne olduğunu belirtiyordu. Seyircilerin, gösteri aralarında hayvanları görmek için ahırlara sökün ederken, açlık sanatçısının yanından geçmeleri ve onun yanında biraz oyalanmaları neredeyse kaçınılmaz bir şeydi, belki daha uzun bir zaman kalırlardı bile orada, eğer arkadan sökün edip gelirken, o görülesi ahırlara giden bu yolda niçin durulduğunu anlamayanlar itiştirmeleriyle daha uzun, daha sakin bir seyri imkânsız kılmasaydı. Açlık sanatçısının, yaşamasının amacı olarak bir yandan elbette özlediği bu ziyaret zamanlarını bir yandan da titreye titreye beklemesi de zaten bundan ileri geliyordu. Başlangıçta gösteri aralarını beklemeye sabrı yetmemişti; zevk içinde bakmıştı yavaş yavaş üstüne doğru yürüyen kalabalığa, ta ki, çok geçmeden –en inatçı, neredeyse bilinçli bir kendini kandırış bile yaşanan karşısında duramıyordu– bu insanların çoğunluğunun niyet olarak, tekrar tekrar, istisnasız, sırf ahır ziyaretçileri olduğunu anladı. Ve kalabalığın bu uzaktan görünüşü hâlâ en güzel görünüşü olarak kaldı. Çünkü yanına kadar geldiklerinde etrafını hemen, yeni yeni oluşan kümeler arasındaki bağrışlar ve küfürleşmeler sarıyordu: onu rahat rahat seyretmek isteyenlerle –açlık sanatçısı için çok geçmeden asıl utanç veren bunlar oldu–, anlayıştan filan değil, iş olsun, inat olsun diye seyretmek isteyenlerle öbür ikinciler, önce sadece ahırlara ulaşmaya çalışanlar arasında. Büyük yığın geçip gittikten sonra artçılar gelirdi, bunlar ise, canlarının istediği kadar durmalarına kimsenin engel olmadığı seyirciler, uzun uzun adımlarla, neredeyse yana doğru hiç bakmadan, hayvanların yanına vaktinde ulaşabilmek için, seğirtip geçerlerdi. Hele bir aile babasının çocuklarıyla geldiği, parmağıyla açlık sanatçısını gösterdiği, ayrıntılı ayrıntılı burada neyin söz konusu olduğunu açıkladığı, geçmiş yıllardan, buna benzer ama kıyas kabul etmez derecede daha büyük gösterilerden bahsettiği ise hiç de sık rastlamadığı bir talih olur, çocuklar ise okul ve hayat tarafından gördükleri hazırlık yetersiz olduğundan, hâlâ anlayışsızlıkla bakarlardı –onlar için açlık da neydi?– ama yine de, araştırıcı bakışlarının pırıltısında yeni, gelmekte olan, daha lütufkâr zamanların bir esintisini açığa vururlardı. "Belki," diyordu o zaman açlık sanatçısı bazen kendi kendine, "belki her şey biraz daha düzelirdi, durduğum yer ahırların o kadar yakınında olmasaydı." İnsanlara böylece seçim fazlasıyla kolaylaştırılmış oluyordu, hele ahırlardan gelen kokular, hayvanların geceleyin huzursuzluğu, yırtıcı hayvanlara çiğ et parçalarının taşınması, yem verme sırasındaki bağrışların kendisini fazlasıyla incitmesi ve içine devamlı kasvet vermesi de cabasıydı. Fakat müdüriyete çıkmaya cesaret edemiyordu; ne de olsa, ziyaretçi kalabalığını hayvanlara borçluydu ve bu kalabalığın içinde arada sırada kendisi için gelen biri de bulunuyordu, hem kim bilir hangi gizli köşeye sokarlardı onu, eğer varlığını ve böylece, aslına bakılırsa, ahırlara giden yolda sadece bir engel olduğunu da hatırlatmaya kalkacak olursa.

Gerçi küçük bir engeldi, gittikçe küçülen bir engel. İnsanlar bugünkü zamanda dikkatlerinin bir açlık sanatçısına çekilmesindeki garipliğe alıştı ve bu alışma ile de sanatçı hakkındaki hüküm verilmiş oldu. İstediği kadar ustalıkla aç kalabilirdi, kalıyordu da, ama hiçbir şey kurtaramazdı onu artık, insanlar yanından geçip gidiyordu. Gel de birine açlık sanatını açıklamaya çalış! Bunu hissetmeyenin kavraması da sağlanamaz. O güzel yazılar kirlendi, okunmaz oldu, indirdiler, kimsenin aklına yerine yenilerini koymak gelmedi; açlıkla geçen günlerin sayısını gösteren küçük levha, ki başlangıçta her gün özenle değiştiriliyordu, artık çoktandır hep aynı kalır oldu, çünkü ilk haftalar geçtikten sonra personel bu küçük işi bile yapmaktan bıkmıştı; böylece açlık sanatçısı gerçi aç kalmaya devam etti, ta eskiden hayalini kurduğu üzere, ve bunu hiç zahmetsizce, ta eskiden iddia ettiği gibi, başardı da, ama günleri sayan yoktu, hatta açlık sanatçısının kendisi bile bilmiyordu başarısının hangi büyüklüğe ulaştığını ve yüreği ağırlaşıyordu. Hele günün birinde aylağın biri durup da o eski gün sayısıyla alay eder ve dolandırıcılıktan bahsederse, ki bu durumda, kayıtsızlığın ve doğuştan gelme kötülüğün uydurabileceği en aptalca yalan oluyordu bu, çünkü açlık sanatçısı dolandırmıyordu, o dürüstçe çalışıyor, ama dünya onu aldatıyor, hakkını vermiyordu.

Ama yine aradan nice gün geçti, bu da bir son buldu. Bir gün kafes bekçilerden birinin dikkatini çekti ve temizlikçiye bu gayet işe yarar kafesin içinde çürümüş samanla niçin kullanılmayıp burada bırakıldığını sordu; kimse bilemedi, ta ki birisi, gün sayısı tabelasının yardımıyla, açlık sanatçısını hatırlayana kadar. Sopalarla samanı eşelediler ve içinde açlık sanatçısını buldular. "Hâlâ açlıkta mısın?" diye sordu bekçi. "Ne zaman bırakacaksın artık?" "Hepiniz affedin beni," diye fısıldadı açlık sanatçısı; sadece, kulağını parmaklığa dayamış olan bekçi anlayabildi dediğini. "Elbet," dedi bekçi ve parmağını alnına götürdü, personele açlık sanatçısının durumunu ima etmek üzere, "seni affediyoruz." "Hiç durmadan, açlığıma hayranlık duymanızı istedim," dedi açlık sanatçısı. "Hayranız zaten," dedi bekçi, yakınlık göstermiş olmak için. "Ama hayran olmamalısınız," dedi açlık sanatçısı. "Peki, öyleyse hayran da değiliz," dedi bekçi, "niçin hayran olmayacakmışız ki?" "Çünkü aç kalmak zorundayım ben, başka türlü edemem," dedi açlık sanatçısı. "Bakın hele," dedi bekçi, "niye başka türlü edemezmişsin?" "Çünkü," dedi açlık sanatçısı, ufacık başını biraz kaldırdı ve bir öpüş için büzülmüşe benzeyen dudaklarıyla bekçinin, bir hece bile kaybolmasın diye, tam kulağının içine konuştu: "Çünkü tadını sevdiğim yemeği bulamadım. Bulsaydım, inan bana, tantana yapmaz, tıkınırdım, senin gibi, herkes gibi." Bunlar son sözleri oldu, ama kırgın gözlerinde açlığa devam edeceğinin artık gururlu olmasa da kesin kararı vardı daha.

"Haydi, ama toparlayın şurayı şimdi!" dedi bekçi ve açlık sanatçısını samanla beraber gömdüler. Kafese ise genç bir panter koydular. En bön kimse için bile, bunca zaman ıssız kalmış kafeste bu vahşi hayvanın dönendiğini görmek, hissedilir bir rahatlama oldu. Hayvanın bir eksiği yoktu. Sevdiği yiyeceği bekçiler uzun uzadıya düşünmeden getiriyordu; özgürlüğün bile eksikliğini çekiyor gibi değildi; gereken her ne varsa onunla neredeyse patlayacakmışçasına donatılmış bu gövde sanki özgürlüğü de içinde taşıyordu; onu çenelerinin orada bir yerde saklıyor gibiydi; yaşama sevinci de ağzından öyle sıcak bir kor halinde fışkırıyordu ki, bu kora dayanmak seyirciler için kolay olmuyordu. Fakat direniyorlardı, sıkış sıkış kafesin etrafını alıyorlar, kımıldayıp gitmeyi hiç istemiyorlardı.

Şarkıcı Josefine ya da fare halkı

Şarkıcımızın adı Josefine. Onu dinlememiş olan, şarkının gücünü tanımamıştır. Şarkısının sürükleyip götürmediği kimse yoktur, ki buna, bizim soyumuz genelde müzik sevmediğine göre, bir o kadar daha büyük değer biçmek gerekiyor. Sessiz huzur bizim en sevdiğimiz müziktir; hayatımız zordur, günün bütün dertlerini bir kere üstümüzden atmayı denemiş de olsak, böyle, geneldeki hayatımıza bu kadar, müziğin olduğu kadar uzak duran şeylere artık yükselemeyiz. Ama pek şikâyet etmeyiz; o noktaya bile varamayız; belli bir pratik kurnazlığı, ki tabii acilen ihtiyaç da duyduğumuz bir şeydir, en büyük meziyetimiz sayarız ve bu kurnazlıktan gelen gülümsemeyle her şeyin bir tesellisini bulup geçme yoluna gideriz, her ne kadar bazen –ama söz konusu olmaz bu– müziğin yaydığı o mutluluk özlemini hissedecek bile olsak. Sadece Josefine bir istisnadır; o müziği sever ve aktarmayı da bilir; sadece odur, böyle olan; onun gitmesiyle müzik –kim bilir ne zamanlara kadar– hayatımızdan kaybolacaktır.

Sık sık düşünmüşümdür, bu müziğin ne menem bir şey olduğunu. Bizim hepten müzik yeteneğimiz yokken nasıl olur da Josefine'in şarkısını nasıl olur da anlarız ya da Josefine bizdeki anlayışı inkâr ettiğine göre, en azından anladığımızı sanırız? En kolay cevap şu olurdu: Bu şarkının güzelliği o kadar büyüktür ki, en bön duyu bile ona karşı duramaz, ama bu cevap doyurucu değil. Sahiden öyle olsaydı, bu şarkı karşısında insanın başlangıçta da, devamlı olarak da olağanüstülük duygusuna, bu gırtlaktan çıkan şeyin daha önce hiç işitmediğimiz ve işitmeye de hiç mi hiç yeterli olmadığımız bir şey, işitmeye bizi sadece bu bir tek Josefine'in yeterli kıldığı, başka da hiç kimsenin kılmadığı bir şey olduğu duygusuna kapılması gerekirdi. Fakat tam da bu, benim kanaatimce söz konusu değil, ben onu hissetmiyorum ve başkalarında da hiç öyle bir şey fark etmedim. Kendi samimi çevremizde birbirimize açıkça itiraf ediyoruz, Josefine'in şarkı söyleşinin hiç olağanüstü bir şey olmadığını.

Zaten, şarkı mı bu bakalım? Müziğe yabancı olsak da şarkı geleneklerimiz vardır; halkımızın eski çağlarında şarkı varmış: Efsaneler bunun sözünü ediyor, hatta bugüne kalmış şarkılar bile var, tabii artık kimsenin söyleyemediği. Şarkının ne olduğuna dair bir sezimiz var demek, Josefine'in sanatıysa bu seziye aslında uymuyor. Zaten şarkı mı bu bakalım? Yoksa acaba bir ıslıktan başka bir şey değil mi? Islık çalmayı ise hepimiz biliriz, bu bizim halkımızın asıl hüneridir ya da daha çok, hiç hüner değildir de ona özgü hayat ifadesidir. Hepimiz ıslık çalarız, ama tabii kimse bunu sanat olarak göstermeyi düşünmez, ıslık çalar, ama dikkatimizi buna vermeyiz, hatta fark etmeyiz ve hatta aramızda öyleleri vardır ki, ıslık çalmanın bizim özelliklerimizden olduğunu hiç bilmezler bile. Yani Josefine'in şarkı söylemeyip sadece ıslık çaldığı doğru olsaydı ve hatta belki, en azından bana göründüğü üzere, alelade ıslık çalmanın sınırlarını bile pek aşamadığı doğru olsaydı –evet, belki kuvveti o alelade ıslığa bile tam yetmiyordur, öte yanda sıradan bir toprak işçisi bunu zahmetsizce, bütün gün, işinin yanı sıra başarırken–, bütün bunlar doğru olsaydı, o zaman gerçi Josefine'nin sözümona sanatçı olduğu çürütülmüş olurdu, ama yaptığı büyük etkinin ne olduğu bilmecesinin de asıl o zaman çözülmesi gerekirdi.

Ne var ki işte, Josefine'in ürettiği, sadece ıslık değil. İnsan epey uzağında bir yere dikilip kulak verirse, daha da iyisi, kendini bu yönden bir sınava sokarsa, yani diyelim Josefine başka seslerle birlikte şarkı söylerken insan içlerinden onun sesini ayırt etmeyi ödev edinirse, o zaman ister istemez, alelade, olsa olsa narinliğiyle ya da zayıflığıyla biraz dikkati çeken bir ıslıktan başka bir şey işitmeyecektir. Fakat insan onun karşısında duruyorsa, o ses yine de sadece bir ıslıktan ibaret değildir; sanatının anlaşılması için onu sadece işitmek değil, görmek de şarttır. Bu sadece bizim her günkü ıslığımız bile olsa, burada her şeyden önce şu gariplik söz konusu: Birisi alışılmış olanın ta kendisini yapmak için merasimle ortaya dikiliyor. Bir cevizi kırmak gerçekten sanat değildir, onun için kimse de bir seyirci kitlesi toplayıp karşısında, eğlendirmek için, ceviz kırmaya yeltenmeyecektir. Bunu yine de yapacak olsa ve niyetine ulaşsa, o zaman işte, söz konusu olan şey sadece ceviz kırmak değildir. Yoksa ceviz kırmadır da, şu ortaya çıkmaktadır: Biz bu sanatı düpedüz hâkim olduğumuz için göz ardı etmişizdir ve bu yeni ceviz kırıcı bize sanatın asıl özünü göstermektedir, ki bu durumda etkisi bakımından, ceviz kırma işini çoğumuzdan biraz daha az iyi beceriyor olması faydalı bile olur.

Belki Josefine'in şarkı söylemesinde de durum buna benziyordur; onda hayran olduğumuz, kendimizde hiç mi hiç hayran olmadığımızdır; ayrıca, bu son açıdan kendisi de bizimle tamamen aynı fikirde. Ben bir kere şahit oldum, birisi, tabii sık sık oluyor bu, Josefine'in dikkatini halktaki genel ıslığa çekmişti, tabii alabildiğine mütevazı bir tavırla, ama Josefine için bu kadarı bile fazlaydı. O zaman takındığı kadar küstahça, mağrurca bir gülümsemeyi şimdiye kadar görmüş değilim; Josefine, ki dışarıdan bakıldığında aslında narinliğin mükemmele ulaşmış halidir, bu yapıda kadınları bakımından öylesine zengin olan halkımız içinde bile dikkati çekecek ölçüde narindir, o anda bayağı denebilecek bir görüntüye büründü; bunu tabii o büyük hassasiyetiyle hemen kendi de hissetmiş olacak ki, toparlandı. Her neyse, yani o kendi sanatıyla ıslık çalma arasındaki her ilintiyi reddetmekte. Bunun aksi fikirde olanlara karşı içinde sadece aşağısama var, belki de itiraf etmediği bir nefret. Bu sıradan bir kendini beğenmişlik değil, çünkü o, benim de yarı yarıya ait olduğum muhalefet ona elbet, kitleden daha az hayran değil, ama Josefine sadece hayranlık toplamak değil, tam kendisinin istediği tarzda hayranlık toplamak istiyor, kendi başına hayranlık onun için hiç önemli değil. Ve insan karşısında oturunca anlıyor onu; muhalefet sadece uzakta olununca yapılıyor; insan onun karşısındaysa, şunu biliyor: Burada ıslıkla çaldığı şey, ıslık değil.

Islık çalmak bizim düşünmeden yaptığımız alışkanlıklardan olduğundan, Josefine'i dinleyenler arasında da ıslık çalanların olacağı düşünülebilir; onun sanatı bizi hoşnut kılar, biz de hoşnut olunca ıslık çalarız; fakat onu dinleyenler ıslık çalmıyor, ortalıkta bir tıpırtı bile olmuyor, sanki özlediğimiz huzura, bizi kendisine kavuşmaktan en azından kendi ıslığımızın alıkoyduğu huzura kavuşmuşuz gibi, susuyoruz. Bizi hayranlığa salan, onun şarkısı mı, yoksa daha çok, o narin, zayıf sesin sarılı olduğu merasim sessizliği değil mi? Bir kere oldu, küçük şaşkının teki Josefine'in şarkısı sırasında masum masum ıslık çalmaya başlamaz mı. Eh, Josefine'den de işittiğimizin hepten aynısıydı; orada, önde bütün alışkanlığına rağmen hâlâ utangaç utangaç çıkan ıslık, burada, dinleyiciler arasında ise o kendini unutmuş çocuk ıslığı; farkın adını koymak imkânsız olurdu; ama yine de, "hişt"lerle, ıslıklarla, rahatsız eden sesi hemen susturduk, oysa hiç de gerekli değildi, çünkü Josefine kocaman açtığı kollarıyla, artık daha fazla uzanamayacak boynuyla tamamen kendinden geçmiş bir halde zafer ıslığını başlattığında, herhalde nasıl olsa kendiliğinden, korku ve utanç içinde büzülüp kalacaktı.

Zaten hep öyledir Josefine, her ufak pürüz, her tesadüf, her terslik, parkedeki bir çıtırtı, bir diş gıcırtısı, ışıklandırmada bir arızayı şarkısının etkisini yükseltmeye elverişli sayar; öyle ya, kendince, sağır kulaklara söylemektedir; hayranlık ve alkış eksik olmaz, fakat kendi anladığı anlamda gerçek anlayıştan feragat etmeyi çoktan öğrenmiştir. O zaman bunun gibi arızalar da pek işine gelir; dışarıdan gelip şarkısının saflığını sekteye uğratan ve hafif bir mücadeleyle, hatta mücadele olmadan, sadece karşı karşıya gelmesiyle yenik düşen her şey kalabalığı uyandırmaya, ona gerçi anlayış olmasa da, sezgili bir saygıyı öğretmeye katkıda bulunabilir.

Ama bu işte ona küçüğün bu kadar hizmeti oluyorsa, büyüğün kim bilir nasıl olacaktır. Hayatımız çok huzursuzdur, her gün sürprizler, korkular, ümitler ve dehşetler getirir, öyle ki tek kişinin bütün bunlara katlanması, her zaman, gece gündüz sırtını verdiği yoldaşları olmasa imkânsızdır; ama böyle bile çoğu zaman iyice zor olur; bazen bin omuz bile titrer, aslında bir tek omuz için öngörülen yükün altında. O zaman Josefine zamanını gelmiş sayar. Gelip durmuştur bile orada, o narin yaratık, özellikle göğsünün alt kısmı endişe verici biçimde titreşmeye başlar, sanki bütün gücünü şarkısında toplamış gibidir, sanki onda doğrudan doğruya şarkıya hizmet etmeyen ne varsa, her kuvvet, neredeyse her yaşama imkânı çekilip gitmiş, o sanki çıplak, esirgemesiz kalmış, sadece iyi ruhların korumasına emanet olmuş gibidir, sanki bu ortalıktan tamamen çekilmiş haliyle, şarkıyı yuva edinmiş, ortalıkta gezinen soğuk bir esinti onu öldürebilirmiş gibi. Fakat tam da böyle göründüğünde, biz güya karşıtı olanlar aramızda hep deriz ki: "Islık bile çalamıyor; o kadar dehşetengiz bir çaba göstermesi gerekiyor, şarkı değil –şarkıdan hiç bahsetmeyelim– harcıâlem ıslığı bile az buçuk çıkarabilmek için." Bize öyle görünür, yine de bu, dediğim gibi, gerçi kaçınılmaz, fakat gelip geçici, çabucak uçan bir izlenimdir. Biz de hemen, sıcacık, vücut vücuda, ürkekçe nefes alarak kulak kesilen kalabalığın duyuşunun ortasına dalıveririz.

Ve bizim hemen her zaman hareket içinde olan, sık sık da pek açık seçik olmayan amaçlarla vızır vızır bir oraya bir buraya koşan halkımızın kalabalığını etrafında toplamak için Josefine'in çoğu zaman başını arkaya atıp ağzı yarı açık, yukarılara yönelen gözleriyle, şarkı söylemeye niyetlendiğine işaret eden o duruşu takınmaktan başka bir şey yapması icap etmez. Bunu her istediği yerde yapabilir, uzaklardan görülebilen bir yer olması gerekmez, gizli, o anın tesadüfi keyfine göre seçilmiş herhangi bir köşe de aynı işi görür. Şarkı söyleyecek olduğu haberi hemen yayılır, çok geçmeden de kafileler halinde ona doğru yola çıkılır. Ne var ki, bazen yine de engeller ortaya çıkar, Josefine tam da heyecanlı zamanlarda şarkı söylemeyi sevmektedir, böyle olunca kat kat endişeler, zorluklar bizi çeşit çeşit yollara düşürür, insan en iyi niyetle de olsa, Josefine'in arzu ettiği çabuklukla bir araya gelemez, o da bu sefer orada, o büyük duruşu içinde belki bir süre yeterli sayıda dinleyici olmadan dikilir – o zaman öfkelenir tabii, o zaman tepinir, hiçbir kıza yakışmayacak şekilde söver, hatta ısırır bile. Fakat böyle davranışı bile şöhretine zarar vermez; kendisi o olağanüstü büyük iddiasını biraz aşağıya çekeceğine, ötekiler ona uymaya gayret eder; dinleyicileri çağırmak için haberciler gönderilir; bunun yapıldığı kendisinden gizlenir; çevredeki bütün yollara postaların dikilmiş olduğu görülür o zaman, yaklaşmakta olanlara acele etmeleri için el sallasınlar diye; bütün bunlar da, şöyle böyle bir sayı nihayet bir araya gelene kadar sürer.

Nedir, halkı Josefine için bu kadar çaba göstermeye iten şey? Josefine'in şarkısıyla ilgili sorudan, ki bu soruyla ilgili zaten, daha kolay cevaplanamayacak bir soru.

Üstü çizilip ikinci soruyla tamamen birleştirilebilirdi, eğer halkın Josefine'in şarkısı dolayısıyla kayıtsız şartsız teslim olduğu iddia edilebilseydi. Fakat bu da söz konusu değil işte; kayıtsız şartsız teslimiyeti bizim halk hemen hiç bilmez; zararsız kurnazlığı elbet her şeyin üstünde seven bu halk, çocuksu fısıldaşmaları, tabii masum kalıp sadece dudakları oynatan dedikoduyu seven böyle bir halk kendini ne de olsa kayıtsız şartsız veremez, bunu Josefine de hissetmektedir herhalde, budur mücadele ettiği şey, o zayıf hançeresinin bütün gayretiyle.

Tabii, böyle genel hükümlerde fazla ileri gitmemelidir, halk yine de bağlıdır Josefine'e, ama kayıtsız şartsız değil. Halk mesela, Josefine üzerine gülebilecek yeterlikte değildir. İnsan kendine şunu itiraf edebilir: Josefine'nin insanı gülmeye çağıran birçok tarafı vardır; aslına bakılırsa gülme bizim her zaman yanı başımızdadır; hayatımızın bütün zavallılığına rağmen, hafif bir gülüş bizde hep vardır; ama Josefine üzerine gülmeyiz. Bazen, halkın Josefine'e olan kendi tutumunu şöyle anladığı izlenimine kapılırım: Halka bu kırılgan, korunmaya muhtaç, nasılsa bir meziyeti olan ve bu meziyetin şarkısı olduğu kanaatine vardığı varlık emanet edilmiştir, kendisi Josefine'e özen göstermelidir; bunun nedenini kimse açık seçik bilmez, sadece bu gerçek kesin gibi görünür. Emanet alınana ise gülünmez; ona gülmek, görevi çiğnemek olur; kötülüğün en uç noktası, içimizde en kötü olanların, bazen şöyle dediklerinde Josefine'e ettiği kötülüktür: "Josefine'i gördüğümüzde gülme hevesimiz kırılıyor."

Yani halk Josefine'e böyle, küçücük elini –pek bilinmez, bir dilekle mi, bir taleple mi– kendisine uzatan bir çocuğa yaptığı gibi, kucak açmıştır. Kimisi de bizim halkın böyle baba görevlerini yerine getirmeye yarayışsız olduğunu söyler, oysa halk aslında o görevleri, hiç değilse bu durumda, örnek olacak bir şekilde yerine getirmektedir; hiçbir bireyin harcı değildir, halkın bu bakımdan bütün olarak başardığı iş. Tabii, halk ile birey arasındaki kuvvet farkı o kadar olağanüstüdür ki, koruma altındaki varlığı yakınlığının verdiği sıcaklığa çekmesi yeter, o da yeterince korunmuş olur. Ne var ki, Josefine'e böyle şeylerden bahsetmeye cesaret edilmez. "Sizin cesaretinizden bana ne," der o zaman. "Evet, evet, ıslık çalıyorsun," diye düşünürüz. Hem ayrıca, onun isyan etmesi gerçekten inkâr değildir, daha çok, çocuk usulünce bir isyan, çocuk minnettarlığıdır ve babanın üstüne düşen de, buna takılmamaktır.

Ama işin içine, halk ile Josefine arasındaki bu ilişkiden hareketle açıklanması daha zor olan bir husus daha girer. Josefine söylenenin tersi görüştedir, halkı koruyanın kendisi olduğuna inanır. Bizi berbat politik ya da ekonomik durumdan güya onun şarkı söylemesi kurtarmaktadır, hiç daha ufak bir şey değildir şarkısının başarısı, belayı da eğer kovamıyorsa, hiç değilse bize ona katlanma gücü veriyordur. O bunu böyle dile getirmez, başka türlü de getirmez, zaten genel olarak az konuşur, bütün o gevezeler içinde suskun biridir, fakat bu onun gözlerinden kıvılcımlanır, kapalı ağzından –bizde pek azı ağzını kapalı tutabilir, o tutabilir– okunabilir. Her kötü haberde –hele bazı günler birbirlerini kovalar böyleleri, aralarında yanlış olanları, yarı doğru olanlarıyla– hemen yerinden kalkar, başka zamanlar yorgunluk hep aşağı çekmektedir onu, kalkıp boynunu uzatır ve sürüsünü topluca görmeye çalışır, çobanın fırtınadan önce yaptığı gibi. Elbette, çocuklar da o vahşi, dizgin bilmez halleriyle benzer taleplerde bulunur, ama Josefine'inkiler yine de onlarınki kadar gerekçesiz değildir. Tabii, bizi kurtardığı, bize güç verdiği de yoktur; kolaydır birinin acılara alışık, kendini kollamayan, karar vermekte aceleci, ölümü pekâlâ tanıyan, içinde sürekli yaşadığı gözü karalık atmosferinde sadece görünüşte ürkek, ayrıca üretken olduğu kadar da cüretkâr olan bu halkın kurtarıcılığına soyunması – kolaydır diyorum, insanın kendini sonradan, hep bir şekilde, kurbanlar vererek de olsa, ki kurbanlar karşısında tarih araştırmacısı –biz genelde tarih araştırmalarını tamamen es geçeriz– dehşetten donakalır, kendi kendine kurtulmuş olan bu halkın kurtarıcısı gibi göstermesi. Gene de doğrudur, tam da darda kaldığımız zamanlar Josefine'in sesine başka zamankinden daha da iyi kulak verdiğimiz. Üzerimizde gezinen tehditler bizi daha sessiz, daha mütevazı, Josefine'in buyurganlığına daha itaatkâr kılar; bir araya gelmeyi sever, sıkış sıkış toplaşmayı severiz, hele bu o eziyet verici ana meselenin iyice uzağında kalan bir vesileyle oluyorsa; sanki, beraberce, bir çabuk –evet, acele şarttır, Josefine bunu pek de çabuk unutur– bir barış kupasını içmekte gibiyizdir, kavgadan önce. Pek o kadar şarkı resitali değil, daha çok bir halk toplantısıdır, hem öyle bir toplantı ki, öndeki o küçük ıslık dışında tamamen sessiz geçer; gevezelikle öldürülemeyecek kadar ciddidir bu saat.

Ne var ki böyle bir ilişki Josefine'i tabii hiç tatmin edemez. Hiçbir zaman tamamen aydınlığa kavuşmamış olan konumundan ötürü içini dolduran bütün o sinirli huzursuzluğuna rağmen Josefine yine de, kendi özbilincinden gözleri kamaşmış haliyle bazı şeyleri görmez, daha da çok şeyi gözden kaçırması için büyük bir çaba gerekmez, bir sürü dalkavuk bu yolda, yani aslında genel olarak yararlı bir anlamda, sürekli olarak iş başındadır, – fakat Josefine sadece tali bir iş olarak, dikkati çekmeden, bir halk toplantısının bir köşesinde şarkı söylemek uğruna, her ne kadar bu hiç de az bir şey olmasa bile, şarkı sanatını elbet feda etmeyecektir.

Ama etmesi de gerekmez, çünkü onun sanatı dikkati çekmeden kalmıyor. Aslında tamamen başka konularla meşgul de olsak ve sessizlik kesinlikle onun şarkısı uğruna hüküm sürüyor olmasa ve kimimiz başını kaldırıp bakmayıp yüzünü komşusunun kürküne dayasa bile, yani Josefine orada, yukarıda boşu boşuna çabalıyor gibi görünse de, ıslığından bir şeyler yine de –orası inkâr edilemez– kaçınılmaz biçimde bize de ulaşır. Bütün ötekilere susma görevi verilmişken yükselen bu ıslık neredeyse halkın bireye bir mesajı gibi varır yerine; güç kararların orta yerinde Josefine'in incecik ıslığı neredeyse, halkımızın düşman dünyanın dağdağasının orta yerindeki zavallıca varlığı gibidir. Josefine "ben varım" der, ses olarak bir hiç olan bu, güç olarak bir hiç olan bu şey "ben varım" der ve kendini bize ulaştıran yolu açmayı başarır; bunu düşünmek iyi geliyor. Gerçek bir şarkı sanatçısına, eğer günün birinde aramızda bulunacak olsa, böyle bir zamanda kesin katlanamazdık, böyle bir resitalin saçmalığını da fikir birliği içinde reddederdik. Gönül ister ki, Josefine bizim kendisini dinlediğimiz gerçeğinin onun şarkı söyleyişine karşı bir delil olduğunu anlamaktan masun kalsa. Bunu herhalde biraz seziyor, yoksa niçin öylesine tutkuyla inkâr etsin bizim onu dinlediğimizi; ama durup durup söylüyor şarkısını, ıslığıyla bu sezgiyi atlayıp geçiyor.

Ama Josefine için buna rağmen bile hâlâ bir teselli olurdu: Biz onu belli bir ölçüde gerçekten de dinliyoruz, herhalde insan bir şarkı sanatçısını nasıl dinlerse öyle; Josefine bizim üzerimizde, bir şarkı sanatçısının ulaşmaya çalışmasının beyhude olacağı ve sadece tam da Josefine'in elindeki yetersiz imkânlara bahşedilmiş olan etkiler yapabiliyor. Bu herhalde başlıca, bizim yaşama biçimimizle bağlantılıdır.

Bizim halkımızda gençlik çağı bilinmez, ufacık bir çocukluk bile pek bilinmez. Gerçi düzenli olarak, çocuklara özel bir özgürlük, özel bir koruma sağlanmalı, onların hakları, biraz tasasızlık, biraz anlamsızca koşuşturma, biraz oyun hakkı tanınmalı ve gerçekleşmesine yardım edilmeli diye talepler ortaya atılır; bunlar istenir ve hemen herkes de onaylar, bundan daha çok onaylanacak bir şey olamaz, ama bizim hayatımızın gerçekliği içinde bundan daha az sağlanabilecek bir şey de olamaz, talepler onaylanır, o yönde denemeler yapılır, ama çok geçmeden her şey yine eski haline döner. İşte bizim hayatımız öyledir ki, bir çocuk biraz koşup çevreyi biraz ayırt etmeye başlar başlamaz kendi başının çaresine aynı bir yetişkin gibi bakmak zorunda kalır; ekonomik endişelerle dağınık yaşamak durumunda olduğumuz alanlar fazla büyük, düşmanlarımız fazla çok, her tarafta bize hazırlanmış tehlikeler fazla hesaba sığmaz çaptadır – biz çocukları varoluş kavgasından uzak tutamayız, tutarsak sonları vaktinden önce gelmiş olur. Bu kederli nedenlere ek olarak, tabii yüceltici bir neden de var: soyumuzun doğurganlığı. Bir kuşak –her biri de kalabalıktır– bir ötekini iteler, çocukların çocuk olmaya zamanı yoktur. Başka halklar çocuklara özenle bakıyor olabilir, orada küçükler için okullar açılmış, orada çocuklar, halkın geleceği, her gün akın akın bu okullardan çıkıp geliyor olabilir, ama yine de, o günbegün çıkıp gelenler, uzun bir süreyle aynı çocuklardır. Bizim okullarımız yoktur, ama halkımızın içinden alabildiğine kısa zaman aralıklarıyla, ucu bucağı görülmez çocuk sürülerimiz çıkar gelir, neşeyle hışıldar ya da cıvıldarlar, daha ıslık çalamadıkları sürece, yuvarlanır ya da basıncın etkisiyle kayıp giderler, daha yürüyemedikleri sürece, kütlelerinin çolpalığıyla her şeyi kapıp götürürler, daha göremedikleri sürece, bizim çocuklarımız! Ve o okullardaki gibi aynı kalan çocuklar değillerdir, hayır, hep, hep yenilenirler, sonsuz olarak, kesintisiz olarak, bir çocuk belirmeyegörsün, çocuk değildir artık, ama onun hemen arkasında, kalabalıkları ve aceleleri içinde ayırt edilemez biçimde belirir yeni çocuk yüzleri, mutluluktan pespembe. Tabii, bu ne kadar güzel de olsa ve ötekiler bizi bunun için haklı olarak ne kadar kıskanıyor da olsa, biz çocuklarımıza gerçek bir çocukluk zamanı veremeyiz işte. Bunun da yol açtığı sonuçlar vardır. Ölmeyen, sökülemeyen, belli bir çocuksulukla iç içedir halkımız; en iyi tarafımızla, o aldanmaz pratik aklımızla düpedüz çelişki içinde olmak üzere, bazen tamamen çılgınca işler yaparız, üstelik çocukların çılgınca davranışları gibi, anlamsız, savurganca, cömertçe, önünü ardını düşünmeden ve bütün bunlar çoğu zaman, küçük bir zevk aşkına. Ve bundan duyduğumuz sevinç tabii artık çocukluk sevincinin o dolu gücünü taşımazsa da, içinde o sevinçten bir şey daha yaşamaktadır elbet. Halkımızın bu çocuksuluğundan Josefine de eskiden beri faydalanmaktadır.

Fakat halkımız çocuksu olmakla kalmaz, bir ölçüde erken yaşlanan bir halktır da, çocukluk ve yaşlılık bizde başkalarında olduğundan başka olur. Gençliğimiz yoktur, hemen yetişkin oluruz, yetişkin halimizde de fazla uzun bir zaman kalırız, bundan ileri gelen belli bir yorgunluk ve ümitsizlik halkımızın aslında o kadar dayanıklı ve ümit bakımından güçlü ruhu içinde boydan boya, geniş izini bırakır. Bununla herhalde müziğe yatkın olmayışımızın da ilgisi var; müzik için fazla yaşlıyızdır, müziğin heyecanı, yükselişi bizim ağırlığımıza uymaz, elimizi yorgun yorgun sallarız boşver diye; kendimizi geriye, ıslığa çekmişizdir; şurada burada biraz ıslık çalmak, bize tam uyan şey budur. Kim bilir, aramızda müzik yetenekleri var mı; ama eğer varsa, halk içindeki yoldaşların karakteri bunu daha gelişmeden önce bastırmadan edemeyecektir. Buna karşılık Josefine istediği gibi ıslık çalabilir ya da şarkı söyleyebilir ya da her nasıl adlandırmak isterse istesin, o bizi rahatsız etmez, o bize uyar, biz bunu pekâlâ kaldırabiliriz; eğer içeriğinde müzikten bir şey varsa, o da en yakın hiçliğe indirgenmiş haldedir; belli bir müzik geleneği korunmaktadır, ama korunması bize en ufak bir şekilde yük olmaksızın.

Fakat Josefine bu ruh hali içindeki halka daha çoğunu verir. Onun konserlerinde, özellikle de kritik zamanlarda, artık sadece en genç olanlar bu şarkıcı hanıma şarkıcı olarak ilgi gösterir, sadece onlar şaşarak bakar Josefine'in dudaklarını büzüşüne, o şirin ön dişleri arasından havayı üfleyişine, kendi çıkardığı seslere duyduğu hayranlık içinde eriyişine ve bu çöküşü yeni, kendisi için gittikçe daha anlaşılmaz hale gelen bir gücü ortaya koymak üzere gayret toplamakta kullanışına, ama asıl kalabalık –bu açık seçik görülmektedir– kendi dünyasına çekilmiştir. Burada, kavgalar arasındaki o küçük aralarda rüya görmektedir halk, sanki bireyin uzuvları çözülüyor, sanki huzur bilmeyen birey bir kere, içinden geldiğince, halkın büyük, sıcak yatağında uzanıp gerinmek istiyor gibidir. Ve bu rüyaların içine, şurada burada Josefine'in ıslığı karışır; o kendisi tane tane der, biz ittire ittire deriz; ama ne olursa olsun, ıslık burada yerini hiçbir yerde olmadığı kadar, müziğin hemen hiçbir zaman kendisini bekleyen anı bulamadığı gibi bulmuştur. O zavallı, kısa çocukluktan bir şey vardır içinde, kaybolan, bir daha asla bulunamayacak olan mutluluktan bir şey, ama bugünün iş başındaki hayatından bir şey de vardır içinde, onun o küçük, kavranmaz ve yine de var olan ve öldürülesi olmayan neşesinden. Ve bütün bunlar gerçekten, büyük edalı seslerle söyleniyor değildir, hafifçe, fısıltıyla, samimice, bazen biraz kısık sesle. Tabii, bir ıslıktır bu. Nasıl olmasın ki? Islık bizim halkımızın dilidir, ne ki, bazısı ömrü boyunca ıslık çalar da bilmez, buradaysa ıslık gündelik hayatın eli kolu bağlayan bağlarından kurtarılmıştır ve kısa bir süre için de kurtarıcı olur. Elbette, kaçırmak istemeyiz bu konserleri.

Ama bu noktadan, Josefine'in bize böyle zamanlarda güç verdiği vs. vs. iddiasına kadar uzak mı uzak bir mesafe vardır. Tabii, sıradan kimseler için, Josefine'in dalkavukları için değil. "Başka nasıl olsun ki," –der onlar bayağı tasasızca bir umursamazlıkla– "başka nasıl açıklanabilir ki o büyük ilgi, herkesin ona koşması, hele tehlike o kadar yakın, doğrudan doğruya gelmekteyken, hatta geçmişte bazen tam da o tehlikenin yeterince ve gecikmeden savuşturulmasına engel olan o hücum." Eh, bu son söylenen maalesef doğru, ama yine de Josefine'in övüneceği şeylerden değil, hele şu da eklenecek olursa: Böyle toplantılar beklenmedik biçimde düşman tarafından basılıp da bizimkilerden bir nicesi bu arada hayatını verirken, Josefine, bütün olanların sorumlusu, evet, ıslığıyla belki düşmanı oraya çekmiş olan kişi, hep en güvenli yerde bulunmuş ve maiyetinin koruması altında, çıt çıkarmadan, çarçabuk ilk kaybolan o olmuştur. Fakat bunu da aslında herkes biliyor; yine de tekrar koşup geliyorlar, Josefine bir sonraki sefer, nerede, ne zaman isterse şarkı söylemeye durunca. Bundan şu sonuç çıkarılabilir: Josefine neredeyse yasanın dışında bulunmaktadır, istediğini, bütünü tehlikeye atsa bile yapabilir ve onun her yaptığı affolunur. Bu böyle olsaydı, o zaman Josefine'in talepleri de tamamen anlaşılır bir şey olurdu, hatta insan bir ölçüde, halkın ona vereceği bu özgürlük içinde, bu olağanüstü, başka hiç kimseye bahşedilmemiş, kanunların aslında inkârı olan hediyeyi bir itiraf, halkın Josefine'i, kendi iddia ettiği üzere, anlamadığının, sanatını aygın baygın bir şaşkınlıkla izlediğinin, kendini ona layık hissetmediğinin, Josefine'e verdiği acıyı neredeyse ümitsizce bir çabayla dengelemeye çalıştığının ve nasıl Josefine'in sanatı halkın kavrayışının dışında bir şeyse, onun da Josefine'in kişiliğini ve dileklerini kendi emir gücünün dışına çıkardığının bir itirafı olarak görürdü.

Ama, tabii bu da hiç mi hiç doğru değil, belki halk Josefine karşısında, tek tek bakıldığında, fazlasıyla çabuk teslim olmaktadır, ama kayıtsız şartsız kimseye teslim olmadığı gibi, ona da olmaz.

Josefine çok çok eskiden, belki daha sanatçı kariyerinin başından beri, şarkısının dikkate alınarak her çeşit işten muaf tutulmasının mücadelesini vermektedir; günlük ekmek kaygısı ve varlık mücadelemizle ilgisi olan her şey onun üzerinden alınsın ve –herhalde– halk bütününün üstüne yıkılsın ister. Çabuk coşkuya kapılan biri –böyleleri de bulunmuştur– daha bu talebin garipliğinden, böyle bir talebi düşünmeye muktedir bir zihin durumu olduğundan hareketle, talebin kendi içinde haklı olduğu sonucuna varır. Oysa bizim halk başka sonuçlara varır ve bu talebi rahatça reddeder. Dileğin gerekçesini çürütmek yolunda da pek zahmete girmez. Josefine örneğin iş başında yorulmasının sesine zarar vereceğine dikkati çeker, gerçi çalışırken yorulmanın şarkı söylerkenki yorulmayla karşılaştırıldığında küçük olduğunu, fakat kendisine şarkıdan sonra yeterince dinlenme ve tekrar söyleme için kuvvet toplama imkânı tanımadığını, oysa şarkı söylerken tamamen bitkin düştüğünü ve bu şartlar altında en üst verimine hiçbir zaman ulaşamayacağını belirtir. Halk kendisini dinler ve geçip gider. Bu, duygulandırılması o kadar kolay halk bazen hiç duygulanır gibi değildir. Reddedişi bazen o kadar sert olur ki, Josefine bile suspus olur, boyun eğmiş görünür, gerektiği gibi çalışır, elinden geldiği kadar iyi şarkı söyler, ama bunların hepsi sadece bir süre içindir, sonra kuvvet toplamış olarak yeni baştan mücadeleye girişir – bu iş için kuvveti pek çoktur göründüğü kadarıyla.

Tabii, Josefine'in aslında ulaşmaya çalıştığı şeyin, kelimesi kelimesine talep ettiği şey olmadığı da ortadadır. Akıllıdır, işten kaçmaz, zaten işten kaçmak bizde hiç mi hiç bilinen bir şey değildir, talebi yerine getirilse bile eskisinden farklı yaşamayacaktır, iş onun şarkısına hiç engel olmayacaktır, ne var ki şarkı da daha güzel olacak değildir – onun ulaşmak istediği şey bu durumda sadece, sanatının alenen, kesin, zamanlar geçse de kalıcı, şimdiye kadar bilinen her şeyin çok üstüne çıkan bir biçimde tanınmasıdır. Fakat gözüne başka hemen her şey erişilebilir görünürken, bu iş kendisine inatla ayak diremektedir. Belki saldırısını hemen başlangıçta başka tarafa yöneltmesi gerekirdi, belki şimdi kendi de hatayı görüyordur, ama geri dönemez artık, geri dönmesi kendine sadakatsizlik etmek olur, artık ne yapsın, bu taleple ayakta kalacak ya da düşecektir.

Gerçekten düşmanları olsaydı, kendi söylediği gibi, bu mücadeleyi, parmaklarını bile oynatma gereği duymadan, eğlene eğlene seyredebilirlerdi. Ama düşmanları yoktur, kimisinin şu ya da bu noktada ona itirazı varsa da, bu mücadele kimseyi eğlendirmez. En başta şunun için eğlendirmez: Bu noktada halk kendisini o soğuk, hâkimce tutumu içinde göstermektedir, bizde genel olarak gayet ender görülen bir tutumdur bu. Ve biri bu durumda bu tutumu onaylamak istese bile, halkın bir gün kendisine karşı da benzer şekilde davranabileceğini sadece düşünmek bile her türlü sevince engel olur. Bu reddedişte de söz konusu olan, talepte olduğu gibi, işin kendisi değildir, halkın kendi içinden bir yoldaşa karşı kendini bu kadar geçilmez biçimde kapatabilmesidir ve bu kapanış, halk genelde tam da bu yoldaşı için bir baba gibi, babadan da ileri, mahviyetle ilgilendiğine göre, bir kat daha geçilmez niteliktedir.

Burada halkın yerinde tek bir kişi olsaydı şöyle düşünülebilirdi: "Bu adam onca zaman boyunca Josefine'in dileğine karşı duramayıp uymuş, bir yandan da devamlı olarak, bu uysallığa bir son verme arzusuyla tutuşmuştur;

insanüstü bir feragatle uymuş, buna rağmen de sıkı sıkı, uysallığının gidip hak ettiği sınırı bulacağına inanmıştır; evet, hatta gerektiğinden de fazla uysallık göstermiştir, sırf bu gidişi hızlandırmak için, sırf Josefine'i şımartarak hep yeni dileklere kışkırtmak, sonra gerçekten o son talebini de dile getirmesini sağlamak için; ama işte sonra tabii kısaca, uzun zamandır hazırlandığından kısaca, o son ve kesin ret cevabını vermiştir." Eh, ne var ki durum hiç mi hiç böyle değil, halkın böyle hilelere ihtiyacı yok, ayrıca Josefine'e hayranlığı dürüstçe ve sınanmış bir hayranlık, öte yandan Josefine'in talebi o kadar kuvvetli ki, fikri serbest bir çocuk bile sonunun nasıl geleceğini önceden söyleyebilir; yine de, Josefine'in bu konuyu görüş biçiminde böyle tahminler de bir rol oynamış ve redde uğrayışına bir acılık daha katmış olabilir.

Fakat böyle tahminler de bulunsa, bu yüzden mücadeleden yılmaz. Son zamanlarda sertleşti bile bu mücadele; şimdiye kadar sadece sözlü olarak sürdürmüşken, şimdi başka, kendi görüşüne göre daha etkili, bizim görüşümüze göre onun kendisi için daha tehlikeli olan araçlar kullanmaya başlıyor Josefine.

Kimisi yaşlanmakta olduğunu hissettiği için, sesi zayıflıklar göstermeye başladığı, bu yüzden de tanınması için son mücadeleye girişme zamanının gelip geçmekte olduğu izlenimine kapılarak böyle acele ettiğine inanıyor. Ben buna inanmıyorum. Josefine, Josefine olmazdı, bu doğru olsaydı. Onun için sesinin yaşlanması, zayıflıkları söz konusu değil. O bir şey istiyorsa, ona bunu isteten, dışındaki şeyler değil, kendi iç tutarlılığı olur. En yüksekteki çelenge uzanır, o çelenk şu anda azıcık daha alçağa asılı diye değil, en yüksek çelenk olduğu için; gücü yetse onu daha da yükseğe asacaktır.

Öte yandan, dış güçlükleri böyle aşağısaması onu en yakışıksız yollara başvurmaktan da alıkoymuyor. Onun hakkı her şüpheden uzaktır; öyleyse ne önemi vardır, bu hakka nasıl ulaştığının; hele bu dünya, ona kendisini gösterdiği biçimiyle, tam da yakışan yolların kapalı çıktığı dünya ise. Hatta belki sırf bu yüzden, şarkı söyleme alanındaki hakkı için verdiği mücadeleyi başka, onun için pek değer taşımayan bir alana aktarmıştır. Peşindekilerin onun hakkında yaydığı söylentilere göre Josefine kendini bütün tabakalarıyla halkın, en gizli muhalefetin içlerine kadar, gerçek bir zevk duyacağı şekilde –halkın anladığı anlamda gerçek zevk değil, ki halk zaten, Josefine'in şarkısından bu zevki oldum olası aldığı iddiasında, hayır, Josefine'in arzu ettiği anlamda gerçek zevk duyacağı şekilde– şarkı söylemeye pekâlâ yeterli hissediyormuş. "Fakat," diye ekliyor Josefine, yükseğin sahtesini yapamayacağına, bayağıya da dalkavukluk edemeyeceğine göre, çaresiz, her şey nasılsa öyle kalmalıymış. Fakat işten muaf tutulma mücadelesinde olduğundan farklı olarak –gerçi bu da şarkısı uğruna verilen bir mücadele, ama burada değerli bir silah olan şarkısını doğrudan doğruya kullanarak mücadele etmiyor– başvurduğu her yol da yeterince mubah.

Mesela, Josefine'in, eğer isteğine uyulmazsa koloraturları[1] kısaltmaya niyetli olduğu söylentisi yayıldı. Ben koloraturdan hiç anlamam, onun şarkısında hiçbir zaman koloratur diye bir şeyin farkına varmış değilim. Ama Josefine koloraturları kısaltmak, şimdilik ortadan kaldırmak değil, sadece kısaltmak istiyor. Söylendiğine göre tehdidini uygulamış, ne var ki benim dikkatimi çeken, önceki resitallerinden farklı bir şey olmadı. Halk bütün olarak her zamanki gibi dinledi, koloraturlar üzerine bir şey söylemeksizin, hem Josefine'in talebine karşı

1. Koloratur soprano, çok tiz seslere kadar uzanır; son derece büyük bir çevikliğe ve açık bir renge sahiptir. (Y.N.)

davranışı da değişmedi. Ayrıca Josefine'in, vücut yapısında olduğu gibi, düşünüşünde de bazen iyice zarif bir taraf olduğu inkâr edilemez. Örneğin her resitalden sonra, sanki koloraturlarla ilgili kararı halka karşı çok sert ya da çok ani bir çıkış olmuş gibi, koloraturları bundan sonra yine de tam olarak söyleyeceğini açıkladı. Fakat bir sonraki konserden sonra yine değiştirdi düşüncesini, artık büyük koloraturların kesin olarak son bulacağını, Josefine açısından olumlu bir karar verilmeden de bir daha geri dönmeyeceğini söyledi. Eh, halk bütün bu açıklamaları, kararları, karar değişikliklerini kulak ardı ediyor, nasıl bir yetişkin düşüncelere dalmışken bir çocuğun gevezeliğini kulak ardı ederse öyle, ilke olarak iyi niyetli, ama ulaşılmaz uzaklıkta.

Fakat Josefine işin peşini bırakmıyor. Nitekim geçende, çalışırken ayağını incittiğini, bunun da şarkı söylerken ayakta durmasını güçleştirdiğini, oysa sadece böyle şarkı söyleyebileceğini, dolayısıyla şimdi şarkıları da kısaltmak zorunda olduğunu ileri sürdü. Topallıyor ve maiyetindekilere dayanıyor olmasına rağmen, kimse ayağını gerçekten incittiğine inanmıyor. O minyon vücudunun özellikle hassas olduğu kabul edilse bile, biz bir işçi halkız ve Josefine de bu halkın bir parçası; öte yandan, derimizdeki her sıyrıktan ötürü topallayacak olsaydık bütün halk topallamaktan başka bir şey yapamazdı. Fakat ister malul gibi başkalarının koluna girsin, ister kendini bu acınası durumuyla ortalıkta başka zaman olduğundan daha sık göstersin, halk onun şarkısını eskiden olduğu gibi minnettarlıkla, hayranlıkla dinliyor, ama *kısaltmaya* da pek aldırmıyor.

Josefine sürgit topallayamayacağına göre, başka bir şey uyduruyor, yorgunluk, keyifsizlik, halsizlik bahane ediyor. Yani şimdi bizde konserden başka bir de tiyatro var. Josefine'in arkasında maiyetini görüyoruz, şarkı söylemesi için ricalarını, yalvarmalarını. İsterdi, ama söyleyemiyor. Teselli ediyorlar, iltifatlara boğuyorlar, neredeyse el üstünde taşıyorlar, önceden seçilmiş olan, şarkı söyleyeceği yere. Nihayet yoruma gelmez gözyaşlarıyla isteklere uyuyor, ama tam, besbelli son gücünü kullanarak, mecalsizce, kolları başka zaman olduğu gibi açılmış değil, cansız cansız sarkar halde –ki insan bu kolların belki biraz kısa olduğu izlenimine kapılıyor– şarkı söylemeye başlayacakken, tam sesini yükseltecekken, yine olmuyor, olmadığını başının sertçe, isteksizlik belirten bir kıpırtısı gösteriyor ve Josefine gözlerimizin önünde sönüp kalıyor. Ne var ki sonra yine toparlanıyor ve söylüyor, sanırım, başka zaman olduğundan pek farklı da söylemiyor, kulağı en ince nüansları işitmeye yatkın biri belki biraz olağandışı bir heyecanın farkına varır, ki bu da sonuç bakımından olsa olsa olumludur. Ve Josefine sonunda hatta başta olduğundan daha az yorgun oluyor, sağlam adımlarla –bu nitelendirme onun çabucak, tıpır tıpır yürüyüşüne her ne kadar uyuyorsa– uzaklaşıyor, kendisine destek olmak için sunulan her yardımı reddederek ve önünde saygıyla yol açan kalabalığı soğuk bakışlarla süzerek.

Geçende böyle olmuştu, en yeni gelişme ise, şarkı söylemesinin beklendiği bir sırada kaybolmuş olması. Sadece maiyeti olmuyor arayanlar, pek çok kimse bu arama hizmetine koşuyor ve bu boşuna oluyor; Josefine ortadan kaybolmuş, şarkı söylemek istemiyor; söylemesi için rica edilmesini bile istemiyor, bu defa bizi hepten terk etti.

Acayip, o akıllı Josefine'in hesabını bu kadar yanlış yapması, o kadar yanlış ki, insan hiç mi hiç hesap yapmadığına ve sadece, bizim dünyamızda sadece çok kederli bir kader olabilecek olan kaderinin önünde savrulup gittiğine inanabilir. Kendi kendini şarkıdan yoksun bırakıyor, ruhlar üzerinde kurduğu iktidarı kendi eliyle yıkıyor. Ama nasıl oldu da bu iktidarı kurabildi, o ruhları bu kadar az tanırken. Josefine saklanıyor, şarkı söylemiyor, ama halk, sakin ve görünür bir hayal kırıklığı göstermeden, egemence, kendi varlığı içinde dingin duran, hediyeyi düpedüz, görünüş tam tersini doğrular gibiyse de, sadece verebilen, asla alamayan, Josefine'den gelse de alamayan kitle, bu halk kendi yoluna gitmeye devam ediyor.

Ama Josefine için iniş başlamış olmalı. Yakında son ıslığının duyulup susacağı zaman gelecek. O halkımızın sonsuz tarihi içinde küçük bir oluntu, halk da bu kaybı aşmasını bilecek. Kolay olmayacak elbet bizim için; nasıl olabilir toplantılarımız tamamen sessizlik içinde? Hoş, Josefine'le yapıldıkları zaman da sessiz değil miydiler? Onun gerçek ıslığı hatıralarda kalacağından kayda değer derecede daha yüksek sesli, daha canlı mıydı? Bu ıslık onun daha yaşadığı zamanlar bile salt bir hatıradan fazla bir şey miydi? Daha çok, halk o bilgeliği içinde Josefine'in şarkısını, tam da şarkı bu niteliğiyle kaybedilmez bir şey olduğundan, bu kadar yüksek bir yere oturtmamış mıydı?

Yani belki hiç de o kadar büyük bir eksiklik hissetmeyeceğiz, ama Josefine, tabii kendi görüşüne göre, seçilmiş kimselere vergi olan o dünyevi eziyetten kurtulmuş olduğundan, halkımızın kahramanlarının oluşturduğu sayısız kalabalıkta neşe içinde kaybolacak ve çok geçmeden, biz tarihle uğraşmadığımızdan, bütün kardeşleri gibi, yüce kurtuluşun içinde unutulmuş olacak.

II

Kitaplarda Yer Almayan, Ayrı Olarak Yayımlanmış Anlatılar

Duacıyla başlanmış konuşma

Bir aralık her gün kiliseye gidiyordum, çünkü âşık olduğum kız orada akşamları diz çöküp bir saat dua ediyordu, ben de bu arada onu rahat rahat seyredebiliyordum.

Bir keresinde kız gelmemişti, ben de keyifsiz keyifsiz gözlerimi dua edenler üzerinde gezdiriyordum, gençten biri dikkatimi çekti: Sıska vücuduyla kendini boylu boyunca yere atmıştı. Zaman zaman bütün kuvvetini toplayıp başını kaldırıyor, sonra inleye inleye, taşların üstünde açtığı avuçlarına indiriyordu.

Kilisede sadece birkaç ihtiyar kadıncağız vardı, sarılıp sarmalanmış küçücük başlarını yana eğerek çeviriyor, dua eden adama bakıyorlardı. Gösterilen bu ilgi kendisini mutlu ediyor gibiydi, çünkü o sofuca taşkınlıklarının her birine girişmeden önce gözlerini etrafta dolaştırıp seyredenlerin sayısının kabarık olup olmadığına bakıyordu.

Ben bunu yakışıksız buldum ve kiliseden çıkarken onunla konuşmaya, niçin bu şekilde dua ettiğini kendisine iyice bir sormaya karar verdim. Evet, kızgındım, çünkü benim kız gelmemişti.

Fakat beriki ancak bir saat sonra kalktı, gayet itinayla bir haç çıkardı ve okunmuş su çanağına doğru dura yürüye ilerledi. Çanak ile kapı arasındaki yola dikildim;

onu açıklamasını yapmadan geçirmeyeceğimi biliyordum. Ağzımı çarpıttım, kararlı bir ifadeyle konuşmak istediğim zaman, hazırlık olarak hep yaptığım üzere. Sağ ayağımı öne atıp ağırlığımı üstüne verdim, bu arada sol ayağımı kayıtsızca burun üstü diktim; bu da bana sağlamlık veriyordu.

Olabilir tabii, o belki, daha okunmuş suyu yüzüne fiskelerken bile yan gözle beni gözetlemişti, hatta belki beni daha önceden fark edip endişelenmişti, çünkü o anda beklenmedik bir şekilde koşup kapıdan çıkıverdi. Camlı kapı sertçe kapandı. Ben de hemen arkasından kapıdan dışarıya çıktığımda onu artık göremedim, çünkü yakında birkaç dar sokak vardı, trafik de yüklüydü.

Sonraki günlerde adam gelmedi, ama benim kız geldi. Omuzlarında şeffaf dantelleri –altlarında gömleğinin yakasının hilali– olan siyah elbisesini giymişti, dantellerin aşağı ucundan da ipek kumaş gayet güzel biçimli bir yaka şeklinde dökülüyordu. Kız geldiği için de genç adamı unuttum ve sonra gene, düzenli olarak gelmeye ve âdeti olduğu üzere dua etmeye başladığında bile onunla ilgilenmedim. Ama o hep büyük aceleyle yanımdan geçip gidiyordu, yüzünü başka tarafa çevirerek. Belki sebebi, onu gözümün önüne hep hareket halinde getirebiliyor olmamdı: Sanki durduğu yerde bile sürünüyormuş gibi geliyordu bana.

Bir keresinde odamdan çıkmakta geç davrandım. Gene de kiliseye yollandım. Kızı orada bulamamıştım, eve dönecek oldum. Gene orada yatıyordu aynı genç. O anda o eski olay aklıma geldi ve merakımı uyandırdı.

Ayaklarımın ucuna basa basa kapıya gittim, orada oturan kör dilenciye ufak bir para verdim ve onun yanına, kapının açık kanadının arkasına sıkıştım; orada bir saat oturdum, herhalde yüzümde kurnazca bir ifadeyle. Bu yer bana çok rahat gelmişti; daha sık gelmeye karar verdim. Ama bir saat geçtikten sonra, o duacı yüzünden burada oturmayı saçma bulmaya başladım. Ve buna rağmen, üçüncü bir saat boyunca daha, örümceklerin üstümde başımda gezinmesine öfkeyle katlandım, bu arada son birkaç kişi de, solumaları duyulur bir şekilde, kilisenin karanlığından dışarı çıktı.

Derken o da geldi. Dikkatle yürüyor, ayakları basmadan önce hafifçe yeri yokluyordu.

Ayağa kalktım, kocaman, dosdoğru bir adım attım ve genci yakasından yakaladım. "İyi akşamlar," deyip, elim yakasında, onu merdivenlerden aşağı, aydınlık meydana doğru iteledim.

Aşağı indiğimizde, iyiden iyiye titrek bir sesle dedi ki: "İyi akşamlar, aziz, aziz beyefendi, hiddetlenmeyiniz ben itaatkâr kulunuza."

"Evet," dedim, "size soracağım birkaç şey var, bayım; geçen sefer elimden kaçtınız, bugün pek başaramayacaksınız bunu."

"Siz merhamet sahibisiniz, beyefendi, beni de bırakacaksınız, evime gideyim. Ben acınacak biriyim, işin doğrusu bu."

"Hayır," diye bağırdım, yanımızdan geçmekte olan tramvayın gürültüsünün ortasına, "sizi bırakmam! Tam da böyle hikâyelerdir benim hoşuma giden. Siz benim talihli avımsınız. Kendimi tebrik ederim."

Bunun üzerine dedi ki: "Hay Allah, sizde canlı bir yürekle yekpare bir kafa var. Bana talihli av diyorsunuz, ne kadar mutlu olmalısınız! Çünkü benim talihsizliğim, sallantıda bir talihsizlik; bir sivri ucu üstünde salınıp duran bir talihsizlik; dokunuldu mu, soranın üstüne düşer. İyi geceler, bayım."

"İyi," deyip sağ elini sıkı sıkı tuttum, "bana cevap vermezseniz burada, sokakta bağırmaya başlarım. O zaman, şimdi dükkânlardan çıkmakta olan bütün tezgâhtar kızlarla onları sevinçle bekleyen bütün âşıkları koşuşup gelirler, çünkü bir faytonun atı tökezlemiş veya buna benzer bir şey olmuş sanırlar. O zaman sizi o insanlara gösteririm."

Bunun üzerine ağlamaya ve birini alıp birini bırakarak ellerimi öpmeye başladı. "Size istediğinizi söyleyeceğim, ama lütfen, karşıdaki şu yan sokağa girelim, daha iyi." Başımı salladım, gittik.

Fakat o, birbirinden uzak, sarı fenerlerin olduğu sokağın karanlığıyla yetinmedi, beni eski bir binanın basık girişindeki tahta merdivenin başına, damlayıp duran lambanın altına çekti.

Orada mühim bir edayla mendilini çıkarıp bir basamağın üstüne sererek dedi ki: "Siz iyisi mi şöyle oturun, aziz beyefendi, sorunuzu oradan daha iyi sorarsınız, ben ayakta kalayım, böyle daha iyi cevap veririm. Ama bana eziyet etmeyin."

Oraya oturdum ve başımı ona doğru kaldırıp gözlerimi kısarak dedim ki: "Siz dört dörtlük bir tımarhaneliksiniz, tam busunuz siz! Nedir o, kilisedeki halleriniz öyle! Ne rezil bir şey, seyredenler için de ne kadar nahoş! İnsan size bakmadan edemiyor ki, kendini nasıl duasına versin."

Vücuduyla iyice duvara dayanmıştı, sadece başını serbestçe oynatıyordu havada. "Kızmayın – niçin kızasınız ki, size ait olmayan şeylere. Ben kendim uygunsuz davrandığım zaman kızarım; ama kötü davranan sadece başka biriyse, o zaman sevinirim. Yani, insanların beni seyretmesi benim dua edişimin amacıdır dersem kızmayın."

"Ne diyorsunuz siz," dedim, o basık tavanlı koridor için fazla yüksek bir sesle; ama sonra sesimi kısmaya da korktum, "sahi, ne dediniz siz öyle! Evet, tahmin ediyorum, sizi ilk gördüğümden beri tahmin ediyorum zaten, ne durumda olduğunuzu. Tecrübem var benim ve eğer size şunu diyorsam, şaka niyetiyle söylenmiş değildir: Kuru toprakta deniz tutmasıdır bu. Öyle bir şey ki, nesnelerin gerçek isimlerini unutmuşsunuz da üstlerine şimdi alelacele rasgele isimler döküyorsunuz. Çabuk, çabuk, çabuk! Ama daha koşup gider gitmez, isimlerini gene unutuyorsunuz. Tarlalardaki kavağa 'Babil Kulesi' adını vermişsiniz, çünkü kavak olduğunu bilmemiş veya bilmek istememişsiniz, yine isimsiz isimsiz salınıyor o kavak, şimdi de başka bir isim vereceksiniz: 'Sarhoş Haliyle Nuh'."

"Ne mutlu bana ki, söylediğinizi anlamadım," deyince, biraz şaşaladım.

Heyecanla cevabı yapıştırdım: "Bundan mutlu olmakla, anladığınızı gösteriyorsunuz."

"Tabii gösterdim, muhterem beyefendi ama siz de acayip konuştunuz."

Ellerimi bir üst basamağa dayadım, arkama yaslandım ve bu, güreşçinin son kurtuluşu olan, neredeyse saldırı kabul etmez duruşumla sordum: "Kurtulmak için eğlenceli bir tarz bulmuşsunuz siz, kendi durumunuzu başkalarına şart koşmakla."

Bunun üzerine cesaretlendi. Bedenine bir bütünlük vermek için ellerini kavuşturdu, sonra, hafiften zorlanarak dedi ki: "Hayır, bunu herkese karşı yapmıyorum, mesela size karşı da yapmıyorum, çünkü elimden gelmez. Ama elimden gelseydi sevinirdim, o zaman kilisedeki insanların dikkatine ihtiyaç duymazdım artık. Biliyor musunuz, buna niçin ihtiyacım var?"

Bu soru üzerine ne diyeceğimi şaşırdım. Elbette bilmiyordum ve sanırım bilmek de istemiyordum. "Buraya gelmek isteyen de ben olmamıştım," dedim o zaman kendi kendime ama o beni kendisini dinlemeye zorlamıştı. Şimdi de, bilmediğimi ona göstermek için sadece başımı sallamam yeterdi ama başımı hiçbir şekilde oynatamıyordum.

Karşımda dikilen genç gülümsedi. Sonra diz çöktü ve uykusu gelmiş gibi bir yüz ifadesiyle anlattı: "Hiçbir günüm olmamıştır ki, yaşadığımdan kendi sayemde emin olayım. Yani, etrafımdaki şeyleri hep o kadar gitti gidecek şeylermiş gibi kavrıyorum ki, bir zamanlar yaşamış ama şimdi batmakta olan şeyler olduğunu sanıyorum durmadan. Her zaman, aziz beyefendi, içimde şu istek var: Nesneleri, bana kendilerini göstermeden önce her nasıl görünüyorlarsa, öyle göreyim. O zaman herhalde güzeldirler, sakindirler. Öyle olmalı, çünkü sık sık insanların onlardan böyle söz ettiğini işitiyorum."

Sustuğum ve sadece yüzümdeki gayri ihtiyari kırpışmalarla ne kadar rahatsız olduğumu gösterdiğim için, sordu: "İnsanların böyle konuştuğuna inanmıyor musunuz?"

Evet diye başımı sallamam gerekir gibi geldi ama yapamadım.

"Sahiden, inanmıyor musunuz? Aa, bakın dinleyin; çocukken, kısa bir öğle uykusundan sonra gözlerimi açtığımda, daha uykudan tamamen kurtulamamıştım, annemin tabii bir sesle balkondan aşağı seslendiğini duydum: 'Ne yapıyorsunuz, canım? Hava ne sıcak.' Bahçeden bir kadın cevap verdi: 'Açık havada iki lokma bir şey yiyorum.' Bunları düşünüp taşınmadan söylediler, öyle üstüne basa basa da değil, sanki herkesin beklediği şeylermiş gibi."

Bana bir şey sorulduğunu sandım. Onun için elimi pantolonumun arka cebine atıp içinde bir şey arar gibi yaptım. Ama bir şey aradığım yoktu, konuşmaya katıldığımı göstermek için görünüşümü değiştirmek istiyordum sadece. Bu arada, bu olayın gayet acayip olduğunu, benimse hiç mi hiç anlamadığımı söyledim. Ayrıca, doğruluğuna da inanmadığımı ve o sırada bilemeyeceğim bir gayeyle muhakkak uydurulmuş olduğunu ekledim. Sonra gözlerimi kapadım, çünkü acıyorlardı.

"Oo, bu iyi, sizin benimle aynı fikirde olmanız iyi, bunu söylemek için beni alıkoymanız da bencillik olmadı."

Değil mi ama, niçin utanayım –veya niçin utanalım– dik yürüyemediğim, ağır ağır yürüyebildiğim için, bastonla kaldırıma vurmadığım, yanımdan yüksek sesle geçenlerin elbiselerine sürünmediğim için. Aslında, omuzları köşeli bir gölge olarak binalar boyunca sıçraya sıçraya gittiğimden, bazen vitrinlerin camlarında kaybolduğumdan inatla şikâyet etsem yeri değil midir?

Ne biçim günler, bu benim geçirdiklerim! Niçin her şey bu kadar kötü yapılmış, öyle ki zaman zaman yüksek binalar yıkılıyor da kimse bir dış sebep bulamıyor. Ben o zaman moloz yığınlarına tırmanıyorum, karşıma çıkan herkese soruyorum: "Nasıl ama nasıl olabildi bu! Bizim şehrimizde. – Yeni bir bina – Bugün tam beşincisi bu. – Bir düşünsenize." O zaman kimse bana cevap veremiyor.

Sık sık insanlar sokakta yığılıp ölüyor, oracıkta kalıyor. O zaman bütün dükkân sahipleri üzerine kat kat mallar asılmış kapılarını açıyor, bir acele gelip ölüyü binalardan birine çekiyor, sonra da, ağızlarının, gözlerinin etrafında bir gülümsemeyle çıkıp geliyor, konuşuyorlar: "Merhaba – Hava kapalı – Sürüyle başörtüsü var bende satılık – Evet, savaş." Ben bir sıçrayışta binaya giriyorum, kıvırdığım parmağımı defalarca korka korka kaldırdıktan sonra nihayet kapıcının küçük penceresine vuruyorum. "Azizim," diyorum dostça, "size ölü bir insan getirdiler. Gösterin onu bana, rica ederim." Sonra, o kararsızmış gibi başını iki yana sallarken, ben emin bir tavırla diyorum ki: "Azizim. Ben gizli polisim. Bana hemen ölüyü gösterin." "Ölüyü mü?" diye soruyor şimdi, neredeyse hakarete uğramış gibi bir hali var. "Hayır, bizim burada ölü yok. Namuslu bir binadır bu." Selam verip gidiyorum.

Ama sonra, büyük bir meydanı geçecek olduğumda, hepsini unutuyorum. Bu teşebbüsün zorluğu kafamı karıştırıyor, çoğu zaman kendi kendime düşünüyorum: "Sırf gururlarından dolayı böyle büyük meydanlar yapıyorlarsa, o zaman niçin bir de taştan tırabzan yapmıyorlar, meydanın karşısına geçecek. Bugün bir güneybatı rüzgârı esiyor. Meydandaki hava heyecana gelmiş. Belediye kulesinin tepesi küçük daireler çiziyor. Niçin sükûnet oturtmazlar bu hercümercin içine? Bu ne biçim bir gürültü böyle! Bütün pencere camları gürültü çıkarıyor, sokak fenerleri de bambu gibi eğriliyor. Sütunun tepesindeki Azize Meryem'in mantosu kıvrılıyor, fırtınalı hava asılıyor kumaşa. Bunu gören yok mu? Taşların üstünde yürümesi gereken beyler, hanımlar havada salınıyor. Rüzgâr soluklandığında durakalıyorlar, birbirlerine bir çift laf söylüyor, selam vererek eğiliyorlar ama rüzgâr gene vurduğunda karşı duramayıp hepsinin birden aynı zamanda ayakları yerden kesiliyor. Gerçi şapkalarını sıkı sıkı tutmadan edemiyorlar, ama gözleri keyifle bakıyor, sanki hava pek yumuşakmış gibi. Sadece ben varım korkan."

Gördüğüm bunca eziyetten sonra dedim ki: "Daha önce validenizle bahçedeki kadın üzerine anlattığınız hikâye bence hiç de acayip değil. Buna benzer birçok hikâye dinleyip yaşamış olmam bir yana, bazılarına katılmışımdır bile. Gayet tabii bir şey bu canım. Sanki sizce, eğer balkondaki ben olsam, ben de aynı şeyi söyleyemez veya bahçeden aynı cevabı veremez miydim? Ne kadar basit bir olay."

Ben bunu söyleyince, çok mutlu olmuş göründü. Güzel giyinmiş olduğumu, boyunbağımın pek hoşuna gittiğini söyledi. Hele cildim ne kadar narinmiş. Ve itiraflar en çok, geri alındıkları zaman açıklık kazanırmış.

Sarhoşla konuşma

Fakat ufak adımlarla bina kapısından çıkarken, ayı, yıldızları, büyük kubbesiyle göğün ve belediyesi, Meryem Sütunu, kilisesiyle Ringplatz'ın[1] baskınına uğradım.

Sakin sakin gölgeden çıkıp ayın aydınlığına girdim, paltomun düğmelerini açıp ısındım; sonra ellerimi kaldırarak gecenin uğultusunu susturdum ve düşünmeye başladım:

"Nedir bu, sahiciymiş gibi yapmanız? Beni, kendimin sahici olmadığına inandırmak mı istiyorsunuz, yeşil kaldırımın üstünde acayip acayip dikilirken? Ama senin sahici olmandan bu yana çok zaman geçti, sen gökyüzü, hele sen, Ringplatz, hiçbir zaman sahici olmadın."

"Orası doğru, siz hâlâ benden üstünsünüz ama sadece, ben sizi rahat bıraktığım sürece."

"Tanrı'ya şükür! Ay, sen artık ay değilsin ama belki ben kayıtsızca davranıyorum, 'ay' denen sana hâlâ 'ay' demekle. Niçin o gururlu halin kayboluyor, ben sana 'garip renkli unutulmuş kâğıt fener' deyince? Ve niçin neredeyse geri çekiliyorsun, ben sana 'Meryem Sütunu' deyince? Ve o tehditkâr duruşunu göremiyorum artık, Meryem Sütunu, sana 'sarı ışık yayan ay' deyince."

"Sahiden, öyle görünüyor ki, insanın hakkınızda düşünmesi size iyi gelmiyor; cesaretiniz ve sağlığınız azalıyor."

"Tanrım, düşünen kimsenin hele bir de sarhoştan ders alması ne kadar faydalı olur!"

"Niçin sessizleşti her taraf? Galiba rüzgâr kesildi. Çoğu zaman küçücük tekerlekler üzerinde gidermiş gibi

1. Yuvarlak Meydan, Çember Meydanı. Prag'da yüzyıllardan beri eski şehrin canlı merkezi olagelmiş meydan. (Ç.N.)

meydanı geçen o küçük evler hepten yerlerine çakılmış – sessiz – sessiz – insan onları başka zaman yerden ayıran o ince, siyah çizgiyi hiç göremiyor."

Ve ben koşmaya başladım. Bir engelle karşılaşmadan üç kere büyük meydanın etrafını dolaştım ve hiçbir sarhoşa rastlamadığımdan, hızımı kesmeden, yorgunluk da duymadan Karl Sokağı'na doğru koştum. Gölgem çoğu zaman benden küçük, yanımda, duvarda koşuyordu, duvar ile sokağın zemini arasındaki çukur bir orman yolunda gider gibi.

İtfaiye binasının önünden geçerken, Kleiner Ring' den[1] beriye bir gürültü duydum, oraya saptığımda da çeşmenin parmaklıklarının yanı başında bir sarhoşun durduğunu gördüm: Kollarını yatay olarak tutuyor, tahta sabolu ayaklarını toprağa vuruyordu.

Önce nefesim yatışsın diye durdum, sonra adamın yanına gittim, başımdan silindir şapkamı çıkarıp kendimi takdim ettim:

"İyi akşamlar, narin asilzade, ben yirmi üç yaşındayım ama henüz ismim yok. Oysa siz muhakkak şaşılası, hatta şarkı gibi söylenesi isimlerle o büyük Paris şehrinden geliyorsunuz. O ayağı kayıp düşen Fransız sarayının hepten gayri tabii kokusu sarmış etrafınızı."

"Muhakkak, renklendirilmiş gözlerinizle o büyük hanımefendileri gördünüz: Yüksek, aydınlık terasa çıkmışlardı bile; elbiselerinin merdivene yayılmış boyalı kuyruğunun bir ucu daha bahçenin kumundayken, incecik bellerini istihzayla kıvırarak dönüyorlardı. – Değil mi, her tarafa dikili, uzun sırıkların tepesine çıkmış, hoppaca biçimli frakları, beyaz pantolonları olan uşaklar, bacaklarını sırıklara dolamış, vücutlarının üst yarısınıysa

1. Küçük Çember, bugünkü Malé námestí veya Rynecek. (Ç.N.)

bir arkaya, bir yana eğmekteler, çünkü dev gri keten bezlerini urganlarla yerden kaldırıp yükseğe germeleri gerekiyor, çünkü büyük hanımefendinin canı sisli bir sabah istemiş."

Geğirdiği için neredeyse korkuya kapılarak dedim ki: "Sahi, doğru mu, siz beyefendi bizim Paris'ten mi geliyorsunuz, o fırtınalı Paris'ten, ah, o coşkulu dolu fırtınasının içinden?"

Tekrar geğirince mahcup mahcup şöyle dedim: "Biliyorum, büyük bir şerefe nail olmaktayım."

Ve parmaklarım çabucak paltomun düğmelerini ilikledi, sonra vecde gelmiş gibi ve utangaç utangaç konuşmaya başladım:

"Biliyorum, beni bir cevaba layık görmüyorsunuz ama bugün size bu soruyu sormasam ömrüm ağlamakla geçecek."

"Ne olur, zarif beyefendi, doğru mu, bana anlatılanlar? Paris'te sırf süslü elbiselerden ibaret insanlar mı var, sırf süslü giriş kapılarından ibaret binalar mı var, doğru mu, yaz günlerinde gökyüzünün uçuk mavi olduğu ve sadece, yerlerine bir dokunmayla iliştirilmiş, hepsi de yürek biçimli beyaz bulutçuklarla güzelleştirildiği? Orada bir de akın akın gidilen bir tuhaf nesneler müzesi mi var, içinde sadece ağaçlar olan, üzerlerine asılı küçük levhalarda en meşhur kahramanların, canilerin ve âşıkların isimlerinin bulunduğu?"

"Üstüne üstlük bir de bu haber! Bu, yalan olduğu besbelli haber!"

"Değil mi, Paris'in o caddeleri aniden ayrılı ayrılıverir; huzursuzdurlar, değil mi? Her şey her zaman yolunda değildir, nasıl olsun ki zaten! Günün birinde bir kaza olur, insanlar toplaşır, kaldırıma azıcık değen büyükşehir adımlarıyla yan sokaklardan gelerek; hepsi gerçi merak içindedir, ama hayal kırıklığına uğramaktan da korkarlar, hızlı hızlı nefes alırlar, küçücük başlarını uzatırlar. Ama birbirlerine değecek olurlarsa, yerlere kadar eğilip özür dilerler: 'Kusura bakmayınız – istemeden oldu – çok kalabalık var, affediniz, rica ederim – itiraf edeyim – büyük dikkatsizlik ettim. Benim adım – benim adım Jerome Faroche, Rue de Cabotin'de baharatçıyım – müsaade ederseniz sizi yarın öğle yemeğine davet etmek isterim – zevcem de o kadar memnun olacaktır ki.' Böyle konuşurlar, oysa sokak uyuşmuştur ve bacaların dumanı binaların arasına inmektedir. Böyledir ama. Hem, şu da olabilir mi: Bir gün kibar bir mahallenin işlek bir bulvarında iki araba durur. Uşaklar ciddiyetle kapıları açarlar. Sekiz soylu Sibirya kurt köpeği dans edercesine iner, havlaya sıçraya yolda bir koşudur tuttururlar. Ve bunların kılık değiştirmiş Parisli genç züppeler olduğu söylenir."

Adam gözlerini sıkı sıkı yummuştu. Ben susunca iki elini de ağzına soktu, altçenesine asıldı. Elbisesi hepten kirliydi. Belki bir tavernadan kapı dışarı etmişlerdi de henüz işin farkında değildi.

Bu belki de, gündüz ile gece arasındaki o küçük, tamamen sakin duraklamaydı; başımızın, biz beklemesek de, boynumuzda asılı kaldığı ve her şeyin, biz fark etmesek de, biz seyretmediğimiz için kıpırtısız durduğu, sonra da kaybolduğu duraklama. Bu sırada biz bükük vücutlarımızla yalnız kalır, sonra etrafımıza bakar ama artık hiçbir şey görmez, havanın direncini de artık hissetmez; ama içimizden, bizden belli bir uzaklıkta çatıları ve bacaları, içlerinden karanlığın eve, çatı odalarından geçip çeşit çeşit odalara aktığı, ne mutlu ki köşeli bacaları olan binaların olduğunu hatırlayışımıza tutunurduk. Ve ne mutlu, yarın öyle bir gün olacak ki, inanılmaz bir şey ama, insan her şeyi görebilecek.

O anda sarhoş kaşlarını kaldırıverdi, öyle ki kaşları

ile gözleri arasında bir parıltı belirdi ve adam dura dura şu açıklamayı yaptı: "Bu şöyle yani – uykum var yani, onun için gidip yatacağım – Wenzel Meydanı'nda bir kaynım var yani – oraya gidiyorum, çünkü orada oturuyorum, çünkü yatağım orada – işte gidiyorum şimdi – Ne var ki, ismi nedir bilmiyorum, nerede oturur bilmiyorum – galiba unutmuşum – ama zararı yok, çünkü bilmiyorum ki, kaynım filan var mı bakalım – Şimdi gidiyorum yani – Ne dersiniz, onu bulur muyum?"

Bunun üzerine hiç çekinmeden dedim ki: "Muhakkak. Ama siz yabancı bir diyardan geliyorsunuz, uşaklarınız da tesadüfen yanınızda değil. Müsaade edin, sizi götüreyim."

Cevap vermedi. Ben de ona kolumu uzattım, girsin diye.

Büyük gürültü

Odamda, bütün dairenin gürültüsünün genel karargâhında oturuyorum. Bütün kapıların vurulduğunu işitiyorum, onların gürültüsü beni aralarında koşuşanların ayak seslerinden kurtarıyor, mutfakta fırın kapağının kapanmasını da işitiyorum. Babam odamın kapılarını kırıp giriyor ve eteği arkasından yere sürünen sabahlığıyla geçip gidiyor, yan odadaki sobadan kül kazınıyor, Valli ön odadan, her kelimenin üstüne basarak, babamın şapkasının temizlenip temizlenmediğini soruyor, bana dost olmaya kalkan bir tıslama cevap veren bir sesin haykırışını daha da yükseltiyor. Daire kapısı koluna basılıp açılınca gürültüye başlıyor, iltihaplı bir boğaz gibi, sonra daha da açılıyor bir kadın sesinin şarkı söyleyişiyle ve sonunda boğuk, erkeksi bir darbeyle, içlerinde kulağa en vurdumduymazca gelen sesle kapanıyor. Baba gitti, şimdi daha narin, daha dağınık, daha ümitsiz gürültü başlıyor, iki kanarya kuşunun seslerinin yönettiği. Eskiden de düşünmüşümdür, kanarya kuşu deyince yeniden aklıma geliyor: Acaba kapıyı azıcık aralasam, yılan gibi yan odaya sürünsem ve böylece yerde kız kardeşlerimden ve matmazellerinden sessizlik dilensem iyi mi olur?

Küfeli süvari

Tükenmiş bütün kömür; boş küfe; anlamsız kürek; soğuğu soluyor soba; odayı donun üfürüğü doldurmuş; pencerenin karşısında ağaçlar kırağıyla kaskatı; gökyüzü gümüşten bir kalkan, kendisinden yardım isteyene karşı. Bana kömür lazım; donup gidemem ya; arkamda merhametsiz soba, karşımda gökyüzü keza, sonuç olarak iyice hizalayıp aralarından geçmem ve ikisinin ortasında kömürcünün yardımını aramam şart. O ise benim olağan ricalarıma karşı çoktan körelmiş; ona evde tek bir kömür tozunun bile kalmadığını ve kendisinin benim için neredeyse semadaki güneş demek olduğunu tastamam ispat etmem şart. Açlıktan boğazında hırıltılarla gelip kapısının eşiğinde kıvrılıp ölmeye kalkan, onun için de bey evinin aşçısı kadının son kahvenin telvesini ağzına akıtmaya razı olduğu dilenci gibi çıkagelmeliyim; aynı şekilde tüccar da öfkeyle, ama "Öldürmeyeceksin!" emrinin şimşek aydınlığı altında küfeme bir kürek kömür fırlatmalı.

Daha benim oraya varışım bitirmeli işi; onun için küfenin üstüne binip gidiyorum. Küfeli süvari olarak gidiyorum, elim üstte, dizginlerin en basiti olan küfe sapında, merdivenlerden zahmetle döne döne; ama aşağıya varınca küfem şaha kalkıyor, şahane, şahane; develer, ıhmış yere uzanmış develer, kervanbaşının sopası altında silkinerek, bu kadar güzel kalkamaz. Buza kesmiş sokak düzgün bir tırısla geçiliyor; sık sık birinci kata kadar kaldırıyor beni atım, hiçbir zaman sokak kapısına kadar alçalmıyorum. Ve alışılmadık bir yükseklikte salınarak varıyorum tüccarın bodrumunun önüne; adam ta aşağıda, ufacık masasının başına çöreklenmiş, yazıyor; aşırı sıcak dağılsın diye kapısını açmış.

"Kömürcü!" diye sesleniyorum soğuğun oyup yaktığı, soluğumun duman bulutlarına sarılı bir sesle, "Ne olur, kömürcü, bana biraz kömür ver. Küfem öyle boşaldı ki, üstüne binip geldim. Bir iyilik et. Param olunca hemen ödeyeceğim."

Tüccar elini kulağına atıyor. "İşittiğim doğru mu?" diye soruyor omzu üstünden, sobanın bankında yün ören karısına, "İşittiğim doğru mu? Müşteri."

"Benim bir şey duyduğum yok," diyor kadın, elinde şişleri, sakin sakin soluyarak, sırtı sımsıcak.

"Evet!" diye sesleniyorum, "Benim, eski bir müşteri, sadık bendeniz; sadece şu an parasız."

"Kadın," diyor tüccar, "var, biri var; o kadar da yanılmam ki; eski, çok eski bir müşteri olmalı bu, benim böyle kalbime işleyecek gibi konuşmasını bilen."

"Neyin var senin, adam?" diye soruyor kadın ve bir an dinlenerek, elişini göğsüne bastırıyor, "Kimse yok, sokak boş, bütün müşterilerimizin tedariki görüldü, dükkânı günlerce kapatıp dinlenebiliriz."

"Ama ben burada, küfeme binmişim," diye sesleniyorum, soğuğun getirdiği hissiz yaşlar gözlerimi perdeliyor, "ne olur, yukarı bakın; beni hemen göreceksiniz; bir kürek dolusu, rica ediyorum; hele iki kürek verirseniz beni mutlu etmenin de ötesine geçersiniz. Bütün öbür müşterilerin ihtiyacı görülmüş nasıl olsa. Ah, bir işitsem küfenin içinde o tıkırtıları!"

"Geliyorum," diyor tüccar ve kısa bacaklarıyla bodrum merdivenini çıkmaya davranıyor, ama karısı yanında bitiyor bile, kolundan tutup diyor ki: "Sen dur burada. Sen inadından vazgeçmiyorsan, ben yukarı çıkarım. Bu gece ne kadar ağır öksürdüğünü hatırla. Ama iş uğruna, hayalî de olsa bir iş uğruna, çoluğu çocuğu unutup ciğerlerini feda edeceksin. Ben giderim."

"Ama o zaman ona depodaki bütün çeşitlerimizi say; fiyatlarını ben sana seslenip söylerim."

"İyi," diyor kadın ve sokağa çıkıyor. Tabii hemen görüyor beni. "Kömürcü Hanım," diye sesleniyorum, "hürmetler ederim; sadece bir kürek kömür; hemen şu küfeye; eve ben kendim götürürüm; en kötü cinsten bir kürek. Tabii, tam fiyatını öderim, ama hemen değil, hemen değil." Nasıl da bir çan sesi bu iki kelimenin, "hemen değil"in tınısı ve nasıl da akıl karıştırıcı bir şekilde karışıyorlar o anda, yakındaki kilise kulesinden duyulan akşam çanına!

"Ee, ne istiyor?" diye sesleniyor tüccar. "Hiç," diyor kadın, "bir şey yok dedim ya; ne bir şey görüyorum, ne bir şey duyuyorum; sadece çanlar saat altıyı vuruyor, biz de kapatıyoruz. Soğuk korkunç; yarın herhalde daha da çok işimiz olacak."

Kadın bir şey görmüyor, bir şey duymuyor; ama yine de önlüğünün bağını çözüp beni önlüğü sallayarak kovalamaya çalışıyor. Maalesef başarıyor. İyi bir binek hayvanının bütün meziyetleri var küfemde; direnci yok; fazla hafif; bir kadının önlüğü ayaklarını yerden kesiyor.

"Seni kötü insan," diye sesleniyorum arkadan, o dükkâna dönmüş, yarı aşağısamayla, yarı doygunlukla eliyle havayı döverken, "seni kötü insan! En kötüsünden bir kürek istedim, ama vermedin bana." Böylece buzdan dağların yüce katlarına çıkıyor ve bir daha görülmemecesine kayboluyorum.